이처럼 한세상
A Life In This Way

이처럼 한세상
A Life In This Way

초판 1쇄 발행 2023년 7월 17일

지 은 이   김인식
발 행 인   권선복
편   집   오동희
디 자 인   김소영
전 자 책   서보미
마 케 팅   권보송
발 행 처   도서출판 행복에너지
출판등록   제315-2011-000035호
주   소   (157-010) 서울특별시 강서구 화곡로 232
전   화   0505-613-6133
팩   스   0303-0799-1560
홈페이지   www.happybook.or.kr
이 메 일   ksbdata@daum.net

값 25,000원

ISBN 979-11-92486-82-6 (03810)

Copyright ⓒ 김인식, 2023

이처럼 한세상

저자 김인식

A Life In This Way

도서
출판 행복에너지

목차

제1장

태어나서 곱게 자라다

제2장

그리운 학창시절(學窓時節)과 군생활(軍生活)

제3장 자립(自立)과 결혼(結婚)

제7장 **가화만사성(家和萬事成)**

제8장 **다른 세상**

회고록을 여는 마음

높고 푸른 하늘에 흘러가듯 떠도는
하얀 구름이 산들바람에 떨어지는 오
동잎 따라 땅 위에 가을을 재촉하고
있다.

책상 앞 창문 밖으로 먼 산허리를
물끄러미 바라보다가 문득 유경환의
시 「산노을」이 귓가에 맴돌더니 누군
가 나를 불러 마음 깊이 은은하게 속
삭인다. 그동안 까맣게 잊고 있었던
옛 정경을 아련하게 떠올리며 조심스럽게 나를 돌아본다. 석
양에 붉게 물든 하늘과 노을 진 언덕의 황혼黃昏에 비낀 단풍을
보고 있으려니 석양, 노을, 황혼 그리고 단풍이 모두 새삼스럽
게 나를 일깨워 내 나이도 이미 종심從心을 지나 산수傘壽에 들
어섰음을 깨달았다. 눈 앞의 거울을 보니 마음속의 나는 아직
도 그대로인데 거울 속의 나는 많이도 변했구나.

생각하면 참으로 먼 길을 걸어서 돌아오느라 늦었으나 뒤돌
아보면 너무나 짧은 순간瞬間이라 허무虛無와 공허空虛가 가슴
을 친다.

11

그래도 저승의 꽃밭보다 이승의 풀밭이 더 곱다기에 만수무강萬壽無疆을 바라는 범부凡夫의 소망所望은 남아 있다. 다만 여생餘生을 덧없이 보내지 않고 조금이라도 뜻깊은 삶이 되도록 만년에 시작하여 명사가 된 선인先人들의 본을 받아 나도 만시지탄晩時之歎이지만 새로운 각오로 정진하여 아름다운 글을 남기고 싶은 마음 간절하다.

이로써 몸소 실천하여 내게 즐거운 웃음을 주는 행복의 서광이 비치게 될지 아니면 허탈하게 남을 웃기는 슬픈 소극笑劇으로 막을 내릴지 두고 보면 알게 되겠지.

종심從心의 나이에 새로이 시작하여 산수傘壽에 들어 첫 개인전을 열고 상수上壽를 누리며 대성大成을 거둔 미국의 국민화가國民畫家 모지스 할머니Grandma Moses(1860-1961)와 상수上壽에 시집詩集을 내고 일본 열도를 감동시킨 시바타 도요しばたとよ Shibata Toyo(1911-2013) 할머니가 있고, 상수上壽를 지나 건강하게 활동하시는 김형석 교수의 철학 강의도 살아 있다.

일생을 뒤돌아보고 인생길 굽이마다 소복소복 쌓인 한恨과 원願이 담긴 회고록을 먼저 쓰기로 결심하니 눈앞이 아득하고 걱정이 태산 같다. 우선 지난 삶을 되돌아보며 기록을 남기는 것이 까닭 없이 두렵고 스스로 회고록을 쓸 만한 인물이 아니라는 부끄러움 때문에 망설이기도 했지만 이른바 명사名士들의 화려한 번화가繁華街가 아름드리 소나무가 지키고 서 있는 마을 입구에 꼭 필요한 길이 될 수는 없음을 깨닫는 순간, 보통 사람의 회고록도 시대에 순응하고 시대를 비판하며 시대의 흐름을 보여 주는 기록의 가치가 충분함을 분명히 깨달았다.

삶의 가치는 저마다의 삶에 따라 진실한 노력을 다하여, 태어났을 때의 사회보다 죽음을 앞둔 때의 사회가 더욱 발전하고 그 발전 속에 자신의 작은 힘이나마 이바지했다는 자부심으로 나타난다. 평생 영어 교육과 영어학 연구로 이 사회에 도움을 주었으며 지금도 지역 사회의 성인을 위한 영어 교육에 몸을 담고 있으니, 이 또한 작지만 꾸준한 도움의 발자취라고 스스로 위로하더라도 지나치다고 할 수밖에 없는 것은 아니겠지!

한결같은 순정으로 1. 내가 2. 한평생 3. 이 땅에 4. 진실을 5. 남기려는 6. 삶의 기록은 이 넓은 세상에 오로지 하나뿐이다. 실수失手, 실패失敗, 실망失望으로 찬 나의 삼실三失 일생이지만 가감 없이 있었던 그대로를 내 손으로 참되게 쓰려고 한다. 그러니까 이것은 온전히 내 책이다. 내 삶의 회고록memoirs이며 동시에 참회록confession이다.

폴 로빈슨Paul Robinson은 「왜 쓰는가?Why Write?」라는 수필에서 일반적으로 사람들이 글을 쓰는 유형을 세 가지로 구분했다.

첫째는 돈을 벌기 위함이다.

One writes to make money.

이런 동기는 나와 아무런 관계가 없다.

둘째는 명성을 얻기 위함이다.

One writes to gain a reputation.

보통 사람의 진솔한 기록이 그에게 명성을 가져다준다면 불감청不敢請이언정 고소원固所願이라.

셋째는 진실을 말하고 싶기 때문이다.
One writes to tell the truth.

누구나 회고록을 쓰려는 목적은 진실을 밝혀 진리를 찾고 지혜를 남겨 진정한 삶의 방향을 깨닫게 하는 것이어야 한다. 나는 인간의 진정한 진실은 죽음death을 앞에 둔 마지막 순간에 신神과 천륜天倫을 어기지 않으려는 애틋한 소망으로 나타나는 거룩한 참회懺悔라고 믿는다.

베이컨Francis Bacon(1561-1626)은 진실truth이야말로 밝은 대낮의 햇빛 속에서 그 아름다운 가치를 가장 잘 드러내는 진주의 모습과 같다고 했다. 진실한 자세로 삶의 흔적을 기록하고 그간의 잘못을 참회하는 것은 인간이 할 수 있는 최선의 아름다움이다.

나의 회고록은 나 자신과 내 가족 그리고 친지와 친구들에게 지난 세월의 어리석었던 내 실수를 반성하고 용서를 빌며 또한 이 보잘것없는 회고를 읽어 볼 젊은이들이 나와 같은 어리석고 옹졸한 판단으로 실패를 맛보지 않기를 바라는 간절한 소망으로 쓴 기록이다.

마지막으로 지금까지 아낌없는 사랑과 은혜를 베풀어 주신 모든 분의 성의에 감사드리며 늦었으나 깨달은 사랑을 아낌없이 바친다. 훌륭한 업적으로 이 사회에 명성을 남긴 귀빈의 높고 깊은 말씀으로 도움을 주신 은혜에 감사드리고, 예쁘고 귀여운 사랑의 편지를 써서 잊을 수 없는 추억을 만든 내 피붙이들과 그들의 배필 그리고 형제자매에게 고맙고, 그들이 있어서 기쁘고 그들과 함께 살아가기에 즐겁고 행복하다.

인생은 고해苦海라지만, 그러므로 그리고 그럼에도 아름답다.

Life is a bitter sea but therefore and yet it is beautiful.

– 2020년 1월

김인식(金仁植) 교수의
회고록에 즈음하여

- 김호진(고려대학교 명예교수, 전 노동부 장관) **-**

　김인식 교수가 회고록에 실을 나의 축사를 부탁하여 걱정 반위로 반이었다. 나이 탓인지 글 한 줄 쓰기가 힘들어 걱정되었으나, 여든이 지난 나이에 회고록을 내는 김 교수의 열정에 위로를 느끼며 쓰기로 작정했다.

　금인金仁 김인식金仁植 교수는 나와 안동 사범 동기 동창이다. 1955년에 입학하여 1958년에 졸업한 우리들은 동기 동창회를 오팔(58)회라 하거니와 졸업 후 동기생들 모두가 초등학교 교사가 되어 뿔뿔이 흩어졌다. 당연히 금인과 나도 헤어지고 각자의 길을 걸었다. 금인은 바로 경북대학교 사범대학 영어영문학과에 진학하여 이십여 년 뒤에 서울에서 다시 만났을 때 금인은 영문학 교수가 되어 있었다.

김 교수와 동문수학한 나도 초등학교에서 봉직하다가 곧 대학에 진학하여 대학교수로서 정년을 맞고 잠시 정관계政官界에 몸을 담았었다. 이후로 금인과 나는 자주는 아니어도 가끔 만나 정담을 나누고 있고 때로는 사회적 문제의 담론談論도 가졌다.

학창 시절부터 지금까지 세월로 따지면 70년이 넘는 긴 교유交遊 기간에 젊음과 패기가 넘치던 삶의 황금기에 각자의 갈 길이 바빠 만나지 못한 것이 아쉬우나 지금이라도 만나서 나누는 친구로서의 따뜻한 우정과 인정이 감사하다.

김 교수는 학문과 인품이 모두 뛰어난 친구일 뿐만 아니라 자기 관리, 특히 건강 관리가 철저하다. 그래서인지 그는 나이에 비해 십 년은 젊어 보인다. 그러나 김 교수의 가장 큰 매력은 상대방을 편하게 만드는 소탈한 성품이 아닌가 싶다. 이것이 내가 김 교수를 좋아하는 가장 큰 이유인지도 모른다. 거듭 김 교수의 회고록 출간을 축하하면서 백수 시대에 천수를 빈다.

– 2022년 8월

1장

태어나서
곱게
자라다

일생(From Birth To Death)

인생은 일장춘몽一場春夢이다.

Life is but a dream.

    늘그막에야 생각을 가다듬어서 지난 삶을 돌아보니 한 가닥의 꿈만 같아 이 금언a wise saying이 회자膾炙되는 까닭을 어렴풋하게나마 깨닫고 일생의 회고록memoirs을 쓰려니 사람의 한 평생이 가을바람에 떨어지는 나뭇잎 신세身世라 처량하기 그지없다.

    오랜 세월 바다에서 생활하는 선원에게는 삶이 바다 위의 폭풍이나 거센 파도처럼 힘들고 어려우며 가난을 물려받은 사람들의 일생도 바다의 항해처럼 고난의 폭풍과 시련의 파도가 넘실거린다. 꿈을 안고 청년의 이상을 펼치려는 젊은이에게는 인생이 마라톤 코스marathon course와 같다. 우리의 일생은 반환점을 돌기 전에 조금 앞섰다고 안심할 수 있는 삶이 아니라, 반환점을 돈 후반에도 쓰러지지 않고 완주하며 아름답게 일생을 마감하는 노력이 필요한 삶이다.

    나는 일생의 삶을 생각하다가 젊은 날에 읽은 워싱턴 어빙Washington Irving(1783~1859)의 「항해The Voyage」에 묘사된 바다의 모습 속에서 우리들 삶의 변화를 볼 수 있었다.

The creaking of the masts, the straining and groaning of bulkheads as the ship labored in the weltering sea were frightful. As I heard the waves rushing along the sides of the ship and roaring in my very ear, it seemed as if Death were raging around this floating prison, seeking for his prey: the mere starting of a nail, the yawning of a seam, might give him entrance.

– Washington Irving –

배가 파도치는 바다에서 힘겨워할 때, 돛대의 삐걱거림과 널빤지의 팽팽한 신음 소리는 무서웠다. 파도가 배의 양옆을 때리고 내 귓전에서 포효하는 소리를 들으면 마치 죽음의 신이 물 위에 떠 있는 이 감옥의 주변을 날뛰며 먹이를 찾고 있는 것 같아서, 못 하나라도 헐거워지거나 널빤지의 틈이라도 생기면 들어올 것만 같았다.

– 워싱턴 어빙 –

우리의 일생은 파도치는 삶이다. 고난과 궁핍으로 지쳐서 쓰러지면 마치 죽음의 신이라도 찾아오듯 사소한 실수가 엎친 데다 순간의 잘못이 덮쳐서 자칫 목숨까지 잃는 불행이 찾아온다. 그러다가도 삶은 어느새 다른 모습으로 나타나 고생 끝에 낙이다.

A fine day, however, with a tranquil sea and favoring breeze, soon put all these dismal reflections to flight. It is impossible to resist the gladdening influence of fine weather and fair wind at sea. When the ship is decked out in all her canvas, every sail swelled, and careering gaily over the curling waves, how lofty, how gallant she appears—how she seems to lord it over the deep sea!

— Washington Irving —

그러나 고요한 바다와 온화한 미풍의 화창한 날이면 곧 이런 암울한 생각은 바람에 날아갔다. 바다에서는 화창한 날씨와 순풍의 즐거운 영향력을 거역하기가 불가능하다. 배가 모든 돛을 갑판에 장식하고 돛대마다 바람으로 부풀어 찰랑거리는 파도 위를 즐겁게 헤쳐 나아갈 때, 배는 얼마나 당당하고 용감해 보이는가— 얼마나 깊은 바다 위에서 뽐내고 있는가!

— 워싱턴 어빙 —

우리의 삶도 고통만의 연속은 아니다. 미풍이 불고 날씨가 화창하면 순풍에 돛을 달고 잔잔한 바다 위를 달리며 여유만만하게 삶을 이끌어 간다.

바로 이때가 우리 스스로 우리의 삶을 계획하고, 깊은 통찰력으로 앞날을 설계할 기회지만 약한 의지意志와 실천력實踐力의 부족 그리고 우선 편함을 쫓는 어리석음 때문에 역사의 뒤안길에 머무르니 아무리 뉘우치고 개탄慨歎한들 너무 늦어, 해는 지고 어두운데 찾아오는 기회가 더는 없다.

일생을 보내며 누구나 자기의 꿈을 이루려고 노력한다. 그 꿈을 이루어 나타날 자신의 인물됨을 그리며 바치는 정성과 인내가 결코 가볍지 않다.

누군들 꿈이 없겠는가! 어린 시절의 과장된 큰 꿈은 세월이 흘러 깨달음이 깊어지면 이루어지기 어려움을 스스로 깨닫고 마음을 달랜다. 큰 꿈에서 깨어나 작은 꿈으로 바꾸어 꿈을 이루고 평범한 삶으로 끝나더라도 온전히 자기 자신의 삶이니, 독특하여 아름답고 내 것이니 귀하고 유일하니 고귀하다.

세상사 너무 오묘奧妙하고 자연의 섭리攝理 또한 불가사의不可思議하다. 참되고 바르게 노력해도 어려운 삶을 살아야 하는 안타까움도 있다. 사막에도 오아시스oasis가 있는데, 비가 내리지 않아 드넓은 강에 물이 마르고 사람과 동물이 모두 사경을 헤매는 아프리카Africa에는 눈물이 흐른다.

비리로 떼돈 번 졸부猝富나 지식도 경륜도 천박하나 줄을 잘 서서 권력에 붙은 곡학아세曲學阿世의 무리는 멸시하자! 반역의 무리는 처벌하자! 더러운 쓰레기는 깨끗하게 치우자! 아름다운 인간관계 속에서 바르게 살다가 때가 되면 미련 없이 떠나가자!

평생의 삶 속에서 인간이 지켜야 할 길을 찾기 위해 유럽 Europe의 신사들이 지키려 했던 인품人品이란 알프레드 가드너 Alfred Gardner(1865-1946)의 수필에서 그 단면을 엿볼 수 있다.

It is a very vulgar mind that would wish to command
where he can have the service for the asking, and
have it with willingness and good feeling instead of

resentment.

부탁만 하면 도움을 받고, 게다가 화를 내기는커녕 호의와 즐거운 마음으로 봉사를 받을 수 있음에도 명령을 하고 싶은 사람은 매우 저속한 인간이다.

　명성 뒤에 허다한 죄와 실수를 범하면서도 기회와 인간관계의 굴종적 예속으로 외화내빈外華內貧의 삶을 사는 소인배小人輩도 있다. 너무나 앞서 나가 출세의 가도를 달리다 보면 실패의 시궁창에 빠지기도 하고, 성공의 열매를 수확하기도 전에 안타까운 종말을 맞이하는 슬픈 사연도 많다. 도대체 스스로 부족함을 알고 은인자중隱忍自重하여 나서지 않는 미덕은 어디로 갔기에 턱없이 날뛰는 함량미달含量未達의 인간들을 보고 있자니 세월의 야속함이 속절없이 밀려오고 안타까운 마음 한이 없다.

　그러니 누구든 감당 못 할 큰 고뇌를 참고 앞장서 나아가기 두려우면 조용히 뒤에서 돌다리도 두들기며 조심조심 성실하게 살다가 가족과 지인들의 사랑 속에서 일생을 마친다면 뉘라서 아름답고 행복한 인생이라 아니할 수 있겠는가!

김인식 집사님의 회고록을 추천하며

- **박황우**(증경 계약신학총회장,
전 계약신학대학원대학교 총장, 가락동부교회 담임목사) -

이른 아침에 어둠을 헤치고 힘 있게 떠오르는 태양도 아름답지만 황혼녘의 저녁노을에 붉게 타오르며 지는 태양도 아름답고 멋이 있습니다. 인생의 초년과 청년도 희망차고 경이로운 시기지만 노년의 삶도 아름답습니다. 노년은 그만큼 인생의 많은 경험을 통하여 인간적으로 완숙의 미를 보여 줄 수 있고, 인생을 달관하고 초연할 수 있기 때문입니다.

이처럼 김인식 집사님은 노년에도 아름다운 빛을 발하시는 분이십니다. 김 집사님은 영어영문학을 전공하고 문학박사 학위를 영득하시고 연구와 후진 양성에 평생을 쏟으신 분으로 은퇴한 후에도 주민들에게 영어를 가르치시며 재능 봉사에 이바지하셨고 지금도 활동하고 계십니다.

또한 김 집사님은 우리 가락동부교회에 30여 년간 출석하시면서 집사로 봉직하시고 음악에도 조예가 깊어 교회의 베드로 Peter 전도회 찬양 인도자로서 봉사하면서 찬양으로 하나님께 영광을 돌리셨습니다.

집사님은 성실하고 겸손하며 앞에 나서기보다 조용히 뒤에서 다듬어 나가며 아우르는 성품이십니다.

이제 자서전을 집필하여 출간하게 되니 진심으로 축하드립니다. 이 책을 통하여 독자들에게 감동을 선사하고 삶과 믿음의 바른길로 나아가는 모범을 보여주리라 굳게 믿으며 이 책을 추천합니다.

– 2022년 9월

1 - 1
어버이 날 낳으시고Birth

태어나 곱게 자란 고향을 그릴 때 배산임수背山臨水의 자연경관自然景觀이 아름다운 시골의 한적한 마을이 많지만 내게는 그런 고향이 없다. 아버지께서는 젊어서 교직에 몸담아 한평생을 바치신 교육자로서 당국當局의 요청에 따라 학교를 옮겨 다니셨기 때문에 한 곳에서 오랫동안 터를 잡고 대대로 대가족이 집성촌集姓村을 이루어 살고 있는 고향의 모습은 그려지지 않는다.

우리 가문家門은 경주慶州 김金 상촌공파桑村公派에 속한다. 우리나라의 성씨姓氏 역사도 역시 경주 김金 김부식金富軾의 삼국사기三國史記에서 찾는다.

외람猥濫되나 내 기록의 역사적歷史的 인물은 존칭어를 생략하고 서술하여 객관적 독립성을 유지한다.

신라新羅의 국성國姓 박朴, 석昔, 김金의 왕조王朝가 56왕 993년을 이어 오다가 마지막 경순왕敬順王 김부金溥에 이르러 사직社稷이 끝난다. 장남인 마의태자麻衣太子는 천년사직千年社稷의 한恨을 품고 불가佛家에 귀의歸依했으나 정작 경순왕 자신은 고려高麗 태조太祖인 왕건王建의 딸 낙랑공주樂浪公主와 혼인하여 경주 김의 대를 잇는다. 다사다난多事多難의 역사와 변화무쌍變化無雙한 세월이 흐르고 고려高麗의 태자태사太子太師를 지낸 김

인관金仁琯의 칠대손七大孫 김오金珸의 차남 김자수金自粹 충청
도 관찰사忠淸道 觀察使가 충효忠孝가 뛰어나고 인품이 훌륭하여
그의 별호別號 상촌桑村을 따서 그 후손들이 상촌공파桑村公派
경주慶州 김金을 이어 오고 있다.

나의 조부모祖父母 김정태金鼎台와 민복순閔福順은 슬하膝下에
오남五男 일녀一女, 성욱聲旭, 성종聲鐘, 성윤聲允, 성명聲鳴, 성
응聲應과 아지兒志를 두었다.

나는 삼남三男 김성윤金聲允과 외조부外祖父 우무영禹珷泳, 외
조모外祖母 홍순란洪順蘭의 장녀長女 부경富景의 육남매六男妹 중
장남長男으로 1940년 1월 10일 경북慶北 상주尙州에서 1938년
부모님께서 결혼하시고 이태 만에 태어났다.

아버지 석천石川 김성윤 교장선생님의 잦은 전근轉勤 때문에
여러 곳으로 이사 다니면서 교장관사校長官舍에서 생활하며 어
린 시절을 보냈다. 나는 상주尙州, 영주榮州 그리고 안동安東에

서 어린 시절을 보내며 선생님들의
특별한 관심과 사랑을 받으며 성장
하는 행운을 가졌다.

상주尙州는 곶감으로 이름난 곳으
로 소백산맥小白山脈의 산록대山麓帶
에 자리 잡아 예로부터 예천醴泉과
더불어 영남분지嶺南盆地의 농산물
집산集散이 왕성했던 지방이다.

당시의 상주는 전국 유일의 농잠
農蠶고등학교를 필두로 각급 학교의

교육열이 높고 도곡서원道谷書院, 용흥사龍興寺와 함께 경관이
뛰어난 속리산俗離山의 입구가 비롯되는 이름난 고장이었다.

1 - 2

형제兄弟와 자매姉妹

아버지는 대구 상고를 졸업하고 일본日本의 나라奈良 음전音
專에서 공부한 후에 귀국하여 바로 교직에 몸담으셨고 어머니
는 대구여자고등보통학교大邱女子高等普通學校를 마치고 두 분은
결혼하여 육남매를 두었는데 장남인 내 밑으로 쌍둥이 자매 현
숙賢淑과 명숙明淑, 그리고 혜숙惠淑, 다음에 종식宗植과 준식浚
植이 있다.

현숙은 박기하朴基河
와 결혼하여 3녀를 두
었고, 명숙은 구명서具
命書와 결혼하여 2남을
두었으며 혜숙은 박경
수朴慶壽와 외아들을

두었고, 종식은 이혜정李惠貞과 두 아들을 두고 준식은 구경숙
具京淑과 결혼하여 외아들을 가졌다.

나는 파평坡平 윤씨尹氏 집안의 부父 윤지균尹志均과 모母 이상
윤李相聞의 장녀長女인 윤종현尹鍾賢과 결혼하여 2녀 1남을 두었
다. 이 결혼이야말로 나의 일생 중 가장 성공적인 결정임을 가
슴속 깊이 간직하고 윤종현과 더불어 인생人生이란 망망대해茫

茫大海를 항해航海하며 생로병사生老病死, 희로애락喜怒哀樂, 흥망성쇠興亡盛衰, 회자정리會者定離의 삶을 이어 가며 백년해로百年偕老를 원했으나 그녀는 가고 나는 남아 안타까이 이 글을 쓰고 있다.

1 - 3
나의 살던 고향故鄉은?

나는 경북의 상주尙州에서 태어나고 상주와 영주 사이를 오가며 초등학교를 다니고 자라다가, 영주에서 중학교를 안동에서 고등학교를 졸업했다. 상주는 소개했거니와 영주榮州는 경상북도의 북부 지역을 대표하는 관문이며 태백산太白山 지역 개발의 거점으로 각광받고 있는 고장이다. 낙동강 유역의 기름진 옥토에는 농산물의 생산이 풍성하고, 특히 바로 옆에 위치한 풍기豊基는 그 효능을 세계적으로 인정받고 있는 특산물 인삼의 산지

로 풍기 인삼을 모르는 한국인은 없을 것이다. 국보급 문화재와 두드러진 명승고적이 영주를 더욱 빛나게 하고 있으니, 봉황산鳳凰山에 자리 잡은 의상대사義湘大師의 부석사浮石寺, 동양 건축사상 가장 오랜 목조 건물 무량수전無量壽殿, 명종明宗이 이름 지은 우리나

라 최초의 소수서원紹修書院, 태백산太白山 중턱에 자리 잡은 희방사喜方寺와 희방폭포喜方瀑布가 바로 영주의 자랑이다.

나와 연년생年年生 쌍둥이 자매는 상주에서 태어났고 아버지께서 풍기국민학교로 옮기셨기 때문에 풍기에서 유아기를 보내고 육남매 중 넷째가 태어나서 나도 아직 어렸으나 막내 여동생을 앞에 앉히고 엄마 대신 잠재운 기억이 남아 있다.

1 - 4
빼앗긴 들에 찾아온 봄소식

1945년 8월 15일 광복光復을 맞아 동네가 갑자기 우렁찬 만세 소리와 함께 환호에 들떠 요란한 발자국 소리가 나기에 나도 모르게 집 밖으로 나가 보니 많은 사람들이 태극기를 흔들고 꽹과리와 북을 치며 기쁨에 넘쳐 환호하기에 그 모습을 보고 어리둥절하여 집으로 달려와서 어머님께 물어보았다.

"엄마, 사람들이 왜 이래?"
"기뻐서 그래."
"왜 기뻐?"
"왜 기쁠까? 맞혀 봐."

그때는 아무리 애써도 알 수 없었다. 시간이 지나고 안중근安重根(1879-1910)과 윤봉길尹奉吉(1908-1932) 의사義士를 알고 민비시해閔妃弑害의 슬픈 역사와 일제강점日帝强占의 비극을 배우고 나서야 비로소 광복의 기쁨을 이해하게 되었다.

다음 해에 아버지께서 영주서부국민학교 교장으로 전임轉任되어 우리는 교장관사로 이사했다. 드디어 나는 1946년 9월에 영주서부국민학교에 입학하여 학교 교육을 받기 시작했다. 일 년 앞의 선배들은 조금이라도 일제 교육의 흐린 물에 발을 담근 셈이지만 우리 학년은 일제의 교육을 전혀 받지 않은 순수한 우리나라 해방둥이들이다.

광복의 기쁨이 삼천리강산에 넘쳐나지만, 일제의 수탈收奪이 심했던 직후라서 대개의 농촌에서는 굶주리고 농민들은 가난하여 초근목피草根木皮로 연명하며 지금은 없어진 보릿고개를 넘기곤 했다. 그러나 우리 가족은 아버지의 월급 덕택에 비록 넉넉하지 못했지만 가난한 농촌의 친구들처럼 심한 고생을 한 기억은 없다.

내가 학교에 입학하고 처음으로 만난 담임 민閔 선생님은 인자하고 자애로우신 분이라 마음에 깊이 각인되어 내 마음속에 뚜렷한 선생님의 참모습을 남겨서 언제나 교육 일선에서 그 모습의 본을 받으려고 노력했었다. 그때 나는 반장을 했고 부반장을 한 서영자는 우연히 안동사범학교에 함께 입학했으나, 훗날 그녀는 동기생 강형 교수의 부인이 되어 우리는 다시 만났다.

초등학교 입학 후 나는 줄곧 학교에서 반장 또는 급장을 했으므로 옛 친구들은 그 후 동기 동창회에서 나를 만나면 좀 더 책임 있는 인물이 되지 못한 점을 안타까워했지만, 모든 것이 나의 탓이니 지금에 이르러 어이하랴!

다음 해에 아버지께서는 상주중학교 초대 교장으로 영전되어 우리는 다시 상주로 이사하고 중학교 교장관사에서 생활하며 나는 상주서정국민학교로 전학했다. 1948년 삼 학년이 되자, 또다시 아버지 따라 영주로 전학하게 되어 상주의 담임 강정숙姜貞淑 선생님께서 반 친구들과 석별의 기념사진을 남겨 주었는데 평생 동안 잊지 못할 추억으로 남아 있다. 영주농업고등학교 교감 선생님으로 영주에 오신 아버지께서는 영주서부초등학교 교장관사 바로 뒤에 있는 단독 주택을 구입하여 생애 처음으로 우리 집에서 살게 되었다. 당시에 이 층 양옥인 우리 뒷집에 살던 미군들이 우리 집 앞을 지나다녔다. 나는 동생들과 함께 대문 밖에 서서 지나가는 미군 아저씨와 미소를 지으며 짧은 대화를 영어로 쑥스럽게 나누던 기억이 새롭다.

"Hello! How do you do?"
"Hi, dear children."
"Please, chocolate or chewing-gum."
"Sure. Here you are."

몇 마디 영어로 껌이나 초콜릿을 얻으면 뛸 듯이 기뻐 집 안으로 달려가 엄마에게 자랑하던 어린 시절의 순박한 소년의 모습이 눈에 새롭다.

나는 요즈음 동생 종식과 가끔 만나 식사를 나누며 옛이야기가 나오면 초등학교에 다니는 어린 형이 어린 동생에게 귀하고 맛있는 미제

made-in-USA 과자를 먹게 했으니 얼마나 훌륭한 형이냐고 웃기면 따라 웃으면서도 더 높이 날아오르지 못한 형을 안타깝게 생각한다.

4학년이 되어 육상부에 들어가서 새벽같이 일어나 눈을 비비며 학교로 달려가 육상 연습을 했었다. 나는 우리 학교 계주 선수로 강태성, 김원식 다음으로 내가 빨라 항상 계주에서 출발의 책임을 맡았다. 언제나 출발선에 서면 두근거리는 가슴 떨림을 느끼게 되고 힘껏 달려 다음 선수에게 바통baton을 넘겨야 비로소 해방감을 느꼈다. 그와 동시에 승리를 기다리는 간절함이 있기 때문에 땀방울이 맺혔다. 그 이후로 새로운 일을 시작할 때마다 긴장과 두려움이 배어들면 어린 시절 계주繼走 출발의 긴장과 두려움을 떠올리고 힘껏 매진하는 자세가 갖추어진 것 같다.

나는 육상부에서 계주와 마라톤Marathon을 함께 했다. 그날은 전교 마라톤 대회가 있어서 전교생이 원하면 누구나 참가할 수가 있었다. 나는 지정된 반환점을 돌아 결승점을 향해서 달리고 있었다. 하필이면 그때 여러 선생님과 퇴근하시던 아버지를 만났다. 아버지가 다니시는 학교 선생님들의 걱정을 들으며 아버지의 자전거 뒷자리에 타고 집으로 돌아왔었다.

다음 날 어머니의 말씀으로는 내가 전날 밤 너무 피곤하여 잠자며 헛소리를 지르고 몸을 뒤척이며 괴로워했다는 것이었다. 이 후로 다시는 마라톤을 하지 않게 되었다.

제1장 태어나서 곱게 자라다

민족상잔民族相殘의 비극 6·25와
빛나는 졸업장卒業狀

광복 후 어려움이 조금씩 나아지고 사람들의 생활이 질서와 안정을 찾아 평화롭고 내가 5학년이 된 그 무렵, 우리는 또다시 우리 민족 반만년 역사에서 가장 처참한 골육상쟁骨肉相爭의 내전을 겪게 되었다. 1950년 6월 25일 일요일 모두가 휴일이라 늦잠을 자며 평온한 하루를 보내는 사이에 북한의 기습 남침으로 한국 전쟁the Korean War 『A New History Of Korea(이기백(李基白)저 E.W.와그너, E.J.슐쯔 공역(共譯)』이 발발勃發했다.

1948년 북한의 조선민주주의인민공화국이란 괴뢰 정권은 소련 군부의 협력으로 군사력(보병 10개 사단 이상, 242대의 탱크와 211대의 군용기)을 키워 상대적으로 전혀 준비가 안 된 대한민국(보병 8개 사단, 훈련기 20여 대, 전투기와 탱크 없음)의 어수선한 정치 상황과 뒤숭숭한 사회 기강을 틈타 1950년 6월 25일 일요일 새벽 잔인, 처절, 비참한 기습 남침을 감행하여 민족의 가슴에 대못을 박았다. 다음 날 우리는 아무것도 모르고 여느 때처럼 학교에 갔었다. 선생님께서 괴뢰 도당의 남침으로 6·25전쟁이 시작되었음을 알려주고 모두 집으로 돌아가 부모님들과 함께 앞으로의 사태를 잘 대응하라는 당부 말씀이 있었다.

당시 나는 국군 장병 위문을 위해 독창 연습을 하고 있었다. '황금을 보기를 돌같이 하라'는 「최영장군崔瑩將軍」이란 곡이 내가 부를 노래였다. 지금 생각하면 이것이 어린 시절의 깨끗한 심성에 청렴결백淸廉潔白의 선비 정신을 심어서, 비가 오면 지붕에 물이 새어 그릇으로 받아야 했다는 황희黃喜정승을 나의 '롤 모델role model'로 마음에 각인刻印시켰다. 그러나 어찌 알았으랴! 황금에 대한 바른 경제적 개념을 익히지 못하여 비록 생활에 큰 어려움은 없었으나 진취적이고 발전적인 부富의 다다익선多多益善적 순기능을 과학적으로 이해하지 못했다. 황금은 황금같이, 돌은 돌같이 보아야 하는 순리를 모르고 살았으니, 지금에 이르러 겨우 깨달았으나 이 어리석음을 어이한단 말인가!

나는 우리가 북진통일北進統一을 이루게 될 것으로 믿고 있었는데 허무하게 전선이 무너지고 우리 정부가 부산으로 옮기는 사태까지 일어나 내 기대와 믿음이 사상누각沙上樓閣으로 한순간에 허물어졌다. 대포 소리가 점점 크게 들리고 민심이 흉흉洶洶해지기 시작했다.

우리는 남쪽으로 피난하지 못하고 영주 군내 순흥順興 산골 동네로 가서 피신하게 되었다. 피난처로 구한 집은 아버지 학교의 학생네 집으로 넓은 방 하나를 내주어서 여덟 명의 식구가 한 방에서 기거하게 되었다. 아버지께서는 수시로 영주에 나가 우리 집에서 쓰던 물건들을 보자기에 싸서 등짐을 만들어 지고 순흥으로 가져오곤 하셨다. 한 번은 나도 아버지와 함께 영주에 나갔다가 몇 가지 짐을 싸서 등짐을 지어 오고 있었다. 그때는 이미 전쟁이 치열하던 시기여서 미군 비행기가 기총소사機銃掃射를 했었다. 나는 아버지와 함께 논둑 옆에 있는 작은 개울에 몸을 숨기고 비행기의 방향에 따라 개울의 양옆을 방패 삼아 몸을 피하곤 했었다. 아버지께서는 짐이 무거워 이런 행동이 원활하지 못하셨던 터라 순흥 피난처에 돌아와 어머니께 그 일을 전하시며, 아들이 민첩하게 몸을 피하던 모습을 보고 위기에 대처하는 행동을 칭찬하셨다.

우리는 남쪽으로 피난하지 못하고 시골에서 어려운 생활을 하고 있었지만 어려움을 동정하는 우리 민족 고유의 따뜻한 동포애가 도시의 편협하고 천박한 우월 의식 없이 우리를 도와주어 어려운 피난 생활 속에서도 늘 고마움을 느꼈다.

드디어 1953년 7월 27일 휴전 협정이 체결되었다. 6·25전쟁the Korean War은 반만년 우리 역사에서 가장 비극적이고 처참한 민족상잔民族相殘의 재난이었다. 수많은 인명 피해와 재산의 파괴로 쑥대밭이 된 국토를 지금과 견주어 보면 우리 현실의 국력이 문자 그대로 상전벽해桑田碧海의 발전을 이루었다.

국가와 민족 수난의 시기에 우리를 도와준 16개 우방국 1.미국 2.영국 3.프랑스 4.캐나다 5.호주 6.필리핀 7.터키 8.뉴질랜드 9.남아프리카 공화국 10.태국 11.그리스 12.네덜란드 13.콜롬비아 14.벨기에 15.룩셈부르크 16.에티오피아의 고마운 은혜를 국민 모두 가슴에 새겨서 때가 되면 우리도 우방국을 힘껏 도움으로써 도리를 다해야 할 것이다.

서울이 수복된 후에 우리는 피난지를 떠나 영주의 우리 집으로 돌아왔다. 예상했던 대로 남쪽으로 피난하지 못한 공직자에게 휴직의 명이 떨어졌다.

그러나 정부조차 떠난 형편에 모든 국민이 남으로 피난할 수는 없다는 국민 여론이 비등하여 1950년 아버지는 안동군安東郡 북후면北後面의 옹천瓮泉에 있는 북후초등학교 교장으로 발

령을 받아 우리 식구들
은 또다시 옹천瓮泉으로
이사하여 북후초등학교
장 관사에서 생활하게
되었다.

그때 나는 5학년에 전
학하여, 곧 졸업반 학생
이 되었고 우리 반 담임

김춘식金春植 선생님의 현명하신 지도로 공부에 열중하여 실력
이 향상되었다. 교장 아들이 공부도 잘하고 외모도 깨끗하여
선생님들의 귀여움을 받았다. 나뿐만이 아니라 내 동생들도 모
두 사랑을 받으며 자랐다. 아버지는 소문난 멋쟁이로 깨끗한
복장이 특징이었다. 당시 국산 모직이 부족하여 마카오Macao
제품의 양복을 착용하다가 여러 해가 지나 빛깔이 바래어 퇴색
하면 안팎으로 뒤집어서 내 교복을 만들어 주셨다. 시골 학생
들이 물항라 저고리나 삼베 바지를 입고 다니던 시절에 마카오
제 교복이 얼마나 뛰어나고 고급스러운 모습일지는 누구나 상
상할 수 있겠거니와 그처럼 눈부시고 영민하던 반장이 수십 년
후 동창회에서 만나 보니 기대에 미치지 못하여 친구들은 안타
까워하고 나는 송구스럽고 부끄러워 할 말이 없었다. 심은 대
로 거두는 것을 알면서도 제대로 심지를 못했으니 가슴 아파도
참을 수밖에 도리가 없다.

아버지께서는 엄嚴하신 분이라 마음속으로는 사랑을 품고 있
으나 내색內色하는 분이 아니셨다. 그때 혜숙이가 일 학년에 입

제1장 태어나서 곱게 자라다

학했다. 나는 어린 동생이 반에서 뛰어난
학생이 되기를 바라는 간절한 마음에서 덧
셈과 뺄셈을 가르치다가 답이 틀리면 고함
을 치고 화를 내곤 했었다. 이를 보고 계시
던 아버지는 웃으시며 나를 불러 타이르며
아버지가 가르치는 모습을 한번 참고하라고
말씀하셨다. 그때 나를 부르던 아버지의 음
성은 너무나 온화하고 부드러워서 천상의
소리가 아마도 그럴 것 같았다.

　그러나……

"사과가 3개 있는데 네가 한 개 먹었어. 그러면 몇 개가 남
지?"

"나누어 먹어야지. 나 혼자 다 못 먹어."

"그래, 한 개를 언니들과 셋이서 나누어 먹으면 몇 개가 남
니?"

"한 개를 셋이서 나누면 싸울지도 몰라, 몰라……"

그만 벽력같은 아버지의 고함 소리와 함께 지붕이 무너질 듯
긴 한숨 소리가 터져 나오고, 나는 혼자서 내 방으로 건너가 웃
다가 잠이 들었다.

다음 날 동생의 담임 선생님으로부터 전화가 왔다.

"우리 아버지는 집에서 맹수질을 한다."

동생은 짧은 글로 아버지께 복수를 한 것이다. 선생님과 반 어린이들이 모두 웃었고, 소식을 들은 우리 식구들도 모두 웃었다.

우리가 살던 옹천에는 공연이 가능한 극장이 없었으므로 북후국민학교에서 교실 칸막이를 치우고 큰 강당을 만들어 학부형들과 학생들이 함께 연극을 보는 경우가 가끔 있었다.

그런데 그 무렵 이상하게도 어리석은 미신迷信에 사로잡혀 어린이들이 산발한 귀신 이야기를 자주 하고 괜스레 두려움에 떨며 어두움이 무서워, 해만 지면 멀리 떨어진 화장실을 가지 못해 집집마다 소동이 일어났다. 그런 형편이라, 학교에 와서도 어린이들이 주로 귀신 이야기에 사로잡혀 겁에 질리는 일이 흔했다. 이를 깨우쳐 일깨워 주려고 「귀신은 없다」는 계몽극啓蒙劇을 공연했었다.

이 연극은 어떤 가정에 어머니가 돌아가신 후 이미 딸을 둔 아버지가 어린 딸이 딸린 후처를 맞이한다. 전처의 딸을 극진히 위하는 척하지만, 후처의 속셈은 달랐다. 그 집의 재산을 자신의 소생인 딸에게 몽땅 넘겨주고 싶은 욕심에 얼이 빠진 상태였다. 전처의 소생이 큰딸이고 자신의 몸에서 태어난 딸이 나이가 더 어렸다. 우리가 어렸을 때의 사회적 분위기는 광복을 맞이한 기쁨이 채 가시기도 전에 동족상잔同族相殘의 비극이 있었기 때문인지 공포恐怖와 괴기怪奇가 서린 음습陰濕한 귀신 이야기가 근거도 없이 여러 사람의 입에 오르내리고 있어서 이를 타파하려는 교육적 목적이 큰 연극을 공연했지만 슬프게도 결과는 오랫동안 기대한 바람과 예상과는 다르게 나타났다.

우리나라의 전통적 고전문학古典文學의 비극은 예외 없이 악독한 계모繼母의 농간弄奸에서 비롯한다. 이 극에서도 역시 계모가 자기 남동생과 짜고 여러 가지 도구를 이용하여 귀신극을 꾸민다. 지극히 불행한 일이지만 이 순간에도 계모가 남매를 돌보던 고모에게서 뺏어와 학대 끝에 동생을 처참하게 죽게 한 슬픈 사건이 있었고 또 있을까 두려워 그 끝이 아득하다.

밤 12시 자정이 되면 괘종掛鐘이 둔탁하게 열두 번 울리고 모든 유리창이 요란스레 흔들려 관중의 청각을 자극한다. 무대 뒤에서 효과음으로 징을 쳐 관중의 흥분을 끌어올린 뒤 머리를 산발하고 피를 흘리는 소복素服의 여인이 나타난다.

"길순아, 길순아, 나는 너의 친어머니다. 너를 데려가려고 왔다."

이 장면에서 큰딸은 기절한다. 이런 일이 되풀이되자 학교에 온 큰딸의 몰골과 태도가 평소와 너무나 달라 이상하게 생각한 담임 선생님이 몰래 그 집에 잠입한다. 기다리고 있던 선생님이 산발한 계모의 탈을 벗기고 그 죄상을 밝혀 다음 날 경찰이 계모를 체포하여 사건과 동시에 연극도 끝난다.

그런데 의도와 결과가 정반대正反對로 나타났다. 이 과정에서 밤 12시의 괘종 소리와 함께 나타나는 산발한 소복 여인의 기괴한 분장과 음흉陰凶한 웃음소리가 너무나 무서워 관람하던 학부형들과 학생들의 숨을 멎게 했다. 어린 학생들은 오금이 굳어 그 자리에 모두 주저앉았다.

연극이 끝나고 불이 들어오자 어른들은 자기 자식들을 찾고 아이들은 울며불며 엄마 아빠를 찾아 손을 잡고 뿔뿔이 헤어졌다. 이 영향이 상당한 기간에 걸쳐 어린이들의 마음을 사로잡아 으슥한 곳에 가기를 싫어하고 심부름조차 피하는 일이 잦았으나, 선생님들의 근엄한 말씀에는 순종을 잘하는 좋은 결과도 있었다.

우리 학년은 전국 최초로 국가고시國家考試에 의하여 학력을 측정하고 그 성적으로 중학교 진학이 결정되었다. 1962년 나는 전교 수석으로 졸업식에서 졸업생 대표로 재학생의 송사에 대해 답사를 했다. 교장 아들이기 때문에 그런 혜택이 있었다는 소문 rumour이 돌았으나 국가고시에서 전교 수석을 하고 때마침 실시한 IQ테스트Intelligence Quotient Test에서도 내가 가장 뛰어난 학생으로 입증되어 만사萬事 사필귀정事必歸正으로 끝났다.

희미한 옛 추억의 친구들이 생각난다. 조경래, 유시은, 안진극, 황도천, 신수철, 지수업, 이동수, 김영학, 김경자, 김계정, 유재웅, 권영익, 서영자는 영주서부국민학교의 친구들이고, 강토원, 권중태 강신륜, 이영목은 북후국민학교 친구들이며 상주서정국민학교의 친구로 당시 상주 읍장 아들인 손영환이 그립다.

제1장 태어나서 곱게 자라다

2장

그리운
학창시절(學窓時節)과
군생활(軍生活)

여는 글

공부Study

(1) 배움의 길The Road to Learning

아프리카의 가난한 어린이가 움막 같은 학교지만 배우고 싶은 간절함으로 교실 안을 들여다보는 애처로운 모습은 배움에 대한 인간의 절실한 소망을 잘 보여 준다. 세계의 역사적 인물이 도시보다는 시골에서 어린 시절을 보내고 역경과 고난 속에서 성장한 경우가 많은 것은 환경이 인간에게 주는 도전 challenge에 대하여 정당하고 현명한 응전response으로 자신을 가다듬은 결과일 것이다.

우리는 맹모삼천지교孟母三遷之敎의 교훈을 잘 알고 있거니와 유럽이나 미국에서도 가난과 역경을 딛고 일어서 인종적 편견을 극복하고 성공에 이른 사례事例를 많이 보게 된다. 엘리너 존슨Eleanor M. Johnson이 편집한 『성공에 오르는 길A Climb to Success』의 주인공 랄프 번취Ralph Johnson Bunche는 가난한 흑인 이발사의 아들로 태어나 피나는 노력 끝에 뉴욕New York 시립대학교 총장과 유엔 신탁통치 위원장을 역임하고 노벨 평화상Nobel Prize for Peace을 수상하는 큰 인물로 성공한 대표적 인물이다. 열세 살이 되기도 전에 부모를 잃은 랄프Ralph의 장래에 대한 책임이 존슨Johnson 할머니에게 맡겨지자 할머니는 로

스앤젤레스Los Angeles로 이사를 결심한다.

> "Because of its good schools," she explained, "You'll get
> a better education there."
> "좋은 학교가 있으니, 그곳에 가면 넌 더 좋은 교육을 받을
> 거야."라고 할머니는 설명하셨다.

(2) 행복의 길The Road to Happiness

좋은 환경에서 올바른 교육을 받아 성공에 이르는 길
을 끊임없이 추구하는 우리 모두의 궁극적 목표는 우리의
삶 속에서 누리는 행복이다. 그러나 버트런드 러셀Bertrand
Russell(1872-1970)이 지적한 바와 같이 현명하지 못한 방식의
행복 추구로는 목표 달성이 불가능하다. 러셀은 일상에서 행복
을 얻으려면 지나치게 엄격한 자세로 금욕적 생활을 유지해서
는 이룰 수 없다고 했다. 삶에 대한 철학적 추구와 종교 없이는
행복이 이루어질 수 없다는 생각 때문에 소박한 즐거움을 간과
看過하게 되고 지나치게 심각한 사고는 삶의 희열을 심연으로
가라앉게 만들지도 모른다. 정상적인 삶을 누리는 인간의 보편
적 생활은 약이 없어도 건강을 누릴 수 있고 이론과 종교가 없
어도 행복할 수 있다. 러셀이 보는 행복의 길은 소박하다.

> It is the simple things that really matter. If a man
> delights in his wife and children, has success in work,
> and finds pleasure in the alternation of day and night,

spring and autumn, he will be happy whatever his philosophy may be.

— Bertrand Russell 『The Road to Happiness』 —

진실로 중요한 것은 단순한 일들이다. 만약 한 남자가 아내와 자녀들에게 기쁨을 느끼고 자기 일에도 성공을 거두었으며, 낮과 밤 그리고 봄과 가을의 엇갈림에서 즐거움을 찾아낸다면 그의 철학이 무엇이든 그는 행복할 것이다.

— 버트런드 러셀 『행복의 길』 —

(3) 독서의 길 The Road to Reading

우리는 행복의 추구와 삶의 성공으로 가는 길에서 목표의 달성을 위해 대개는 깊은 독서讀書에 의존한다.

독서는 우리를 새로운 사람으로 탄생시켜 보다 성숙한 자세로 삶을 통찰하고 앞으로 나아가는 영양소가 된다. 나는 독서에 대해 나 나름의 생각을 지니고 있다.

After reading a good book, the you you were disappears and you will become a new man.

좋은 책을 읽으면 과거의 당신은 사라지고 새사람이 된다.

저서의 내용을 이해하고 완전히 저자의 생각에 몰입하여 새로운 사상과 철학을 터득하면 우리 자신이 거듭남을 느끼게 된다. 독서가 우리에게 주는 영향은 새사람의 탄생을 볼 만큼 지대至大하다. 독서에 관한 베이컨Francis Bacon(1561-1626)의 충고는 유명하다.

> Read not to contradict and confute, nor to believe and take for granted, nor to find talk and discourse, but to weigh and consider. Some books are to be tasted, others to be swallowed, and some few to be chewed and digested; that is, some books are to be read only in parts; others to be read but not curiously; and some few to be read wholly, and with diligence and attention.

> – Francis Bacon 『Of Studies』 –

> 반박하고 논박하려고 독서하지 말고, 믿고 당연하게 받아들이지도 말며, 화제나 담화를 찾으려는 독서가 아니라 평가하고 심사숙고하는 독서를 하시오. 어떤 책들은 맛만 보고, 또 다른 책들은 삼켜야 하며, 그리고 얼마 안 되는 일부의 책들은 씹어서 소화해야 하오. 다시 말하여 일부의 책들은 일부분만 읽으면 되고, 다른 일부의 책들은 읽기는 하지만 탐구심을 가질 필요는 없고, 그리고 얼마 안 되는 일부의 책들은 전체를 다 읽되 부지런히 그리고 주의 깊게 읽어야 한다오.

> – 프란시스 베이컨 『학문에 대하여』 –

(4) 성공의 길The Road to Success

우리는 독서를 위하여 책을 소유하고 책을 소유하기 위하여 책을 구매한다. 귀하고 비싼 책은 사고도 아깝다는 생각에 선뜻 주석을 달며 책장을 접고 읽기를 두려워한다. 그러나 우수한 책을 읽고 감명을 받거나 심오한 학문적 지식을 얻는다면 그것은 상품으로서의 값이 비싼 책만은 아니다. 따라서 성공으로 나아가는 첩경은 책의 내용을 파악하여 완전히 소화하고 그것을 우리의 것으로 만들어야 한다.

화려한 서가書架에 값비싼 장서藏書의 두꺼운 서질書帙만으로 장식裝飾된 졸부猝富의 집을 방문하고 그 허장성세虛張聲勢에 기가 차서 말문이 막혀 쓴웃음이 절로 난 적이 있었다. 베이컨 Bacon이 우리에게 가르친 세 가지 덕목德目은 언제나 인간 삶의 길라잡이가 될 수 있다.

> Reading maketh a full man; conference a ready man; and writing an exact man; and therefore, if a man write little, he had need have a great memory; if he confer little, he had need have a present wit; and if he read little, he had need have much cunning, to seem to know that he doth not.
>
>   – Francis Bacon 『Of Studies』 –

> 독서는 충실한 사람을, 의논은 각오가 선 사람을, 그리고 저술은 정확한 사람을 만든다. 그러므로 사람이 글을 쓰지 않는다면 뛰어난 기억력을 갖추어야 하고, 의논을 하지 않는다면 당장의 재치를 갖추고 있어야 하며, 독서를 하지 않는다면 모르면서 아는 것처럼 보이는 엄청난 교묘함이 있어야 한다.
>
>   – 프란시스 베이컨 『학문에 대하여』 –

존경하는 형님께

- 김종식(예인 건축 설계 대표이사, 건축 설계사) **-**

형님은 나의 인생에 있어서 부친과 같은 존재다. 형님은 아버님께서 내가 경북고등학교 2학년(1963년) 재학 중에 돌아가신 이후로 지금까지 그 빈자리를 대신해서 보살펴 주시고 이끌어 주신다. 특히 형님은 영문학 박사이며 교수지만 나의 고려대 건축공학과 수석 입학을 자랑하며 나의 사회 활동을 격려해 주셨다. 내가 어려움에 처하거나 상담이 필요할 때는 언제든지 도움의 손길을 내밀어 주셨다.

형님은 성격이 강직한 면도 있지만 부드럽고 인간적인 면도 많았고 농담도 잘하시고 유머humour 감각이 많은 분이다. 운동을 좋아해서 수십 년간 꾸준히 운동하셔서 신체적 조건은 나이보다 훨씬 젊게 보이는 삶을 살고 계신다.

어릴 때 몸이 약했던 나의 담력을 키우려고 애도 많이 쓰셨다. 이런 일도 있었다. 안동에서 살았을 때 나는 어린 마음에 영화관에 가고 싶어 극장 앞에서 친구들과 몇 시간이고 시간을 보낸 적이 있었다. 어느 날 마침 형님이 영화관에 들어가시는 모습이 멀리서 보였다. 그 순간 나와 친구들은 우르르 형님께 달려가서 극장에 들여보내 달라고 졸랐다. 하지만 한꺼번에 친구들을 모두 들여보내는 것은 불가능했으므로 시차를 두고 우리를 한 사람씩 모두 극장에 들여보내어 다음 날 친구들의 자랑 속에 우쭐했던 그 순간을 영원히 잊을 수가 없다. 극장을 지키는 기도의 눈을 피하느라 꽤 시간이 걸렸고 두근거리는 가슴을 애써 진정시키며 우리는 그날 모처럼 만에 재미있게 영화를 보았다.

내가 대학을 졸업하고 사회인이 되어 가정을 이루고 삶을 살아오는 동안 형님은 여러 면에서 나의 멘토mentor가 되어 주셨고 집안의 맏이로서 대소사 일체를 훌륭히 수행해 오고 계시니 형님이 참 존경스럽다.

형님! 사랑합니다.

만수무강하시기를 기원합니다.

– 아우 종식 올림

제2장 그리운 학창시절(學窓時節)과 군생활(軍生活)

학창學窓의 꿈

1952년 북후국민학교를 졸업하고 3월에 나는 안동사범병설중학교安東師範併設中學校에 입학했다. 이 학교는 경북 북부 지역에서는 이름난 남녀공학으로 사범학교와 같은 교정校庭을 쓰고 있었다. 안동安東은 오래전부터 안동포安東布가 유명하거니와 민속民俗 보존保存의 모범이 되는 안동 지방의 하회河回는 영국의 엘리자베스 Elizabeth 여왕이 극찬한 하회탈춤이 자랑인 고장이다. 또 성리학性理學의 대가 이퇴계李退溪 선생의 도산서원陶山書院이 있어 예로부터 교육의 고장이기도 하며, 유성룡柳成龍 같은 충신의 고향답게 기품이 중후하다. 인재人材를 아끼는 품성은 이순신李舜臣 장군을 천거薦擧하여 왜적을 섬멸殲滅하고 조국을 누란累卵의 위기危機에서 구한 징비록懲毖錄의 저자 서애西厓 유성룡柳成龍을 닮았다.

내가 중학교에 입학한 시기는 아직도 전쟁을 치르고 난 뒤에 생긴 여러 가지 부작용 때문에 국민들의 생활이 어려워서 나는 어린 나이에도 처음으로 안동이란 소도시에 나와 고종 사촌형 김두영金斗榮과 자취自炊를 했다. 어머니가 해 주시는 밥과 반찬이 얼마나 맛있고 고마운가를 처음으로 뼈저리게 느꼈다. 차츰 시간이 흘러 휴대용 군용 반합飯盒에 내가 지은 밥도 곧 꿀처럼 달게 느껴지고, 특히 어머니가 만들어 주신 양념간장을 막 지은 밥에 넣어 비빈 밥맛은 그렇게 좋을 수 없었다.

　일 학기 중간고사를 마치고 모처럼 국경일國慶日이 연휴連休가 되어 중학교에 입학한 후 처음으로 부모님과 동생들을 만나보려고 버스에 몸을 실었다. 마음은 한없이 설레고 출발을 기다리는 시간은 한없이 길었다. 마침내 버스가 출발하여 줄곧 차창 밖을 바라보며 스치는 도로 옆 상점과 주택이 끝나고 시골로 가는 신작로新作路가 나오자 길 양옆의 가로수街路樹가 꿈결처럼 지나간다. 드디어 우리 집으로 들어가는 시골길 입구에서 버스를 내렸다.

　저 멀리 보이는 동네 입구가 점점 가까워지자 우리 집 입구가 보였다. 석양에 물든 대문 옆의 뽕나무가 더욱 정겹다. 굴뚝에선 모락모락 연기가 피어오르고 아들이 올 것을 예측한 듯 어머니가 구우시는 간고등어 냄새가 허기진 코끝을 자극했다.

"엄마!"

"인식아!"

"오빠!"

"형!"

　감정이 북받치고 반가움이 커서 모두가 얼싸안고 크게 외치는데 아버지께서는 대청마루 끝에 평소의 모습으로 덤덤하게 서 계셨지만, 그 아버지의 모습에서 영화의 명장면처럼 한없는 사랑과 인자함을 느끼고 가슴 뭉클한 감동을 받았다. 앞마당 뽕나무 그늘에는 차가운 우물물이 채워진 바께쓰bucket 안에 여러 가지의 먹고 싶은 과일이 보기 좋게 둥둥 떠 있다. 아!
그때의 행복했던 순간을 평생 잊을 수 없다. 그날 밤 학교 숙제
를 하면서 밤늦게까지 호롱불 아래 공부하는 아들의 모습을 보
고 어머니께서는 안타까워 말씀하셨다.

"인식아, 그만 자거라."
"걱정 말고 엄마 잘 자. 나도 곧, 잘 거야."

그때부터라도 철저하게 공부하고 끊임없이 노력하며 원대한
꿈을 가지고 절차탁마切磋琢磨해야 할 세월을, 적당하게 공부
하고 적당하게 노력하며 적당하게 보내 버린 후회가 너무도 크
다. 다만 태어나면서 인연을 맺은 부모 형제와 친인척의 사랑
에 감사하고, 그간에 만난 모든 친구와 지인들의 도움과 가르
침을 가슴에 새겨서 다른 사람들에게 특별히 손해를 끼치거나
마음 아프게 하여 슬픔을 안겨 준 일이 없으니 천만다행千萬多
幸이 아닐 수 없다.

아버지께서 다시 영주 교육구청 학무과장으로 발령이 나서
영주로 이사를 하게 되어 나는 고민에 빠졌다. 안사병중에서
졸업을 하는 것이 영주의 중학교로 전학하기보
다 더 유리하다는 생각으로 영주와 안동 사이
백 리 길을 기차 통학하기로 결단했다. 중학교
2학년생으로, 영주의 집으로부터 안동의 학교
까지 기차 통학은 약간의 과장된 표현으로 지옥
행 열차 여행을 방불케 했다. 기차에 오르면 앞

을 수도 없고 몸을 자유롭게 움직일 수도 없어서, 장장 백 리 길 두 시간의 완행열차 통학은 고통 그 자체였다. 집에 도착하여 저녁 식사가 끝나면 다음 날 아침 일찍 떠나는 통학 열차를 타야 하기에, 좀이 쑤셔 잠자기 바쁘고, 열차 안에서 학교 공부 복습을 하고 싶지만, 너무나 복잡해 할 수가 없었다.

결국 1953년 2학년 중도에 영주중학교로 전학을 했었다. 지금 생각하면 그 복잡한 통학 열차 안에서도 끊임없이 공부하는 학생들이 있었고, 나도 피나는 노력을 해야 했음에도 불구하고 핑계와 변명으로 일관하여 전학을 결정한 것은 내 의지와 근면의 부족으로 결과가 나타나 지금의 나를 있게 한 것이라고 생각하니,

엎지른 물이라서 한탄한들 소용이 없구나!
It is no use crying over spilt milk.

2 - 2
맹자孟子와 순자荀子 그리고 전학轉學

전학하기 전에 이미 나는 학교를 옮기면 반드시 문제아가 시비를 걸고 나를 괴롭힐 것으로 예상했었다. 어린 시절 빈번한 전학으로 얻은 경험이 있었다. 아니나 다를까 텃세를 부리는 녀석들이 나타나 그들의 괴롭힘을 당하다가, 어느 날 나는 그 중 한 녀석과 싸움을 하지 않을 수 없었다. 학생들은 가정 교육에 따라서 우호적 학생과 악의적 학생으로 구분이 되지만 대

개는 야유와 조롱이 많았다. 이때부터 나는 인간의 천성天性은 악惡하여 시기와 질투가 생래生來적이어서 교육과 환경에 의한 후천적 순화 교육이 필수적이란 믿음을 가지게 되었다.

전국시대戰國時代 중국의 맹자孟子는 현실의 인간을 이념적 모습으로 파악하여 인간의 본성은 선善하고 천부天賦의 덕성德性으로 인仁, 의義, 예禮, 지智를 기를 수 있다고 보았으나 내가 살아온 세상의 인심과는 거리가 멀다는 생각이다. 반대로 그 시대의 순자荀子는 끊임없는 수양修養을 통하여 도덕적 품성을 완성해야 할 인간의 본성은 악惡에서 출발한다고 보았다.

내가 경험한 인간의 본성은 좋은 환경에서 모범적 가정 교육과 참다운 학교 교육의 정화작용淨化作用으로, 감수성이 풍부한 청소년기에 인성과 품격을 도야陶冶하지 않으면, 태어나면서부터 가지고 있는 감성적 욕망 때문에 악惡에 빠지기 쉽다.

오늘의 학교생활에서 학생들 간에 소위 따돌림blackball과 공갈blackmail이 있다는 것은 참으로 한심스러운 현상이며 국가백년대계國家百年大計를 위하여 반드시 척결剔抉해야 할 현상이다.

기독교基督敎 신학神學에서도 성경聖經 창세기Genesis의 아담Adam과 이브Eve 탄생 이후에 뱀the serpent의 유혹에 빠진 이브가 하나님이 금禁하신 선악을 알게 하는 나무the tree of the knowledge of good and evil의 열매를 먹고 아담에게도 먹게 함으로써 인간은 근본적 원죄原罪에 빠진다. 인간의 구원救援은 하나님의 은총에 의지해야 한다. 인간 본성의 원죄를 끊임없는 믿음으로 용서받아야 한다.

창세기에는 또한 죄악의 도시 소돔Sodom과 고모라Gomorrah

의 멸망의 역사가 나온다. 죄악의 도시 소돔과 고모라를 심판하시려는 하나님의 뜻을 알고 끈질긴 중보仲保의 기도를 드리며 아브라함Abraham은 의인 50인을 시작으로, 45인, 40인, 30인, 20인, 마지막으로 10인을 찾으면 용서하시려는 하나님의 언약을 받았으나, 결국 뜻을 이루지 못하고 소돔과 고모라는 하나님 진노震怒의 심판을 받아 멸망한다. 인간은 원죄가 있어서 끊임없이 회개하고 뉘우치며 개선, 발전하려는 후천적 노력이 필수적인 존재임을 벗어날 수 없다.

이 시기에 내가 깨달은 교훈은 어렵고 두려운 도전challenge이 닥쳐오면 괴롭고 힘들어도 슬기롭게 대처해야 한다는 점이었다. 학교에서 왕따를 당하는 심약한 어린이나 청소년을 보면서 불의에 대담하게 맞서는 근성과 기개氣槪를 살리는 가정 교육의 중요성을 알았다.

나는 싸움 후에 학년이 바뀌고 성적이 가장 우수하고 운동을 잘하여 반장도 되고 학교의 농구 선수가 되어 그 해 의성義城에서 열리는 경상북도 북부지구 중학교대항 농구 대회에 참가하여, 하필이면 다니던 안동사범병설중학교 팀과의 예선전에서 패배하고 돌아왔다. 그러나 이런 경험은 재미도 있고 보고 듣는 여러 가지 사회생활의 모습에서 배우는 바도 많았다. 그 후

로는 고등학교 입학시험을 치르고 안동사범학교에 입학할 때까지 순탄한 중학 생활을 이어 갔다.

담임 변종희 선생님과 영어의 김규련 선생님, 국어과 키다리 변 선생님도 기억이

새롭다.

다음 해인 1954년에 아버지는 안동동부초등학교 교장으로 전근되어 식구들 모두 안동으로 옮겨 교장관사에서 새로운 안동 생활을 시작했다.

나는 한 학기를 더 다녀야 졸업이 되어 나 혼자만 영주에 남아야 했기 때문에 있을 곳을 찾아야 했다. 다행하게도 영주역 앞에서 식당업을 하던 장원근 군의 집에서 함께 공부하게 되었다. 그때의 감사함을 제대로 갚지 못하여 미안한 마음이지만 친구는 조금도 개의치 않고 지금은 자기 고장의 노인회 회장으로 활동하고 있어서 참으로 감사하다. 두 녀석이 붙어 지내니 외롭지는 않았으나 집중력의 부족으로 고등학교 입학시험 준비에는 지장이 있었지만 눈 깜짝할 사이에 시간은 지나가고 나는 경북 북부 지역의 수재들만이 모인다는 안동사범학교에 입학하여, 부모 형제와 함께 고등학교 생활을 하게 되었다.

나는 안동사범병설중학교에 입학하고 영주중학교를 졸업하였으므로 중학교 동창회 두 곳에 등록되었으나 실實은 영주중학교 4회 졸업생이다. 우리 동기회는 조태영 사장이 회장을 맡고 있을 때 활성화되어 해마다 총동창회에서 나는 우리 동기회의 배구 선수로 전위 센터center를 맡아 중위 센터인 김동한 사장과 손발이 잘 맞아서 여러 번 우승도 했다.

지금 우리 동기회는 조경래 사장이 회장을 맡아 운영되고 있

지만, 중학교 동기 중 김병태 사장은 내가 경산대학교에 봉직하고 있을 때 경산까지 찾아와 반갑게 만나서 즐거운 한때를 보낸 기억이 새롭고, 어느 날 우연히 만난 황도천 전무는 그가 근무하는 극장에서 상영되고 있던 「글래디에이터Gladiator」를 감상하게 해주어, 그 후 TV에서 러셀 크로우Russell Crow 주연의 이 영화가 상영될 때마다 처음 봤을 때 느낀 감동이 되살아난다.

그리운 옛 친구들 권영섭, 김달영, 김두영, 김영학, 김영호, 박양서, 박영작, 박화수, 송명선, 신수철, 유재웅, 안병진, 이윤기, 이종준, 이종화, 이창희, 전덕구, 전재석, 전중석, 전호남, 정인섭, 최길수는 수시로 동기 동창회에서 만나고 있다.

2 - 3

고교高教에서 처음 느껴 본 심정

1955년 안동사범에 입학하고 아버지께서 안동동부초등학교 교장으로 오셔서 교장관사에서 온 식구가 함께 살던 때가 내게

는 가장 편하고 순탄했었다. 안동사범학교 생활은 새로운 희망
과 꿈을 안고 시작되었다.

중학교에서 문제아들과 싸운 경험이 있기에
무엇보다 먼저 아버님과 상의하여 운동 기구
를 마련하였다. 평행봉, 철봉, 역기, 곤봉, 줄
넘기, 아령 등의 다양한 기구를 갖추어 매일
방과 후에, 그리고 토요일과 일요일은 오후
해가 기울 무렵에 비가 오나 눈이 오나 몸을
단련하기 시작했다. 이 습관은 내가 눈에 불
을 켜 칼을 세우고 설치던 30대와 40대를 제외하고는 지금까
지 40년간 계속되어 매주 월, 수, 금 삼 일 하루 두 시간씩 규
칙적으로 운동을 하고 있다. 그런데도 세월 이기는 장사壯士 없
다고 지금은 당뇨, 고혈압, 전립선 비대증을 가지고 있으나, 지
난 수십 년간 독감 예방 주사 한 번 없이 지냈다.

이 시기에는 다른 지방에서 안동에 공부하러 온 남호경, 최
병길 등과 가깝게 지내며 시간이 나면 그들의 자취방으로 찾아
가 다정한 이야기도 나누고 앞날의 계획도 토론하며 젊은 날의
호연지기浩然之氣를 길러 보려고 애쓰기도 하고 그들의 어려움
을 알고 조금이라도 도움을 주려고 겨울이 되면 어머님께 부탁
하여 김장 김치를 나누어 주었다. 이 작은 일이 그들의 가슴에
감사함으로 남아 훗날 경주에서 남호경과 친구들의 분에 넘친
환대를 받고 큰 감동을 느끼기도 했었다.

방과 후 운동을 하려고 평행봉에 올라 옆집 담장을 넘어다보
면 키가 솔깃하고 건강미가 넘치는 여학생이 가끔 우물가에서

세수를 하거나 빨래를 하는 모습이 보였다. 처음에는 무관심했으나 시간이 지날수록 감정이 고조高調되어 처음으로 그 여학생에게 표현할 수 없는 묘하고 야릇한 심정을 느꼈다. 나는 중학교에 다닐 때까지는 여학생에 대해 전혀 관심이 없었다. 고등학교에 진학하고 운동을 시작한 후 평행봉 위에서 우연히 담장 너머로 보게 된 옆집 여학생을 향한 호기심이 사춘기思春期의 시작이며 이성異姓에 대한 그리움을 자각自覺한 시초였다. 그러나 처음에 느낀 막연한 연정戀情은 언제나 마음속에서만 맴돌고, 단 한 번도 발설發說하거나 용기를 내어 만나려고 애쓰거나 만남을 주선해 주도록 부탁하지 않았다. 나 혼자 안간힘을 쓰다가 끝나 버리고 시간이 흐르면 절로 야릇한 감정은 사라지고 없었다.

그때 그 여학생은 나의 이런 생각을 꿈에도 상상하지 못했을 것이니, 나 혼자만의 어처구니없는 짝사랑longing in vain이었을 뿐이었다.

용감한 사람들만이 미인을 얻을 수 있다.

The brave only can deserve the fair.

내가 이 속담을 이해하게 된 것은 한참 후의 일이었다. 그와 같은 정서적 미숙함과 정신적 성숙함 속에서 나는 규칙적으로 운동하며 학업에도 정진하고 있었다.

당시는 미국 영화가 우리나라에서 인기가 높았다. 할리우드Hollywood의 유명 배우들을 모르는 학생들이 거의 없을 정도였다. 유명 할리우드 배우들의 이름을 연이어 노랫말처럼 만들어서 자기가 좋아하는 곡에 맞춰 노래 부르고 유명한 배우와 감독의 이력personal history과 경력screen career을 외우고 뽐내며, 할리우드 영화에 심취心醉한 소위所謂 할리우드 아이들Hollywood kids이 많았다.

그때는 서부활극western과 검술 영화가 인기여서 총잡이gunman와 검객swordman의 모습이 청소년의 마음을 사로잡아 우상이 되었었다. 시대의 흐름과 사정이 그러하니 나도 대나무 막대기를 가지고 찔려도 아프지 않게 천 조각을 그 끝에 입혀 단단히 묶어서 그걸 검sword이랍시고 동생들을 윽박질러 나와 칼싸움 놀이를 하도록 강요를 하였으니, 지금 생각하면 다 큰 고등학생이 어린 여동생들과 놀기에는 너무나 치졸稚拙한 행동이라 가소롭다.

안동사범 재학 중에는 특별 활동 과정으로 배구와 농구부에서 열심히 방과 후 활동을 하여 학교 대표 선수가 되었으며 특히 배구부에서는 전위 레프트Forward left로 학교 대표가 되어 안동고등학교와의 결승에서 비록 패한 경기였지만 빛나는 활동으로 칭찬을 받아 크게 고무된 적이 있었다.

운동장에서 수많은 친구와 후배들의 우렁찬 응원 소리를 들으며 경기할 때는 사명감과 도취감에 사로잡혀 시간의 흐름을 잊은 채 흥분된 상태로 있다가, 경기가 끝나고 일정 시간이 지나 선생님들과 선수들이 함께 모여 식사할 때가 되면 비로소 제정신이 들어 경기 중의 실수와 오판誤判 때문에 몸 둘 바를 모르게 된다.

이제 시간이 흘러 상급생이 되자 비로소 오늘의 고삼생高三生들이 겪고 있는 졸업 후 진로進路에 대하여 아버님과 의논하며 고민하기 시작했다.

② - 4
시선詩仙 이백李白도 술 때문에

그 무렵 외삼촌 두 분이 우리 집(교장관사)에 오셨다. 나에게는 외삼촌 네 분, 이모님 두 분이 계셨는데 자주 오시던 둘째(우종민)와 막내 외삼촌(우종윤) 두 분은 좋지 않은 음주飮酒 습성習性 때문에 주변의 걱정이 많았다.

둘째 외삼촌은 술alcohol을 지나치게 좋아하셨다. 일생 특히 남성의 일생 중, 선천적 기질 때문이든 후천적 요인 때문이든 파멸의 나락奈落으로 떨어져 패가망신敗家亡身 당하는 것은 술에 의한 주사酒邪나 주정酒酊 때문이라고 나는 확신한다.

고대 서구西歐사회의 신화神話에는 주신酒神으로 로마Rome의 바커스Bacchus와 그리스Greece의 디오니소스Dionysos가 있다. 지금도 바커스의 아들son of Bacchus이라면 술고래drunkard를 뜻하며, 술에 취하면drunk, 녹초blind가 되고, 마지막으로 고주망태blotto에 이른다. 나는 외삼촌의 이런 실패를 타산지석他山之石으로 삼아 하마터면 빠질 뻔했던 내 젊은 날의 방황을 잠재울 수 있었다.

이태백李太白으로 더 잘 알려진 중국의 시인 이백李白(701-

762)과 두보杜甫(712-770)는 두 사람 모두 국보적 존재의 시인이다. 두보는 시성詩聖이라 불리고 이백은 시선詩仙이라 불릴 만큼 중국 역사상 가장 뛰어난 시인으로 칭송을 받는다. 두보는 성실하게 인간적 삶을 살면서 인간 속에서 시혼詩魂을 찾으려 하였으나, 이백은 그의 호방하고 자유분방自由奔放한 기질 때문인지 지나치게 술을 좋아하여 어려움을 겪다가 시선의 경지에 이르러서도 고난苦難의 인생을 고뇌苦惱 속에서 살다가 병사病死하였다. 하물며 범부凡夫의 삶에서야 뜻을 펴보기는커녕 낭사浪死밖에는 없다는 것이 과음過飮에서 내가 얻은 교훈이다.

둘째 외삼촌은 주정이 심했기 때문에 우리 집에 와서도 아버지 앞에서 당당하게 행동하지 못하고 언제나 눈치를 보는 모습을 보였다. 맑은 정신일 때는 지나칠 만큼 온화하고 다정하며 집안의 어렵고 힘든 일을 깨끗하게 처리하면서도 술을 마시면 너무나 다른 모습으로 변했다. 그때 나는 음주飮酒 습관과 음주 문화가 주변 사람들에게 끼치는 영향과 결과가 당사자當事者뿐만 아니라 타인에게도 큰 불행을 초래하는 현실을 경험하고, 나 자신의 사회생활에서 크게 각성하고 조심하게 되었다.

막내 외삼촌은 당시 경북대학교 사범대학 영문과 재학생으로 키는 조금 작은 편이지만 이목이 수려하고 품행이 방정한 미남 청년인지라 내 부모님의 사랑과 우리 형제자매의 동경憧憬을 받고 있었다. 내가 삼 학년이 되어 졸업 후의 진로에 대해 고민하고 있던 차에 막내 외삼촌이 나타났다. 우리는 기쁜 마음으로 대학 생활에 관한 여러 가지 이야기topic를 나누며 사범학교 졸업 후의 내 진로에 대해 아버지와 함께 의논하는 일이 잦았다.

2 - 5
장고長考 끝에 악수惡手

외삼촌의 조언, 아버지의 허락 그리고 나의 판단으로 대학 진학이 결정되었다. 진학을 결정한 다음의 문제는 대학교와 학과의 선택이 어려운 고민이었다. 졸업 연도인 1958년도에는 전국적으로 일부 대학교에서 학과 정원의 일할一割을 무시험 전형으로 선발하는 제도가 있었다. 이 제도는 나에게 절호絕好의 기회였다.

대학 입시에 중요한 과목으로 영어와 수학에 치중置重해서 입시 지도를 하는 인문계 고등학교와는 달리 사범학교는 교사 양성을 위한 교육 기관으로 입시에는 불리한 점이 많았으나 무시험 전형으로 학생을 선발하면 삼 학년 일 학기 성적이 매우 중요했다. 당시 내가 진학하기를 원한 대학교와 학과는 연세대학교 정치외교학과와 경북대학교 사대 영문과였다. 서울은 경제적 어려움과 정서적 두려움으로 피하게 되고 대구에 있는 경북사대 영문과를 택하게 되었다. 이미 막내 외삼촌이 재학 중일 뿐만 아니라 사범대학은 큰 액수는 아니라도 장학금이 지급되어 여러 가지로 유리한 점이 있었다.

Life is a matter of choice between birth and death.

- Jean Paul Sartre(1905-1980) -

인생은 생사 간生死間 선택의 문제다.

- 사르트르 -

인간의 일생을 생사 간生死間의 선택 과정으로 본 사르트르 Sartre의 명제命題는 인생人生 도처到處에서 명증明證된다.

이번 선택은 아버님과 외삼촌의 도움이 있어서 비교적 큰 고민 없이 결정되었다. 그러나 이후 아버님이 돌아가시고 외삼촌이 없을 때 나 혼자 선택하고 결정해야 하는 순간은 수없이 많았다.

양자택일alternative의 결정적 순간마다 우유부단優柔不斷의 장고長考 끝에 악수惡手만 두어 위험이 따르나 모험을 해서라도 큰 꿈이 이루어지도록 도전하지 못하고 선택과 결정의 순간마다 안전하고 소박한 결론을 내려 후회하다가 또다시 선택의 기회가 왔을 때의 결정은 역시 과감하고 현명하지 못하였으니, 평생을 안타까이 여기며 후회하다가도 더 깊은 나락에 떨어지지 않은 것을 다행이라고 자위自慰하며 살았다. 그렇지만 후대의 젊은이들에게 주고 싶은 마음속 깊은 곳에서 우러나오는 말은, 큰 인물이 되려면 과감하고 강인한 의지로 고난을 참아야 한다는 점이다. 큰 책임과 고뇌를 인내할 의지가 없으면 안이安易한 삶으로 끝나게 되는 것이니 이 또한 각자의 선택과 결정의 문제가 아니겠는가!

무시험 전형의 진학을 결정하고 삼 학년 일 학기만은 지금까지와 전혀 다른 자세와 정신으로 최선을 다해 공부하고 부진하다고 생각되는 한두 과목은 선생님께 하소연하여 중요한 부분을 더욱 철저하게 공부해서 가장 우수한 성적으로 경북사대 영어과에 입학하게 되었다.

그해 삼 학년 2학기는 이미 대학교에 합격하여 교내 게시판揭示板에 내 이름이 게시되어서 다른 학생들의 축하도 받고 학교 시험도 가벼운 마음으로 치러 내 학창 시절 중 가장 편하고 걱정이 없었다.

막내 외삼촌과 나는 부족하지만, 우리 나름대로 자주 영어회화English conversation를 나누려고 노력했다.

"Shall we speak in English?"

"영어로 이야기할까?"

"As you wish."

"좋을 대로"

"What do you want?"

"무얼 할래?"

"I wanna hit the town and enjoy delicious food and drink."

"시내에 가서 맛있는 음식을 먹고 싶어."

"What's yours?"

"뭘 먹고 싶은데?"

"Please, ask me no question. I know beggars can't be choosers."

"제발 내게 묻지 마. 얻어먹는 주제에 내가 뭘."

"Okay, I'd like to have dinner with you today not

제2장 그리운 학창시절(學窓時節)과 군생활(軍生活)

to say, 'Please' but to tell you what you should do for your future.'

"좋아. 오늘 너와 함께 식사하는 건 부탁하려는 게 아니고 장래를 위해 네가 할 일을 말해 주려는 거야."

회화를 공부한 시간과 경험의 부족으로 막내 외삼촌과의 영어 회화는 언제나 짧게 끝났으나 결국 외삼촌에게 점심값 부담을 주게 되니 외삼촌이 떠날 때 아버지와 어머니께 부탁하여 넉넉한 차비와 잡비를 도와주도록 공을 들였다. 이후 내 일생은 영어와 함께 평생을 보낼 운명으로 결정되고 지금도 나는 영어를 가르치고 있지만, 고백하거니와 영어와 함께 일생을 보내는 동안 누군가 결정권이 있는 당국자當局者가 내게 영미국英美國의 중요한 국가 기밀 회의에 참석하여 그들의 비밀을 탐지해 오도록 부탁 또는 명령할까 봐(그런 일은 절대 없겠으나) 노심초사勞心焦思하며 두려워했으니 스스로 생각해도 헛웃음이 절로 난다.

인간의 삶에는 누구에게나 예외 없이 닥치는 크고 작은 불행과 고난이 있는가 보다. 아버지께서 부하 직원인 선생님 한 분의 실수와 모함으로 의성義城의 남부국민학교로 가시게 되어 우리는 다시 어려운 생활을 하게 되었다.

나와 여동생 셋(쌍둥이는 안동사범, 셋째는 안동여고)은 아버지가 근무했던 같은 학교의 김지봉 선생님 댁에서 방 하나를 세 들어 자취하게 되었다. 여동생들은 양식을 아끼려고 애써 양을 줄여 밥을 하면 운동하고 돌아온 오빠가 봉두峯頭로 밥 한 그릇을 마파람에 게 눈 감추듯 하니 여동생 셋은 남은 밥을 나누어 먹고 허기진 배로 잠을 잤으며, 끼니때마다 아끼다가 학교에서 공부할 때 기운이 없어서 고생했던 불평을 기회가 있을 때마다 늘어놓으며 투덜거려서 웃으며 듣고 넘겼지만 내심內心 안타깝고 가련한 마음 한없으니, 지금이라도 잘 보살펴 주고 싶지만 인간사人間事 뜻대로 되지 않아 안타깝기 그지없다.

이제 청소년기 끝자락인 고등학교 생활도 마지막이다. 고장 난 벽시계는 멈추었는데 저 세월은 고장도 없이 흘러만 가니 지난 세월 한탄 말고 남은 세월 알뜰하게 가꾸어 나가야 하지만 철없던 시절은 속절없이 지나가 버렸다.

그리운 모교 안동사범에서 만나 지금도 일 년에 한 번씩 우애를 나누는 우리는 1958년에 졸업하여 동기회를 오팔(58)회로 부르고 있다. 그리운 오팔회 동기생들은 남학생 세 반, 여학생 한 반으로 졸업하여 지금까지 한 반 이상이 작고하고 남아 있는 친구의 수도 해마다 줄고 있어 '인생칠십고래희人生七十古來稀'란 두보杜甫의 곡강曲江이 생각난다.

김문배, 김성환, 김호진, 김호영, 마공신, 박준영, 서우달, 이재문, 이형중, 정성기, 정영훈은 서울에서 자주 만나고 이종원, 우상화, 윤충한, 조광래, 김달규는 대구에서, 그리고 김금홍, 임영희, 이수교는 큰 일이 있을 때마다 도움을 주어 감사한 마음이 크다. 우리 동기회는 매년 10월이면 반드시 대구와 서울에서 맛있는 음식과 정담을 나누며 즐거운 하루를 보내는 세월이 어언간 수십 년이다.

나는 이제 새로운 희망을 품고 대학 생활을 하기 위해 대구에 왔다. 본격적인 청년 생활이 시작되는 순간이다.

2 - 6

대학에서 터진 염복艶福, 아내가 넷

1958년 3월에 안동사범을 졸업하고 이미 무시험 전형으로 합격한 경북대학교 사대 영어과의 학생으로 청운青雲의 꿈을 안고 처음으로 대구大邱에 발을 들여놓았다. 대구는 내가 인생의 청춘기를 바친 뜻깊은 곳으로 나에게는 제2의 고향이다. 행정 구역상 직할시直轄市인 대구는 낙동강洛東江과 그 지류支流인 금호강琴湖江의 합류지점合流地點 동쪽에 위치한 우리나라 굴지屈指의 교육과 문화의 중심이다. 이곳에 우뚝 솟은 경북대학교慶北大學校는 영남지방嶺南地方 최고의 교육 기관으로 한강漢江 이남以南에서

는 가장 우수한 학생들이 동경하는 교육의 명문名門이다. 특히 사범대학 영어과는 경북대학교에서도 의과대학과 쌍벽을 이루는 학과여서 학생들의 자부심이 높았다. 옛 달구벌達句伐의 대구분지大邱盆地 중심에 위치한 대구는 여름에는 덥고 겨울에는 추워 그 당시 생활이 어려운 학생들에게는 혹독한 환경이기도 했지만, 처음으로 대도시에 온 촌뜨기 학생에게는 모든 것이 신기하고 두려워서 처음에는 힘들었으나 차츰 익숙해지고 정이 들어 제2 고향의 기틀이 잡히고 있었다.

대구에 와서 막내 외삼촌과 외삼촌의 후배 종씨宗氏 우후덕 학형을 만났다. 우씨禹氏는 본관本貫이 단양丹陽뿐이기에 그들은 서로 가깝게 지내며 도시 생활에 어리둥절한 시골뜨기를 도우려고 적극적으로 힘써서 대신동에 가정교사 자리를 마련해 주어 어렵지만 안정된 대구 생활이 시작되었다.

경북대학교 등교 첫날 설레는 가슴을 안고 신입생 환영식 Freshmen Orientation에 참석했다. 총장 이하 관계 교수들이 전공에 따라서 장시간에 걸쳐 학생들에게 필요불가결必要不可缺한 가르침을 주었다. 첫째, 철학과 하기락 교수님의 신입생을 위한 철학哲學 강의가 있었다. 영어의 philosophy哲學는 그리스어의 philo愛와 sophia知의 뜻을 합친 애지愛知의 학문을 뜻하지만 단순한 애지愛知의 지식인知識人이 아니라 자신의 언행에 반드시 책임을 지는 행동하는 지성인知性人이 될 것을 당부하여 큰 감동을 주었다. 둘째, 대학의 모든 학사 행정은 중고등학교처럼 담임제도가 없고 학생들 본인의 책임으로 운영되기 때문에 철저히 자기 책임으로 생활할 것을 강조하는 교학처장의 당부가 있어서 내심 실수가 있을까 봐 대학 생활이 두렵게 느껴지기도 했다. 두려움 속에서도 희망에 찬 나날이 지나가고 가정 교사의 책임 속에서도 대학 생활을 뜻깊게 보내려고 노력하며 내 자신의 학점 관리에도 정성을 쏟았다.

경제적 어려움이 많은 우리 집 형편에 비추어 입학 즉시 가정 교사로 입주하여 대학 생활을 시작하니 여간 다행스러운 일이 아닐 수 없었다. 내가 가르치게 된 학생(김창달)은 중학교에 갓 입학했으므로 특별한 기억은 없다. 다만 그 댁의 사업가 맏아들은 당시의 사회적 기준으로 모범적인 아버지는 아닌 듯 부인과의 사이가 화목한 것처럼 보이지는 않았다. 그 부인은 온화하고 다정한 분으로 어린 딸 하나를 둔 현모양처賢母良妻의 전형典型으로 보이지만 때때로 엿보이는 우수憂愁의 편린片鱗이 애처로운 여인이기도 했다. 그녀의 딸은 어려서 유치원에도 가지 않았지만 귀엽고 고와서 모든 식구의 사랑을 담뿍 받았다.

가죽이라도 소화시킬 한창나이의 젊은이가 아닌가! 유난히 무덥고 습한, 분지 기후의 특색을 지닌 대구의 오뉴월五六月 염천炎天에 운동장에서 체육 수업을 마치고 버스비가 아까워 걸어서 집에 오면 파김치가 되어 늘어지지만, 그래도 몸과 마음을 가다듬어 맡은 학생을 가르친 후에 자기 공부를 해야만 하는 가정 교사의 고된 생활을 안타까워하며, 나를 도우려고 애쓰는 부인의 모습이 너무나 감사하게 느껴졌다. 그러다가 어느 날 곱게 단장한 부인이 외출하며 내게 눈짓을 했지만, 영문을 알 수 없는 나는 내 방에서 학생을 가르친 후 중간고사 준비를 하다가 무언가 지붕 위에 떨어지는 소리를 듣고 나가 살펴보았다. 골목 끝 발치에서 부인이 내게 손짓을 하며 서 있었다. 밤은 깊어 어두운데 어찌할 바를 몰랐던 나는 내 방에 돌아가 불을 끄고 누워 자는 척했으나 잠이 올 리가 없었다. 다음 날 내 방에서 책을 읽고 있는데 부인이 들어와 방을 청소하면서 밤에 만날 장소와 시간을 알려 주었다. 망설이다가 약속된 장소인 식당에 갔더니 평소와 다른 모습의 부인이 맛있는 음식과 맥주를 주문하여 떨리고 감사한 마음으로 난생처음 진수성찬을 즐겼다. 그 이후에도 매번 숙맥菽麥처럼 청아淸雅한 만남으로 끝나 헤어지고 나는 다른 가정으로 자리를 옮기게 되었다. 그러나 인연이란 하늘의 뜻인지 일 년이란 기간이 지나고 내가 다시 맡게 된 학생(김달권)의 집이 바로 가까운 이웃이었다. 시간이 흐름에 따라 내 삶의 기록이 진행되겠거니와 다시 만난 인연에 대해서도 쓰지 않을 수 없을 것이다.

한 학기가 지나가고 성적표를 받아보니 대학 신입생 최우수 성적으로 학점을 이수하여 도비道費 장학생 선발 시험에 응시할 자격을 얻었다. 비록 타 대학 대표들과 함께 도청회의실에서 경쟁하여 한 명을 가려내는 최종 선택에 들지는 못했지만, 대학에서의 최초 성적에 감동한 나머지 너무 기뻐 부모님께 달려가 자랑을 늘어놓았다. 돌이켜 생각하니 이때의 내 기쁨이 내 일생을 적당한 평범平凡 속으로 침잠沈潛시킨 계기契機가 되었다는 후회가 크다. 만약 내가 그때를 기점起點으로 새롭게 결심하고 자신 있게 전공에 진력盡力했다면 보다 큰 세계에서 활동할 수도 있었을 것이나 그만 자만에 빠져 우물 안 개구리가 되어버렸다. 길고 긴 인생의 여정旅程에서 이런 실수가 곳곳에 숨어 있으니 어찌하여 가벼운 전진에 만족하고 안일과 평안으로만 흘러갔던가!

입학 후 한 학기가 흐르고 가을이 되자 사범대학 가을 축제가 있었다. 희곡戲曲 전공의 문리대 김홍곤金洪坤 교수께서 사대 영어과생을 모두 모이게 하여 희곡의 대사를 크게 소리 내어 읽게 하였다. 몇몇 학생이 손을 들고 자원하여 대사를 읽었

다. 교수님 표정이 만족스럽지 않았다. 잠시 후 나도 손을 들어 큰 소리로 배우가 감정을 넣어 대사를 말하듯 읽었다. 교수님은 즉시 나를 지명하여 가을 축제에서 영어과가 주관하는 영어 연극의 주연을 맡기셨다. 나는 기뻤으나 걱정 또한 컸으니 그때는 내가 처음 가정 교사로 입주했던 집을 떠나 다른 선배의 주선으로 대구 칠성시장七星市場에서 철물점鐵物店을 운영하는 가정에 입주하고 있었다. 문제는 심각했다. 처음으로 찾아온 좋은 기회를 잃고 싶지 않았기 때문에 고민은 더 컸다. 까닭인즉 학생의 아버지 되시는 사장님은 이른바 무골호인無骨好人으로 말이 없고 조용하며 착하기 그지없으나 그 부인인 학생의 어머니는 정반대였다. 의심이 많고 믿음이 없어 늘 불안하고 잠시도 가만히 있지 못하여 자기 집에 들어와 일하는 남녀 모든 직원과 가사도우미에게 입에 담지 못할 욕설로 갑甲질을 일삼으니 견디기 힘들어 그 집과 그 가게에서 오래 일하는 사람이 없었다.

내가 비록 그 집에서 숙식하는 가정 교사이기로서니 명색名色이 자기 아들을 가르치는 선생님인데도 나를 대하는 언행 역

시 대동소이大同小異하여 참기 힘들었으나 참고 또 참아서 당장 어려운 여러 가지 사정을 잘 이끌어 나아가야 했다. 그 부인은 의심이 많고 배움이 부족하여 선생님과 학생 사이의 친화적 믿음rapport이 얼마나 중요한지를 전혀 이해하지 못하고 학습 효과에 상관없이 주어진 시간을 일분일초라도 어기지 않고 채우고 있는지를 감시하여 가정 교사인 나뿐만 아니라 학생도 초조하고 불안하여 안절부절못하였다. 감시는 심하고 마음은 초조하지만 잠은 더욱 쏟아져 연극 대사를 외우기가 너무 힘들어 살을 꼬집고 찬물을 덮어쓰기 여러 번 되풀이하지만 힘들기는 마찬가지였다.

내 생애 처음으로 담배를 피우게 된 것은 이때였다. 우연히 친구로부터 미국 담배 쿨COOL 한 개비를 얻어 피웠다. 담배의 진을 거르는 필터filter에 박하가 들어 있어서 한 모금 흡입을 하면 박하향이 스며들어 졸음을 쫓기에 안성맞춤이었다. 국제시장에서 이 담배 한 갑을 사면 아끼고 아껴서 피우지만, 값이 턱없이 비싼 이 담배를 가난한 고학생이 얼마나 오래 지탱할 수 있으랴. 차츰 질이 떨어지는 독한 담배로 옮겨 상당히 오랜 기간 지속되었다. 무사히 연극을 마치고 나니 그 덕택에 친구와 여학생들의 호기심이 높았다. 이를 계기로 나는 대학 4년

간 매 학년마다 영어 연극에 출연했으며 그때마다 내가 맡은 배역part은 언제나 아내역이 있었다. 그러니 해마다 가을 연극에서 새 아내를 맞아 대학에서 4명의 아내를 두었다. 이것도 타고

난 운명의 염복艶福이라면 염복이 아닐 수 없다.

일 년이란 세월이 정신없이 흐르고 내가 새로 옮겨 간 가정은 내외분 모두가 착실한 기독교 신자로 서문시장西門市場에서 포목상을 하며 비교적 여유가 있는 중산층이었다. 두 분은 학교 교육이 많지는 않아도 인격이 훌륭하고 품성이 온화했다. 이 댁의 대문을 들어서면 남향으로 본채가 있고 동향으로 별채가 있었다. 별채 서쪽 방에 나와 그 댁의 외아들이 함께 공부하게 되어 있었다.

2 - 7
젊음은 성실했지만 깊지는 않았다

이 댁의 외아들 김달권 군은 착하고 인정이 많으며 형제자매가 없어서 외롭던 차에 큰형 같은 대학생 선생님이 오게 되니 기쁜 마음으로 맞이하여 주었다. 그때 달권이는 중학생이었고 원하는 고등학교에 진학하기 위해 가정 교사가 필요했다. 나는 성실하게 지도하며 부모님과 학생의 소망이 이루어지도록 열과 성을 다하여 가르치고 또 가르쳤다.

생각해 보니 과유불급過猶不及이라, 선생님의 의욕과 안타까움이 가르친다는 막중한 책임만을 생각하고 배우는 학생의 심리와 학습의 효과를 고려한 학습 지도자의 품격과 태도를 갖추지 못하여 격한 감정으로 힐난詰難하고 힐문詰問했으니 배우는 학생은 얼마나 괴롭고 비통悲痛했을지 돌이켜 보면 학생에게 미안하고 부모님께 죄스러운 마음 한이 없다.

선생님으로서 하나라도 더 잘 가르쳐서 원하는 성적을 거두고 싶은 간절함 때문에 거짓 없는 진정眞情을 바쳤으나, 하나라도 더 가르치려는 지나친 욕심과 그래도 깨닫지 못하는 학생에 대한 안타까움이 오히려 배우고 있는 학생에게 중압감과 두려움을 안겨 주어 학습 효과가 기대에 미치지 못할 수도 있겠다는 깨달음이 너무 늦었다. 그러나 하나님께 맹세하거니와 가정교사로서의 정성과 성실한 역할에 대해서는 조금도 부끄러움이 없었다.

지금도 김달권 군이 그립고 보고 싶은 마음 간절하다. 간절함이 아무리 커도 결과의 쓰라림을 어이 덮을 수 있으랴. 원했던 학교에 진학하지 못하여 학생 본인과 부모님

은 실망이 매우 컸으며 나도 못 견디게 괴로웠지만, 시간이 흐르고 슬픔이 가라앉으니 새로운 결심과 각오로 다음에 오는 대학 진학에 매진하기로 의논을 마쳤었다. 대학 생활 일 년은 그렇게 정신없이 흘러갔다.

영어과의 이규동李楑東 주임 교수님은 성품이 인자하고 고결高潔하신 기독교인으로 우리에게 음성학phonetics을 강의하셨다. 일 년 후 나는 주임 교수님의 인정을 받고 교수님 댁에 드나들며 교수님의 연구 논문과 저서 정리를 돕는 학생 중 한 사람이 되었다. 훗날 나의 결혼식에 오셔서 주례主禮를 맡아 주시고 평소에도 아낌없는 지도와 조언을 주셨다.

영시英詩 전공 김종윤金鍾允 교수님은 졸업 후 우연한 기회에 통행금지通行禁止 위반으로 경찰서에서 만난 인연으로 잠시 동안 가까운 사제師弟 관계를 누렸다. 신설 대학의 신임 교수 추천 의뢰를 받은 교수님은 고심에 고심을 거듭하더니 어느 순간 전혀 내색하지 않던 일 년 후배 친구를 추천했다. 친구는 교수님의 추천을 받고 상당히 큰 경제적 도움을 드렸다고 알리며 그 후로는 교수님과 우연히 만나는 일조차 없었다고 고백했다. 여러 가지의 근거와 이유가 있었겠지만 내가 느낀 허망함과 실망감이 너무나 커서 한동안은 입맛이 쓰고 밥맛이 없어 힘에 겨워 끔찍한 시련을 겪었다. 반드시 내게로 와야 할 필연적 근거와 명분이 있는 것도 아니건만 나는 왜 김칫국부터 마시고 그 일에 아무런 관심도 없다는 듯 수염 쓸며 앉아 있었는지 스스로 생각해도 어처구니없는 모습의 허영청虛影廳에 단자緞子 걸기였다.

2 - 8

백사장白沙場에서 사라지다

1959년 정치적으로 점차 어지럽던 사회 속 자유당 정권의 부정 선거로부터 촉발된 학생 운동이 1960년 4·19혁명을 일으켰다. 허정許政 과도 내각과 장면張勉 정권이 들어섰지만 날마다 데모demonstration와 농성strike이 계속되었다. 나 역시 학생 운동에 가담하여 활동하다가 어수선한 사회생활과 교육 환경의 불안정으로 정상적 학교 강의가 이루어지지 않아서 부모님의 걱정을 덜어드리려고 아버님을 찾아뵙기로 작정했다. 아버지께서는 이즈음 의성에서 전근되어 곡강曲江 초등학교 교장으로 계셨고 어머님과 동생들은 안동에서 전세를 얻어 생활하고 있었다. 내가 대구에서 곡강으로 내려가 버스에서 내리니 눈앞에 펼쳐진 아담하고 정다운 시골 풍경이 눈부시게 아름다웠다. 아늑한 시골 초등학교의 교정에서 뛰노는 어린 학생들 사이로 걸음을 옮겨 교장실로 들어서니 아버지께서 놀라시고 반갑게 맞아 주셨다. 그날 저녁 아버지께서 자취自炊하시는 교장관사에서 아버지가 해 주신 밥과 반찬이 어쩌면 그렇게도 맛이 좋은지 지금도 그 맛을 잊을 수가 없다.

다음 날은 마침 학교의 소풍날이라 나도 아버지와 함께 소풍 장소에 갔다. 점심시간이 되어 선생님들과 학생들을 따라온 학부형 모두가 한자리에 모여서 학교에서 준비한 음식과 학부형들이 가지고 온 음식이 푸짐하게 합쳐지고, 또한 여러 가지 주류酒類도 마련되어 있었다. 대학생인 교장의 아들이 왔다고 여러 선생님과 학부형들이 매우 호의적으로 맞아 주셨다. 그때 나는 평생 처음 흐뭇한 마음으로 주는 잔을 다 받아 마시고 취하여 자리를 떠나 비틀거리며 헤매다가 나무 그늘 아래 쓰러져서 깊은 잠에 빠졌다. 시간이 되어 학생들은 학교로 돌아가 모두 안전하게 귀가하고 아버지와 선생님들이 없어진 내가 걱정되어 나를 찾아서 소풍 장소에 다시 왔었다. 모두 다 큰 소리로 내 이름을 외치니 나는 그제서야 잠에서 깨어나 어슬렁거리며 숲에서 걸어 나와 겸연慊然하여 몸 둘 바를 몰랐던 경험이 새롭다. 아버지와 선생님들이 얼마나 걱정을 했던지 마치 잃어버린 자식을 다시 찾은 것처럼 기뻐하시니 더욱 송구悚懼스럽고 몸 둘 바를 몰랐으나, 다른 한편으로는 사랑을 받는다는 고마움에 큰 감동을 받아, 일생을 사랑받는 사람으로 살겠다고 굳게 다짐했었다.

그 시절 우리 사회는 기강이 해이解弛하고, 학생 및 사회단체의 무분별한 요구가 난무亂舞하며, 북한의 대남對南 투쟁 선전 선동이 극심極甚하여 뜻있는 국민들의 걱정이 태산 같았다.

1961년 5월 16일 박정희朴正熙(1917-1979) 장군이 주도主導한 군사 혁명이 일어났다. 다음해 대통령 권한대행權限代行을 거쳐 제5대 대통령으로 취임한 이후 그가 시작하여 이끌어 온 새마을 운동과 산림녹화 사업 및 경제 개발은 정치적 자유의 일부 제한制限에 대한 불만이 있음에도 불구하고 대다수 국민의 열렬한 호응과 찬사를 받고 있다.

사범대학의 축제에서 영어 연극에 출연한 경험 덕택에 내 이름이 알려진 후라서 국어과 김병기와 김영건 그리고 여학생들과 함께 극작가 김찬오 선생님의 지도로 전국 대학생 방송극 경연 대회에 참가하였다. 입상을 하지는 못했으나 서울에서

즐겁게 보낸 지난날의 추억에 잠기면서, 그 다음에 있었던 성우聲優와 배우俳優의 길을 갈 수 있는 행운의 기회를 놓친 아쉬움이 크다. 대구의 옛 한일극장에서 유치진 원작의 「왜 싸워」란 작품을 공연했을 때 우리의 연기 지도와 작품 연출은 배우 김동원金東園과 함께 극단 신협新協에서 활동하던 조趙 선생님과 당시

「우물」이란 희곡으로 등단한 김홍곤 교수님 두 분이 하셨다. 그때 내가 가르치던 학생 김달권도 나와 함께 연극에 참가하였다. 달권이는 선생님과 함께 과외 활동을 하게 되어 재미있고 다양한 생활의 변화를 즐겁게 받아들이며 기뻐하여 나도 기뻤다. 달권이는 자기가 맡은 어린이 역의 연기를 매우 자연스럽게 소화하고 대사도 정감 있게 잘하여 나는 새삼스럽게 기쁨을 느꼈었다. 이후 나는 KBS와 신협에서 실시한 성우와 연기자 시험에 일차 합격을 하고도 본선에 참가하지 못하여 연기자의 길은 멀어졌지만, 당시의 흐름으로는 연기보다 영어 전공이 더 안전한 삶의 길이라고 생각했었다.

2 - 9
춤추는 열정

나는 달권이와 함께 쓰는 내 방에 누워 있었다. 어쩐지 전에도 이런 일이 있었던 듯싶은 데자뷰dejavu였다. 누군가, 나를 찾아와 보고 있는 것 같았다. 나는 가볍게 머리가 흔들리는 느낌을 받으며 방문을 열고 밖으로 나가 보았다. 아무도 없었다. 다시 누워 눈을 감고 잠을 청하던 차에 이번에는 긴가민가 지붕에 무언가 떨어지는 소리가 들렸다. 전처럼 헛걸음일 수도 있어서 가만히 누워 있는데 또다시 가냘픈 소리가 들렸다. 나는 방문을 열고 밖에 나가 대문까지 열어 보았다. 아무도 없었다. 이상하게 생각하며 문을 닫으려는 순간 골목 끝 모퉁이에서 펄럭이는 치마 끝단이 보였다. 나는 대문을 열어 둔 채로 달려가 한 여인을 보았다. 웃으며 맞이하는 그녀는 옛 가정 교사 댁의 친절했던 그 부인이었다. 부인과 나는 반가운 마음에 서로 손을 마주 잡고 인사를 나누었다.

"선생님!"
"안녕하셨어요?"
"그간 많이 변했어요. 이젠 어엿한 청년 대장부네……"
"부인도…… 어, 젊고 예뻐졌어요."

빈말이 아니라 나도 모르게 튀어나온 인사였다. 우선 곱게 차려입은 자태가 아름답고 다음으로 짙은 화장과 진한 향수에서 풍기는 향긋한 체취가 옛날과는 다르게 매우 세련되고 품위가 있어 보였다.

"어머나, 선생님, 감동이네……"
"집에 아무도 없고 대문을 열어 놓아서……"
"그래요? 그럼, 잠깐 선생님 방 좀 구경하고……"

그녀와 나는 내 방 안을 둘러보았다. 책상과 책 그리고 좁은 방 한쪽에 개어 둔 이불밖에 없었다. 안채 툇마루에 걸터앉은 그녀가 무심결에 치마를 펄럭이니 깊은 계곡에 숨겨둔 희디흰 팬티panties와 더불어 곱디고운 속살이 드러났다. 혈기방장血氣方壯한 젊은이의 눈이 감전感電되어 감당하기 어려운 열기熱氣가 탱천撐天하고 가슴이 뛰어 얼굴이 달아올랐다. 어찌할 바를 모르고 머뭇거리다가 다음 공휴일에 다시 만나기로 약속하고 그날은 그렇게 헤어졌다.

다음 날 공중목욕탕과 이발소에 들러 당시의 세속적 유행어로 때 빼고 광낸 후에, 옷매무새 가다듬고 시간에 맞춰 집을 나와서 골목을 돌아 큰길에 들어서니 낯익은 여인이 저만치 서서 나를 건너다보고 있었다. 그녀는 나를 보자 앞장서서 걸어가다가 슬쩍 곁눈질하며 뒤를 쳐다보더니 당시로서는 상당히 고급스러운 중식당中食堂에 들어갔다. 나는 잠시 뜸을 들인 후 뒤따라 들어가서 그 식당이 자랑하는 특실特室로 종업원의 안내를 받았다. 그 시절時節에는 이와 같은 중식당의 특실이 다른 사람들의 이목耳目을 피하고 오롯이 두 사람만이 만날 수 있는 유일한 비밀 장소였다. 나와 그녀는 반가운 마음에 서로 손을 마주 잡고 눈을 바라보며 입가엔 미소를 머금고 이야기를 나누었다. 그녀는 내가 그때까지 맛보지 못한 비싼 요리와 학생으로서는 언감생심焉敢生心인 맥주를 주문하였다.

내 마음은 기대와 흥분으로 들떠 있었고 반가움과 고마움이 교차하여 그녀가 가뭄 끝에 내린 단비처럼 고맙고 시원하여 한없이 예뻐 보였다. 맥주가 두어 순배巡杯 돌고 나니 두 사람 사이의 겸연慊然쩍던 어색함이 사라지고 편하고 홀가분한 마음으로 즐겁게 그간의 소식을 전하며 다시 만난 것이 운명運命인 듯 새삼스럽게 느껴졌다. 젊고 순수한 청년의 여성에 대한 성적 호기심이 요동搖動치는 순간이었다. 생애 처음으로 진미珍味를 마음껏 즐기고 맥주로 인한 주신Bacchus의 간계奸計에 의하여 몸과 마음이 하나로 들떠서 나는 그녀 곁으로 자리를 옮겨 열화熱火같이 그녀의 입술을 덮치고는 평형平衡을 잃고 쓰러져 방 안이 온통 쏟아진 음식과 깨진 유리 조각으로 뒤덮였다.

오, 하나님! 그러나 그뿐이었다. 감정은 격렬했으나 여름날 소나기처럼 잠시 뇌성벽력과 천둥번개가 치더니 곧 잠잠한 햇빛이었다. 그 후로도 우리의 만남은 이어졌으나 주부로서 부자유스러운 시간과 장소의 제약이 그녀의 행동을 억제하여 숫총각의 청순淸純한 사랑을 곱게 받아들이니 아름다운 추억은 미적 사랑Erotic Love을 윤리적 사랑Ethical Love으로 승화昇華시켜 마음 깊이 간직할 뿐이었다. 나 또한 가정 교사로서의 임무와 학생으로서의 미숙함 때문에 그 이상의 애정愛情 표현을 행동으로 옮기지 못하고 그녀의 아름다움을 눈으로 더듬고 손으로 보듬어 곱디곱게 가슴에 품었을 뿐이지만 그 감흥은 애틋하여 내 가슴 속에 영원히 잊지 못할 정情을 심어 놓았다.

삼 학년이 되자 나는 영문학회 학생회장이 되어 우리 학과의 영어 회화English Conversation 교수로 대구의 KMAG 교회의 군목Chaplain인 브라운Brown 목사님을 초빙하여 승인을 받았다. 이때 나는 KMAG 교회의 성가단원으로 일주에 한 번 교회에서 연습하고 일요 예

배에서 영어로 찬송가를 부르며 믿음과 영어의 깊이를 더하려고 노력했었다. 유재혁, 김재욱, 김진하와 함께 교우하며 지냈다.

브라운Brown 목사님과
봉화奉化 거리를 휩쓸다

당시 아버님은 다시 봉화초등학교 교장으로 전근되어 근무하고 계셨으며 가족은 교장관사에서 생활하였다. 나는 목사님을 초청하여 여름방학이 되면 함께 봉화의 우리 집에 가기로 약속했었다. 방학이 되어 여행을 약속한 그날 아침부터 심하게 비가 내렸다. 나는 어렸을 적 기다리던 소풍날에 비가 내려 즐거운 소풍이 취소된 경험 때문에 이날도 목사님께 전화하여 비때문에 여행을 할 수 없겠다고 말씀드렸다. 목사님은 불같이 화를 내며 비가 여행과 무슨 관계가 있느냐고 힐책詰責하셨다. 그 이후로는 여행뿐만 아니라 다른 어떤 약속에 있어서도 날씨의 변화가 영향을 주는 일은 내게 없었다.

봉화로 가는 기차 안에서 화려한 미육군 중령의 군복을 입으신 목사님과 젊은 대학생이 나란히 앉아 영어로 이야기하며 웃음을 나누는 모습에 모든 승객이 호기심과 놀라움을 느끼는 표정들이었다. 목사님과 내가 역에 내리니 아버님과 동생들이 모두 우산을 들고 마중을 나와 있었다. 관사로 가는 동안이나 관사에 들어가서도 호기심 많은 어린이들과 동네분들이 모두 놀란 표정으로 담장을 넘어다보며 우리를 바라보고 있었다. 깨끗한 이불이 없어 이웃에 있는 군수님 댁에서 새

이불을 빌려 목사님의 잠자리를 편
하고 깨끗하게 마련했다. 이튿날
목사님과 아버님 그리고 나 셋이서
봉화 거리를 누비며 점심 식사를
위해 봉화 제일의 식당으로 찾아가
는 동안 주변의 많은 어린이와 어
른들이 우리를 반기며 환영해 주어

나도 으쓱했지만, 아버님께서는 더욱 아들이 자랑스러워 만면
에 웃음을 머금고 주위를 둘러보는 모습이었다.

아! 이때의 자랑스러운 마음이 익어서 더 큰 열매를 맺도록
노력했지만 큰 인물로 자라지 못하고 잘 가르치는 영어 선생님
과 영어 교수로 안주安住하게 되니 오직 나의 안일安逸이 부른
결과인데 누구를 탓하며, 무엇으로 변명辨明할 수 있겠는가! 오
직 평생을 잘 가르치는 선생님 또는 훌륭한 교수로 대접받으며
큰 고통과 고민 없이 부부夫婦 금슬琴瑟 다정하고, 친인척親姻戚
화목하며, 형제자매 우애 있고, 아들딸 크게 되어, 손자 손녀
튼튼하게 잘 자라나니 파란 많은 인생에서 이 같은 삶을 여기
까지 이어 온 것도 매사每事에 조심하고 범사凡事에 감사하라는
하나님의 말씀에 순종한 은혜임을 굳게 믿는다.

이제 4학년이 되어 졸업이 가깝게 되었다. 아우 종식이가 경
북고등학교에 합격하여 그 기쁨이 말할 수 없이 컸다. 아버지도
기뻐서 종식이가 쓰고 갈 교모의 먼지를 털며 앞날을 축복하셨
다. 이후 종식이는 고대 공대 건축공학과 입학 수석을 거쳐 일
급 건축기사 자격까지 순조롭게 취득했다. 어질고 착한 성품에

다가 곧게만 살아가려는 자기중심적 생각으로 스스로의 운영을 택하여 예인건축설계사藝仁建築設計社를 운영하다가 IMF의 경제 위기가 왔을 때 수주한 고대 공대의 신축이 무산되어 어려움을 겪었다. 실력이 인정되어 고대 건축과와 지방 대학의 강사 및 겸임 교수로 활동하다가 은퇴를 했다.

　종식이가 경북고에 합격하고 있을 곳이 마땅치 않아 내가 있는 달권네 집에 오게 되었다. 달권의 아버님은 나의 호소에 감읍感泣하여 나와 달권과 종식이 한 방에서 공부하고 생활하도록 허락해 주었다. 우리는 경제적으로 도움이 컸지만 가엾은 달권이의 심리적 스트레스stress를 간과看過했으니 지금 생각하면 달권이와 그의 부모님이 한없이 고맙고 그분들께 죄송한 마음 이루 다 말할 수 없다. 그 감사한 마음은 오랫동안 내 마음속에 자리 잡아 생각날 때마다 만나 보고 싶은 마음이 간절하여 옛날의 그 정든 집을 찾아가 소식을 물어보았으나 알 길이 없었고 지금도 만나려고 결심하고 있으니 꼭 이루어지기를 빌고 있다. 아! 그날이 오기를!

　1962년 무사히 대학교 4년을 마치고 교사 자격증을 받은 후 군軍 입대入隊를 결심하고 친구 정월룡鄭月龍 군과 함께 논산에 있는 육군陸軍 제2 훈련소에 입대했다. 시인 노천명을 사랑하던 노재선 선배는 경고 입학시험이 끝난 날, 비 내리는 거리  를 하염없이 걸어가던 우리 형제를 우연히 발견하고 간절하게 우리를 집으로 초대하여 따뜻한 숙식을 마련해 준 고마운 분인데 잊지는 않았지만 다시 만나 본 기억은 없어서 아직도 그날의 감사함이 가슴에 서려 있다. 같은 대학은 아니었지만, 특히 가깝게 지낸 박상열 군도 지금은 백발노인이 되었겠지. 훗날 경산대에서 강형과 함께 나와 서운용이 잠시나마 세월을 만나 즐거운 삶을 누리기도 했었다.

2 – 11

국군 아저씨가 되다

(1) 논산論山 훈련소에서 느끼는 기이한 현상

1962년 3월에 경북대학교 사범대학 영어과를 졸업하고 그해 4월에 논산에 있는 육군 제2 훈련소에서 군사 훈련을 받았다.

우리 학년은 초등학교 졸업에 합당한 학습 능력과 졸업 자격을 심사하는 국가고사國家考査를 보았다. 그런데 공교롭게도 대학을 졸업할 때도 역시 학사 자격을 심사하는 국가고사를 실시하였다. 그 때문에 모든 대학 졸업 예정자들이 졸업 시험을 준비하여 열심히 공부했다. 영어영문학과생들은 방대한 영미문학사를 중심으로 다양한 분야의 주요主要 부분을 복습하고, 인명과 작품명을 중심으로 그 내용을 요약要約, 서술하는 능력을 기르기 위해서 필사의 노력과 엄청난 인내심이 이루 다 말할 수 없이 필요했지만, 결과적으로는 졸업에 실패한 학생은 거의 없었으니 태산명동서일필泰山鳴動鼠一匹이란 우리 속담처럼 크게 떠벌렸으나 결과는 보잘것없었다.

졸업 시험 걱정에서 해방되어 홀가분한 마음으로 훈련소 생활을 마칠 수 있을 것으로 생각했으나 훈련소에 입소한 바로 그날, 호명呼名 점호點呼 시간에 동작이 답답할 정도로 굼떠서 앞으로 불려 나가 소위 엎드려뻗쳐 자세로 팔 굽혀 펴기 기합氣合을 받음으로써 나의 군 생활은 시작되었다. 그 이후 훈련訓練 단계段階마다 어려움이 뒤따르고 그럴 때마다 행동이 덤벙거리니 때로는 착한 훈련병訓練兵의 도움을 받고 때로는 독한 기간병基幹兵의 기합을 받으며 차츰 훈련에 익숙하게 되었다.

이상한 현상은 훈련소에 들어오기 전에 어디서 무엇을 했던 관계없이 일단 입소하여 군 조직의 일환一環으로 군인이 되면 누구나 언행言行이 거칠어지고 저속한 비어卑語를 쓰며 일거수 일투족一擧手一投足이 야비하고 천박해진다. 참으로 괴이怪異하고 이상야릇한 현상이라 안타깝기 그지없다. 이러한 현상은 나의 관찰에 의하면 불행하게도 여기서 끝나지 않는다.

아기가 태어난 후 엄마 품에서 곱디곱게 자라나 유치원을 거쳐 초등학교에 들어가면 이때부터 어린이들이 집에서 쓰지 않던 저속한 욕설辱說을 쓰기 시작하여 학년이 높아지면 앞에서 듣기 민망할 정도로 심하게 된다. 중고등학생들 중에도 남녀를 가리지 않고 심한 욕설로 대화를 이어 가는 모습이 자주 눈에 띈다. 대학교 교정에서도 못난이들은 자신의 위치가 어딘지 상천하지上天下地를 분간하지 못하고 저속한 비어를 쓰며 못난 색시 달밤에 삿갓 쓰고 나서는 꼴을 보이기도 한다.

내가 현직에 있을 때 당국의 필요 때문에 선생님들을 지정된 한 곳에 불러 모으는 일이 있었다. 내가 참석했을 때는 이화여고 강당이 집합 장소였다. 중간 휴식 시간에 선생님들이 강당 밖으로 나오더니 깨끗하게 청소된 강당 앞 광장에서 담배를

제2장 그리운 학창시절(學窓時節)과 군생활(軍生活)

피웠다. 휴식 시간이 끝나고 강당으로 선생님들이 다시 들어간 후의 광장에는 수많은 담배꽁초와 여기저기 뱉어 놓은 침이며 심지어 휴지 조각도 아무렇게나 팽개쳐 어지럽게 널려 나뒹굴고 있었다. 다중多衆이 모이면 무리 속에 자신의 얼굴을 묻어버리고 애써 간직한 교양과 품위를 잃어버리니 이는 결국 인간의 비열한 성악적 근성 때문에 생기는 원초적 본능의 속성처럼 보인다.

지구촌 어디서나 목사님, 신부님 그리고 스님 같은 성직자들은 존경받는 분들이다. 그런데 우리 사회에서는 자동차 운전면허증을 위하여 운전 교습을 받을 때부터 자가운전自家運轉을 하게 된 이후로는 예외 없이 누구나 언행이 거칠어지고 사소한 마찰에도 불쾌한 감정을 드러내며 시비是非를 가리느라 거칠고 사납게 구니, 이런 싸움에 성직자들이 휘말려 그들에게서 기대되는 품위와 체통體統을 잃지 않도록 운전대를 피하라는 충고가 있다. 성직자들도 인간이므로 인간적 면모를 지니고 있음을 알리는 일화anecdote가 있다.

어느 날 한 신부님과 두 수녀가 택시를 탔다. 뒷좌석에 먼저 젊은 수녀가 앉고 가운데 자리에 신부님이 그리고 마지막에 나이 든 수녀가 앉았다. 택시가 달리다가 좌회전을 하면 신부님의 몸이 우측으로 기울어져서 나이 든 수녀에게 쏠리니 신부님이 말씀하셨다.

"주여! 저를 시험에 들지 않게 하옵소서."

"Oh, Lord! Lead me not into temptation."

그러다가 택시가 우회전을 하여 신부님의 몸이 젊은 수녀에게 쏠리니 신부님은 다시 말씀하셨다.

"주여! 뜻대로 하옵소서."

"Oh, Lord! Thy will be done."

우주의 시작과 인간의 탄생 및 인간성의 오묘함은 너무나 심대甚大하여 아무리 많은 인간이 아무리 오랜 기간 연구하여도 그 수수께끼를 풀기는 지극히 어려울 것이다.

(2) 또 다른 현상

시간이 흐름에 따라 나는 군 생활에도 적응이 되었다. 군에서는 자기에게 지급된 보급품은 스스로의 책임하에 잘 관리하여 다른 보직으로 옮길 때는 반드시 반납해야 되고, 자기가 사용하는 무기나 식기는 깨끗하게 손질하여 보관 유지해야 한다. 문제는 식기食器의 보관과 유지가 각 병사에 따라 너무 다르고, 상식적으로는 짐작도 할 수 없을 만큼 엉뚱하고 지저분했다.

훈련소에서 최초로 보급받은 식기가 식사할 때마다 다른 사람에게 넘어가서 힘이 미치는 데까지 기껏 씻어서 깨끗하게 보관해도, 그 그릇이 다음번엔 내 차지가 안 되는 일이 비일비재非一非再였다. 사정이 이러니 수돗물로 그릇을 씻으려고 수도꼭지가 턱없이 부족한 수도전水道栓으로 굳이 찾아갈 것까지는 없었다. 따라서 다시 자신에게 돌아오지 않을 밥그릇이니 닥치는 대로 아무것이나 집어서 그릇을 닦고, 심지어는 헌 양말 조각으로도 닦으며, 침을 뱉어 광을 내기도 하여 일석점호日夕點

呼에 대비하였는데, 그렇게 닦고 문질러서 광을 내어 칭찬까지 받는 웃기는 일도 있었다.

적과 대치해야 하는 군의 생활에서는 시간이야말로 절대적 생존 수단이다. 충분히 이해는 된다. 적과 대치한 생사生死의 갈림길에서 식기의 청결과 보관이 얼마나 하찮은 지엽枝葉적 문제인가? 그러나 때와 환경이 다르고 생활의 수준이 향상되었으니, 국가의 군 운용 체계도 획기적으로 발전하여 이제는 선진화된 국제 수준에 도달했을 것이라고 굳게 믿는다.

마지막 날 훈련소에서 전국의 영어영문과 출신 훈련병들을 소집하여 원하면 군사 영어 및 영문독해 시험을 보게 했다. 성적이 우수한 열 명이 뽑혀 육군본부 작전참모부(G3) 번역위원회에 배속받고 함께 인솔 장교를 따라 서울에 왔다.

(3) 육본陸本으로 가다

완행열차로 용산역에 내려서 인솔 장교를 따라 역 근처의 여관에 전원 투숙하게 되었다. 나는 훈련소에서 마지막으로 실시한 각개전투各個戰鬪와 침투浸透 훈련 중 낮은 철조망 밑을 포복匍匐하여 정신없이 침투하다가 홀랑 벗겨진 양쪽 팔꿈치 때문에 행동이 어색하고 옷이 닿으면 따갑고 화끈거려 고생이 심했다.

도착한 여관에서 만난 착하고 곱게 생긴 아가씨가 너무나 상냥하게 고향의 오빠 생각이 간절하다며 소독제와 물약으로 치료해 주어 환부가 사뭇 시원하고 상쾌하였다. 감사의 마음이 샘솟듯 하여, 훗날 육본에서 근무하며 그녀 생각이 나서 다시 찾아왔으나 그녀는 간 곳 없고, 그녀가 간 곳을 알려 주거나 알고 있는 사람도 없었다.

　작전참모부 번역위원회 소속병은 모두 육본 본부중대에 배속되어 군 생활이 시작되었다. 내무반은 나의 훈련소 동기同期인 일병과 일기一期 앞선 상병 및 병장, 그리고 갓 배속된 후기後期 이병들로 구성되었다. 따라서 군 막사 안의 내무반內務班 생활에서는 거의 모든 일이 계급과 보직補職 시기時期순으로 작동되어 책임은 선배가 지고 궂은일은 후배가 맡아 처리하여 우리 동기는 비교적 무난한 내무반 생활을 했다. 그러다가 1963년 육군본부 본부사령이 주관하는 대대 배구대회가 열리게 되었다. 나는 우리 중대 배구 선수로 선배 이경환 병장과 함께 출전하게 되어 연습 관계로 부대 내의 모든 잡역과 노역에서 제외되었으니, 어떤 조직이나 단체를 대표하여 활동한다는 것은 그 활동에 상응相應하는 혜택惠澤이 있음을 뜻하여 이후의 내무반 생활과 번역위원회의 근무가 매우 순조롭고 평탄했다. 당시의 배구는 구인제九人制였으므로 나는 전위前衛 센터center를 맡아 이 병장과 여러 공격수의 특기를 살리는 공격을 이끌며 팀을 이끌어 결승까지 올랐으나 아깝게 패했다. 그러나 그 이후 내 이름이 부대 전체에 알려지고 나를 알아보는 장교와 선임 하사관들의 칭찬을 받으며 군 생활은 더욱 편하고 즐거웠다.

　번역위원회의 업무를 지도하는 선임 장교(문 대위님)를 필두로 모든 번역위원들의 업무가 영어 교범을 번역하는 것이므로, 상호 존중과 이해로 업무 분위기는 매우 부드럽고 교양이 넘치는 생활이었다. 특히 나는 영어 회화English Conversation가 다른 사람에 비해 비교적 유창하여 필요할 경우 미군美軍 고문관顧

問官과의 협의나 질의응답에는 으레 내가 나섰다. 우리는 근무 중 휴식 시간에 부대의 막사(번역위원회) 앞에 있는 작은 운동장에서 네트를 걸어 놓고 팀을 나누어 경기하면서, 때로는 내기 경기를 하여 고함지르고 악쓰며 이기려고 안간힘을 다 썼다.

연휴가 되면 이긴 팀은 적게 그리고 진 팀은 많이, 오락 recreation을 위한 비용을 마련하여 이름난 유원지遊園地를 찾아가 여자 친구들과 하루를 즐기며 군 생활의 피로를 풀기도 했다.

휴가를 나오면 큰 외삼촌(우종혁) 댁에 가서 잠을 자며 외삼촌의 세 아들(승효, 승열, 승극)과 고궁을 다니며 시간을 보내기도 하고, 셋째 외삼촌(우종칠) 댁에서 혜숙과 승규를 만나 잠시 즐겁게 시간을 보내고 외숙모와 가정부의 따뜻한 환대를 받

기도 했다. 큰 외삼촌은 내가 휴가나 외출 허락을 받고 댁宅에 들르면 언제나 반기며 꼭 소주를 나누어 마시기 원하여 나도 은근히 부추기며 즐거워했었다. 외삼촌은 술이 한차례 돌면 으레 하시는 말이 있었다.

"김군, 자네가 영문학도니 우리가 영어로 회화를 해야지."큰 외삼촌의 영어회화는 이프if로 시작하여 이프if와 오운리only만 으로 구성되었다.

"이프말이야, 내가 말이야……"
"외삼촌, '말이야'를 안 쓰면 안돼?"

"이프말이야, 오운리말이야, '말이야'를 말이야 안 쓰면 말이야 안 된단 말이야."

"If 말이야 외삼촌이 말이야, '말이야'를 말이야 안 쓰면 말이야 only 멋있단 말이야."

그때나 지금이나 나는 큰 외삼촌처럼 마음씨 곱고 착하며 화를 내지 않고 잘 참으며 언제나 대화의 상대를 칭찬하고 격려하는 인품을 갖춘 분을 찾기 힘들었으나 그의 삶은 평범으로 흘렀으니 거친 세파와 고운 품성이 때로는 조화調和가 이루어지지 않음을 보고 내 삶의 자세를 가다듬어 나갈 때의 생각을 좀더 넓고 깊게 하여 슬기로운 길을 찾으려고 노력했으나 외삼촌과 나의 길이 얼마나 다를까?

(4) 뜻밖의 기쁨과 영원한 슬픔

외로운 나그네처럼 축 늘어진 어깨로 눈길에서 힘없이 발걸음을 옮기던 어느 날 나는 몇 걸음 앞의 버스 정류장에 서 있는 낯익고 반가운 얼굴을 발견하였다. 그것은 넓고 넓은 서울 바닥에서 기적과도 같았다. 반가운 마음에 크게 이름을 부르며 두 팔을 벌려 얼싸안고 웃었다. 달권이도 한편으로 놀라고 한편으로 반갑게 나를 맞아 주었다. 우리는 손을 잡고 달권이의 하숙집으로 가서 함께 하숙집 저녁을 먹었다. 오랜 시간 누워서 그간의 이야기를 나누고 다음 날 일찍 나는 부대로 돌아왔다. 제대 후 오랜 시간 만나지 못하여 소식을 몰라 궁금하던 차, 내가 교직에 봉직하게 되어 달권이가 살았던 대신동 옛

집을 찾아간 일이 있었다. 이사하여 만나지 못하고 아쉽게 돌아온 적이 있었는데 어느 날, 달권이가 천만뜻밖에도 우리 집을 찾아왔다. 너무나 고맙고 반가운 일이 아닐 수 없었다. 그 후로는 세월에 묻혀 서로의 삶 속에서 이리저리 얽히고설키지 못하여 내 마음속에 그립고 미안하며 안쓰러운 앙금으로 남아 있다.

연병장에서 운동하다가 우연히 중학교 친구 권영익을 만나 기쁜 마음으로 매점에서 맥주로 회포를 푼 적도 있었다. 입대 선배인 조신권(후일 연세대 교수), 이경환, 김동원(대구에서 만나 즐거운 한때를 보냄), 안경환, 최규하, 이동근, 입대 동기인 박연수, 채희문, 배병승, 이성주, 이상화 그리고 입대 후배인 김태풍, 손창환과 외출 또는 외박을 나오면 명동에서도 가장 서민적인 선술집에서 드럼drum통 위에 마른 오징어를 굽고 독한 소주를 즐겁게 나누어 마시며 담소를 나누고 기고만장氣高萬丈하여 젊음을 불태우던 짧은 한때가 그립기도 하다.

군 생활에 익숙해지고 마음의 여유가 생기니 어느덧 군복무의 규정된 연한이 차서 만기滿期 제대除隊를 기다릴 무렵에 큰 불행이 닥쳤다. 1964년 가을, 그것은 아버님의 서거逝去였다.

아버님께서는 봉화초등학교 교장에서 영주초등학교 교장으로 전근되어 식구들은 다시 교장관사로 이사했었다. 휴가를 얻어 부모님과 동생들을 만나는 즐거움과 기쁨을 안고 벅찬 가슴으로 영주역에 도착했다. 동생들의 마중을 받고 함께 집으로 달려가 아버님과 어머님을 뵙고 오랜만에 휴가를 나온 맏아들을 위해 어머님이 마련하신 맛있는 음식과 아버님이 준비하신 귀한 포도주를 나누며 넉넉한 마음으로 즐긴 가슴 벅차고 흐뭇한 저녁 만찬이었다. 밤이 되자 어머님이 특별히 새로 마련하신 부드럽고 푹신한 이부자리와 베개로 아버님 옆에 누워서 모처럼의 아늑한 보금자리에서 세상모르게 깊이 잠들었다. 새벽에 어렴풋이 아버님께서 일어나시는 기척을 느끼면서도 나는 그대로 이어서 잠을 잤다. 이 어리석은 행동은 불효자不孝子의 전형적 불효不孝이며 불가역不可逆적 불행不幸의 순간을 초래했다.

아아, 이런 엄청난 슬픔이 닥쳐올 줄이야!

"인식아, 아버지가 이상하시다."

잠결에 나지막하게 겁에 질려 떨리는 목소리로 나의 잠을 깨우는 어머니의 목소리가 어렴풋이 들렸다. 나는 전신에 소름이 돋고 식은땀이 흐르는 전율戰慄을 느끼며 용수철처럼 몸을 일으켰다. 불길한 예감으로 허겁지겁 달려간 광 속에서 아버님의 구부정하고 수척해지신 뒷모습이 눈에 들어왔다. 아버님 날 낳으시고 어머님 날 기르신 후 처음으로 난 아득하고 막막한 절망감을 느끼며 아버님을 끌어안고 방으로 옮겼다. 난생처음 불효의 회한悔恨이 온몸을 엄습掩襲하여 눈앞이 캄캄하고 침이 말라 말이 나오지 않았다. 아버지와 함께 일어나서 아버지가 하시는 일을 옆에서 도와드렸더라면 이런 비극이 일어나지 않았

제2장 그리운 학창시절(學窓時節)과 군생활(軍生活)

을 것으로 생각이 들어 그 눈물겨운 괴로움은 이루 다 말할 수 없었다.

(5) 아버님과 정이 떨어지다

유명幽明을 달리하는 순간 우리는 대성통곡했고 모두는 눈앞이 캄캄하여 아득한 나락Naraka으로 떨어지는 절망감을 느꼈다. 부랴부랴 일가 친인척에게 부고訃告를 전하여 모이게 하고, 빈소殯所를 차려 아버님의 시관屍棺을 병풍 뒤에 모셨다. 밤이 이슥하여 모든 분들이 잠자리에 들고 상주喪主로서 나 홀로 빈소를 지켰다. 교장관사가 오래되어 낡은 창문들이 덜컹거리고 스산한 초겨울 찬바람이 으스스 불어와서, 차고 음습한 기운이 온몸에 스르르 돌면서 소름이 끼치며 무서움증이 밀려들더니, 어릴 때 본 괴기영화怪奇映畵 장화홍련전의 한 장면이 연상되었다. 장화와 홍련의 시체가 관에서 걸어 나오는 무서운 모습이 눈앞에 나타나며 병풍 뒤에 모신 아버님의 시신과 겹쳐overlap 머리꼭지의 머리카락이 주뼛주뼛 꼿꼿이 일어나는 공포를 느꼈다. 그러나 이것이 바로 그처럼 인자하신 아버님과 유명幽明을 달리하는 자식들의 정서적 순화 과정으로서, 이별의 슬픔을 극복하는 삶의 섭리攝理임을 어른들께 듣고 깨달아, 저으기 무서움이 잦아들어 영원한 이별은 슬프고 서러워도 삶은 계속되어야 하는 것임을 오롯이 마음속에 깊이 새겼다.

아버님께서 봉직하시던 영주국민학교에 부음을 전했더니 학교장으로 장례를 치르기로 결정이 되어 일정을 알려 왔다. 나의 인생에서 아버님의 서거逝去는 출생 후 지금까지의 인간적,

사회적 그리고 경제적 보호벽保護壁이 사라지고 선택의 순간마다 완전히 독립된 나 자신의 결정으로 나아가야 하는 새로운 삶의 시작을 알리는 것이었다. 지금부터는 부모님의 그늘에서 살던 온실溫室에서 밖으로 나와 가족을 실은 배를 타고 무한 책임의 선장이 되어 망망대해茫茫大海를 항해航海해야 한다.

갑자기 늦가을의 스산한 바람에 휘날리는 낙엽을 밟으며 걷다가 끝없이 넓은 하늘로 길을 찾아 날아가는 외기러기의 적막함이 밀려왔다. 아버지와 어머니는 고등 교육을 받으시고 다른 사람들을 가르치고 이끌어가는 엘리트 elite였다. 이러한 부모님의 가정 교육과 광복 후의 민주 교육을 받으며 성장한 나는 안전, 평화, 전통을 존중하는 아날로그analog 시대의 문화에 잘 적응하여 가정과 학교에서 항상 성적이 우수하고 품행이 방정方正하며 신체가 건강한 모범생으로서 인생의 준비 과정을 마쳤다. 그러나 아버님이 작고作故하시고 서서히 디지털digital 문화로 사회가 발전함에 따라 선택의 기로에 서면 안전한 삶을 추구하여 우등생이면서도 평범한 삶으로 이어 온 것이 안타깝지만 대과大過 없이 살아온 과거의 범사凡事에 감사하기도 하다.

자립(自立)과
결혼(結婚)

Life And Love

– Kim Inshik –

Life is said to be a long voyage,

But mine was so short a one.

Alas, so far so vain.

What I am is a passenger,

Who came here yesterday and will go there tomorrow.

All that I have is only today.

If it's my destiny,

When I cross the bar,

Oh, let there be no departure of sorrow!

At each juncture of my life

Following an easy way, I regret,

Which I didn't know is a short cut to despair.

Then, no more hope for the rest of my life?

At sunset when I behold the sun settings

Beyond the horizon,

A grand aspiration for happy life in my heart rises.

Oh, yes, it's love!

Love is heaven, hate is hell!

Who said solitude is sweet?

Oh, no, never.

Sweet, sweet is only love!

The sole solace is love!

But for love in this world,

What could wash out the sad agony of life?

Like a cute kitty,

With her brown eyes shining witty,

My one and only love appeared in beauty.

Dark brown her hair,

Snow white her skin,

Pinkish red her lips,

Shining bright her eyes,

Did she come near to me silently in peace.

To love her with all my might and main
And be loved by her keeping my heart up
Is my faithful duty.

Nothing shall part us.
Never will I say die,
Till we meet again.

Oh, Lord!
Bless us!
Give us longevity in health
Till we sail across the river of no return.

제3장 자립(自立)과 결혼(結婚)

인생과 사랑

인생이 긴 항해라고 하지만,
내 인생은 너무나 짧았다오.
아아, 지금까진 너무나 허망한 것.

나는 나그네,
어제 여길 왔다가 내일 거길 간다오.
내가 가진 것이라곤 오늘뿐.
만약 그것이 나의 운명이라면,
죽음의 모래톱을 지나갈 때,
오, 슬픈 이별이 없기를!

인생의 굽이마다
편한 길만 따라간 것을 후회하지만
이것이 실망의 지름길임을 미처 몰랐다오.

그렇다면, 내 여생에 희망은 더 없는 것일까?

황혼녘 수평선 너머로 지는 해를 바라보며
행복한 삶에 대한 지대한 열망을 느끼지요.

오, 그래요 그것은 사랑이라오!

사랑은 천국, 증오는 지옥!

고독이 달콤하다고 누가 말했나요?
오, 아니오, 결코 아니요.
달콤하고 달콤한 것은 사랑!
사랑은 유일한 위안!

이 세상에 사랑이 없다면
무엇으로 인생의 슬픈 고뇌를 씻어 내리요?

귀여운 새끼 고양이처럼,
갈색 눈동자를 재치 있게 반짝이며
내 유일한 사랑은 아름답게 나타났다오.
짙은 갈색의 머리카락,
눈같이 흰 피부,
분홍빛 붉은 입술,
빛나는 눈동자로,
그녀는 말없이 고이 내게 다가 왔다오.

온 정성으로 그녀를 사랑하고
가슴을 펴고 그녀의 사랑을 받는 것은
내 진정한 도리라오.

아무 것도 우리를 갈라놓지 못하리라.

제3장 자립(自立)과 결혼(結婚)

결코 죽음을 말하지 않으리
우리 다시 만날 때까지.

오, 주여! 우리를 축복하소서!
무병장수를 주시옵소서,
돌아오지 않는 강을 건널 때까지.

김인식金仁植 박사博士의 회상록을 기리며

- 이재운(한국미술연감사 대표이사) -

끝도 시작始作도 없는 억천만겁億千萬劫의 세월歲月 속에 잠시 잠깐 머물다 가는 과객過客 같은 삶이 있다.

거기 그대 금인金仁도 있고, 나 경서慶瑞도 존재한다.

그대와 내가 병중倂中과 안동사범 본과本科를 동문수학한 6년간의 신화시대神話時代가 있었다.

그 후 남행북주南行北走, 동분서치東奔西馳하며 젊음의 특권을 누렸다. 그런 어느 날(2003년 8월 5일) 그대와 나는 서울에서 재회했다. 청순한 옛 얼굴은 사라졌으나 세월의 풍진風塵 속에 간직된 그때의 그 모습은 아련한 추억을 되살리며 얼마나 반갑고 큰 기쁨을 주었던가!

지금은 노년老年을 맞아 살아온 삶을 결산하는 중에 있다.

지난 삶을 되돌아보고 참회하면서 남은 세월 아끼며 그렇게 우리들의 인생人生은 정지될 것이나, 수상하고 복잡한 이 시대時代는 이어 갈 것이다.

― 2022년. 5월.

학교장學校葬을 치르다

아버님의 서거는 학교
장으로 장례식葬禮式을 치
르게 되어 있어 우리 가족
은 모두 상복을 입고 교장
관사로부터 학교까지 걸
어서 갔었다. 나는 맏상제

로 지팡이를 짚고 앞에 서서 천천히 걸었다. 저 멀리 고故 석천
石川 김성윤 교장 선생님의 플래카드placard가 바람에 펄럭이고
길가에 늘어선 사람들의 시선을 받으니 까닭 모를 부끄러움이
밀려오고 큰 슬픔에 젖어 눈물이 비 오듯 하였다. 학교에 도착
하여 운동장 교단 앞에 죽 늘어선 학부형과 학생들을 마주 보
고 서서, 식순에 따라 내빈來賓과 선생님 대표의 조사弔詞를 들
었다. 지난 일을 이제 와서 들추어 봐야 가슴 아플 뿐이지만,
그렇게 갑자기 허무하게 돌아가시던 그날 아침에 아버님과 함
께 일어나 옆에서 보살피지 못한 불효가 천추의 한으로 남는
다. 장례식葬禮式을 마치고 아버님 산소를 영주시 봉현면 한천
리 94의 할머니 산소 앞에 모셨다.

모두가 귀가하여 어머님과 함께 앞으로의 생활을 걱정하며
의논했었다. 불행 중 다행으로 아버님 돌아가신 후 도道 교육
당국에서 현숙은 대구의 달성국민학교로, 명숙은 대구의 인지
국민학교로 옮겨 주어 가정 경제에 크게 도움이 되었고, 그 밑

의 여동생 혜숙은 안동 군청에 취직이 되었기 때문에 생활에 큰 어려움은 없을 것으로 생각되었다.

나는 곧 부대로 복귀하여 1964년 말에 제대하고 다음 해 대구에 있는 대성중고등학교에서 봉직하게 되었다. 남동생 종식은 경북고등학교에, 준식은 대구중학교에 다니며 진학 과정을 밟아야 하고 어머니께서는 아버님의 순직 퇴직금으로 대구 봉덕

동에 자그마한 집을 사서 내 이름으로 등기하여 나는 어려운 사정 속에서도 내 집을 갖게 되어 오늘날의 젊은이들처럼 영혼까지 끌어들이는 처참한 지경에 이르지는 않았었다.

제대 후 겨울 방학 무렵에 경북대학교 도서관에서 우연히 대성고등 정경식 교무과장님을 만나 담소를 나누다가 내가 경북대학교 사대 영문과를 졸업하고 군 생활을 마치고 나왔으며 교사 자격을 갖춘 정통파 정예elite임을 알고 마침 필요한 인재라며 기꺼이 추천하여 신학기부터 그 학교에서 근무하게 되었다. 확실하고 안정된 선택을 하기보다는 조급하고 각박한 입장만을 내세워 적당하게 타협하고 안이하게 결정했다는 아쉬움이 있었지만 무직無職의 공백空白 없이 일이 진행되는 기쁨에 가슴이 설레기도 했었다.

1964년에 현숙이 서부국민학교에 있을 때 교통경찰관으로 근무 중인 박기하朴基河와 결혼하고 행복한 가정을 꾸려서 나의 첫 사회생활의 출발이 한층 빛이 났다.

　　　　　제3장 자립(自立)과 결혼(結婚)

3 - 2
총각 선생님

(1) 첫 직장에서의 실수

1965년 봄 신학년도 개학일은 내 생애 최초로 사회생활을 시작하는 순간이었다. 아버지의 헌 양복을 내 몸에 맞게 고치고 깨끗하게 세탁하여 잘 다려서 난생처음으로 와이셔츠white shirts며 넥타이necktie까지 차려입고 벅찬 감흥에 두근거리는 가슴을 안고 학교에 갔다. 이 학교는 처음으로 나를 받아 준 고마운 대성중고등학교大成中高等學校였다. 교장실에 가서 교장 선생님과 교감 선생님 그리고 과장님들께 먼저 인사를 하고 교무실에 와서 전 선생님들께 함께 일하게 된 기쁨과 앞으로의 교직 생활에 필요한 지도를 부탁하는 인사를 드리고 운동장에 나가 도열堵列한 전교생에게 단상 壇上에 올라 부임赴任 인사를 했다.

이영진李英鎭 교장 선생님과 정경식 교무과장님 그리고 경북사대 사회과 선배 방종효 학생과장님의 특별한 지도와 배려로 교내의 학생 영어 웅변과 암기 대회를 위시하여 각종 체육 대회와 반별 합창 경연에 이르기까지 책임이 막중한 학생과 기획 업무를 담당했다. 성실하게 근무한 덕택에 국어과 윤성근 선생이 타교로 전근한 후 내 친구 김영건金英建 군을 소개하여 교무실에서 나란히 앉아 근무하게 되었다.

기고만장氣高萬丈하면 실수하기 마련이니 내게도 예외는 없었다. 학교에서 교장 선생님과 과장 선생님들의 지지와 후의厚意로 거침없던 나의 교내 활동에서 사회司會를 도맡아 보던 나는 드디어 학교 행사에서 찾아보기 힘든 코미디comedy를 우스꽝스러이 연출하고 말았다. 우리 학교 행사 중 교장 선생님의 축사는 예외 없이 길어지는 경향이 있어, 반드시 지켜야 할 사회자의 자리를 잠시 비우고 의자에 앉아 있다가 교장 선생님의

"이것으로 마치겠습니다."라는 말씀에, 놀란 토끼처럼 화닥닥 사회석으로 달려가 느닷없이 "일동 차렷, 교장선생님께 경례!"라고 구령口令을 내렸다.

"…학부형님들께 드리는 말씀은 이것으로 마치겠습니다. …그리고 학생 여러분…"

아차, 잘못된 사실을 문득 깨달았으나 엎지른 물이었다. 엉거주춤 경례하는 학생, 키득거리는 학생, 일이 너무 뜻밖이어서 기가 막혀 어리둥절한 선생님들과 학부형들의 묘하게 일그러진 표정하며, 단상에서 원망스럽게 나를 내려다보시는 교장 선생님의 근엄하신 모습을 보고, 갑자기 밀려드는 창피에 쥐구멍에라도 들어가고 싶은 심정이어서 그 자리에 도저히 서 있을 수가 없었다. 그 후 교정 도처에서 나를 보면 학생들과 선생님들의 빈정거리며 놀리는 소리가 여기저기서 들려왔지만, 시간이 흐르면서 쥐가 소금 나르듯 쥐구멍에 세운 홍살문紅箭門이 서서히 사라졌다.

다음날 내가 교장실에 들렀더니 교장 선생님께서는 웃으시

면서 다시는 그런 실수가 없을 것이
니 김 선생을 더욱 믿겠다고 말씀하
셔서 나는 감동하여 더욱 큰 존경심
을 갖게 되었다. 도량度量이 크시니
후일 경북도 교육감으로 발탁되어 교
육 행정의 수장이 되셨다.

　예로부터 극동極東 삼국(한국, 중국, 일본)에서는 선비나 무사가
자기를 인정하고 알아주는 주공主公에게 충성을 바쳐 의리를 지
키며 본분을 다하는 전통이 있다. 나도 역시 나의 인격을 믿고
능력을 인정하며 믿어 주는 웃어른을 모시게 되어 기쁘고 감사
했다.

　학교에 근무한 지 일 년이 지나고 과년過年한 명숙이, 언니에
이어 수협水協에 근무하는 구명서具命
書와 결혼하였다. 쌍둥이 여동생이 각
각 첫 딸(박승애)과 첫 아들(구상회)을
두어 미혼인 내 눈에는 너무 귀여워
우리 집 가사 도우미가 애기들을 학교
내 책상에 앉혀 놓으면 나는 선생님들
께 자랑하며 시간을 보내기도 했었다.

(2) 질투와 시기가 빚은 천추千秋의 한恨

　대성고등학교 재직 중에는 방과 후 미8군 군사고문단KMAG
의 영내 교회Chapel에서 성가 단원으로 예배를 드리고 영어
를 배웠다. 마침 다음 주에 찬양할 성가의 제목이 테니슨Alfred

Tennyson(1809-1892)의 유명한 백조의 노래swan song 「사주砂 洲를 건너Crossing The Bar」라는 시詩였다. 나는 성가단 앞에서 이 시를 읽고 우리말로 번역하여 성가 단원들에게 그 의미를 나름대로 성의 있게 설명했다. 그때의 내 모습에서 풍기는 멋과 순수한 기품을 보고 나에게 호감을 보이는 단원들 가운데는 아름다운 자태와 예리한 판단력으로 성가단 활동에 도움이 큰 한 여인(서천자)이 있었다. 그녀는 명문 여고를 졸업하고 미8군의 통역관으로 일하는 재원才媛으로 나와는 여러 가지를 의논하고 정답게 지내다가 서로를 이해하고 도우며 아름답게 대하려고 애쓰는 사이에 어느덧 그리워하는 연정의 싹이 움트기 시작했다. 군에서 함께 근무한 김동원 형이 대구에 와서 내게 연락하여 반갑게 만났다. 그는 여친과 함께 와서 나도 내 여친과 함께 네 사람이 만나 대구 유일의 유원지인 수성못에서 즐거운 추억을 남겼다.

나는 삶의 고뇌와 인간관계의 부조리에 지친 나머지 때로는 과음도 하고 통행금지通行禁止 위반으로 경찰서에서 밤을 새우기도 했다. 그런 다음 날이면, 어김없이 그녀는 함께 온 미군사 고문관의 도움을 받아 안전하고 무사하게 나를 도왔다. 내가 당번이 되어 숙직宿直하는 날 밤에는 비가 오나 눈이 오나 그녀가 찾아와 맛있는 음식을 즐기며 즐겁고도 행복한 시간을 보내곤 했다. 그녀는 타고난 천성이 알뜰하여 정인情人을 아

제3장 자립(自立)과 결혼(結婚)

끼고 위하는 마음이 지극했다. 그러나 안타깝게도 우리 생활보다 화려한 미군 장교들의 수준에 비하여 턱없이 부족한 한국 교사의 사회적 지위와 생활 수준을 내심內心 달갑지 않게 생각하는 듯한 편린片鱗이 그녀에게서 엿보이자, 그녀와 언쟁을 하다가 패가망신의 수준까지 대취大醉한 나는 그만 그 댁으로 찾아가 일생일대一生一代 최악의 망언妄言과 망동妄動을 했으니 아무리 뉘우치고 아무리 잊으려 해도 내 기억 속에 생생하게 기록되어 이 순간까지도 괴롭고 부끄러워 몸 둘 바를 모르고 있다. 이 처절悽絕하고도 엄청나서 숨을 못 쉴 만큼 어이없는 실수에도 불구하고 나를 도와준 두 사람이 있었다. 한 분은 영어과 김정오 선생님이고 또 다른 한 분은 역시 그녀였다.

다음 날 정신이 든 나는 김 선생님께 고백하고 방과 후 함께 그 댁을 방문하여 어머님께 엎드려 사과하고 돌아왔다. 나의 여친은 내가 신명여고로 옮긴 후 내게 보낸 편지에서 내가 사과하여 고맙지만, 이 일로 인해 우리 사이가 소원해질 것을 예측하여 안타까워서 앞으로의 건승健勝을 비는 넓은 아량을 보여 속 좁은 나를 감동시키고, 한없이 부끄럽게 만들었다. 내 일생 최악의 실수는 이렇게 마무리되었지만, 나의 회고록이 참회懺悔의 기록으로 남는 것은 이 실수가 가슴에 사무치기 때문이다. 그러고도 세상사를 좀 더 넓고 깊게 바라보며 대기만성大器晩成의 길을 가지 못했으니 자업자득自業自得의 업보業報가 아닌가!

(3) 호랑이 잡을 생각은 아예 두려워서

서울에 있는 미8군 전용 호텔의 한국인 지배인manager으로 계시는 셋째 외삼촌(우종칠)의 주선으로 당시 월남Vietnam에 주둔한 미군의 통역관interpreter으로 일할 기회가 찾아왔다. 정기적으로 다수의 인원을 뽑는 선발 고사가 아니고 매우 필요할 때 급히 채용해야만 되는 경우로서, 나는 개별적으로 관계자의 추천을 받아 필요한 부서의 책임자와 단독으로 시험test과 면접interview을 보고 선발되었다. 내 주변의 여러 분들이 권유하고 여친도 간곡하게 부탁했으나 나는 어머니의 간청과 나 자신의 판단으로 전선의 위험보다는 교직의 안전과 방과 후 학원의 부수입에 매료되어 큰 기회를 놓치고 말았다.

대성중고교에서 3년을 근무한 후, 대구의 다른 두 개의 고등학교로 갈 수가 있었다. 첫 번째 대구영신고등학교는 우리 교장 선생님의 간절한 만류와 부탁으로 포기하고, 두 번째 대구신명여고에 가는 것으로 결정했다. 교장 선생님과 여러 선생님이 만류하고 섭섭하게 생각했으나, 신명은 여고 최고의 사립 명문이었고 개인적으로 폭넓은 교직 경험을 해 보고 싶은 바람이 있었다. 마침 일 년 선배 이재진 형이 소개하여 자기가 있던 자리를 내게 이어 주었다. 나를 잊지 못하게 만드는 선생님들의 이름이 새롭다. 이영진 교장 선생님, 김병용 서무과장님, 정경식 교무과장님, 방종효 학생과장님, 박경호 연구과장님, 박태희, 윤칠만, 김정돈, 문정모, 허종량, 이경세, 김영건, 김정오, 최현영, 이도순, 석준길, 이병식, 윤정균, 안광전, 이문형, 문정곤, 장석우, 변영수, 배태인, 서진호 선생님 모두 그립다. 졸업 후 끊임없이 나와 만나 삶의 희로애락喜怒哀樂을 나누던 김창열 군, 중학교 때의 박영태 군, 그리고 졸업 후 만나서 회식을 베풀어 준 김정국과 은종열 군도 지금은 초로初老를 지나 반백斑白의 노인이 되었을 것이니 세월의 덧없음을 누구인들 피할 수 있으랴!

(4) 신명信明에서 부딪친 뜻밖의 암초暗礁

1968년 가을 2학기에 새로 부임한 신명여고에서는 다음 학년도에 1학년 국반을 담임하였다. 여고에서의 첫 담임이라 열熱과 성誠을 다하여 학생들을 이끌어 가려고 노력했었다. 덕택에 교내 환경미화 행사에서 최우수

반으로 뽑혀 학생들과 함께 기쁨을 나누고 서로의 믿음을 더욱 두텁게 했었다. 그때의 아름답고 순수했던 반장 박금순은 대구카톨릭대학교 가정학과장이 되었고 부반장 이맹희, 김송자, 설희선, 정동화, 임형희, 김은주, 김미양, 이경숙, 박미향 등의 이름이 떠오른다. 내게 영어 특별 지도를 받으며 우리 집에서

공부한 학생들도 회고록을 쓰려고 돌이켜 보니 모두가 그립다. 배용자, 배옥순, 배정임 그리고 인간적 관심을 보인 서영숙과 졸업 후 기회가 있을 때마다 상부상조의 도움을 준 장혜원(한방약국장)의 고마움을 잊을 수 없다.

신명여고에서 처음으로 맞는 여름 방학 직전에 한 학기가 끝난 행사로 교장 선생님을 위시한 전 선생님들이 모두 모인 연회장에서 풍성한 음식과 다과가 마련되고 곧 여흥 순서가 되었다. 이 학교는 교육과 선교mission를 목적으로 세운 미션 스쿨mission school이지만 가벼운 포도주wine가 마련되었다. 주님 Jesus도 잔칫집에서 포도주를 허락하셨으니 당연하였다. 여흥이 시작되고 음악 선생님이 가곡을 부른 후, 새로 부임한 선생님으로 내가 지목되었다. 나는 앞으로 나아가 스피커speaker를 잡고 간단한 인사말을 통해 좌중을 웃게 만들며 흥을 돋우었다.

"존경하는 교장 선생님 그리고 사랑하는 선생님들! 훌륭한 성악가의 가곡歌曲을 감상하셨으니 저는 가요歌謠를 부르겠습니다. 노래는 폼form이 좋아야 합니다. 45도로 비스듬히 서서 15도로 눈을 들어 허공을 바라보며 애잔한 표정으로 노랫말에 따라 감정을 이입移入합니다. 못 부르더라도 폼이 좋으면 박수 주세요."

인사말이 끝나고 「꿈꾸는 백마강」을 부르자 지붕이 무너지듯 큰 호응과 박수가 있었고 이후 신동희 선생님과 수학과 오 선생님, 옆 반의 하 선생님 등 여러분과 즐거운 삶을 함께 누리며 보낸 시절이 그리움으로 다가온다.

비록 노총각이긴 하지만 순수한 호기심과 어리광으로 가득 찬 여학생들의 시새움이 총각 영어 선생님의 처신處身을 어렵게 만드는 일들이 일어났다. 젊은 교사로서의 열정과 정성을 쏟아 가르치던 교육 활동이 이어질 수 없는 순간이 오고야 만

것이다. 여리지만 시샘이 많고 순수하나 질투가 심한 사춘기 여고생들과 생활하면서 각별히 조심하며 사소한 일에도 말과 행동을 아름답게 하려고 늘 주의를 기울였다. 아무리 애써 보살피고 주의하여 관찰해도 밖으로 터진 봇둑의 봇물을 막기에는 역부족力不足이었다.

학생들과 함께 산행山行을 하고 내려오다가 여러 명의 학생이 미끄러지며 넘어져, 그중 한 학생이 부상이 심하여 발목이 붓고 걸을 수 없어 내가 등에 업고 산에서 내려왔었다. 어쩔 수 없는 일임을 알면서도 여학생들의 호기심과 시새움은 일파만파—波萬波로 출렁거려서 걷잡을 수 없는 지경에 이르렀다.

특히 한 여학생(이태경)이 평소의 관심과 애착으로 특이한 언행을 하여 주변 친구들이 보다 못해 어느 날 우리 집 앞으로 그 학생을 데려와 그대로 두고 달아났다. 대문을 흔드는 소리에 나가 보니 내가 가르치는 반에 속한 학생은 아니지만, 얼굴은 기억나는 다른 반 학생이었다. 통행금지가 엄존하는 야심한 밤에 홀로 버려두고 집에 들어올 수가 없어 손을 잡아 아무리 설득하고 아무리 이끌어도 들어오지도 않고 떠나가지도 않아 할 수 없이 가까운 여관으로 안내하고 집에 돌아와 그 댁에 전화를 걸어 부모님께 알려 주었다. 아아, 이를 어쩌나! 소문은 날개를 달고 퍼졌다. 나의 영주중학교 영어 선생님인 김규련 선생님이 경상북도 장학사로 계시고 그 따님이 내가 가르치는 반 학생이었다. 친구들과 함께 우리 집까지 찾아와 터무니없이 울고불고하여 타이르고 옛 은사님께 전화를 드렸으나 소용이 없었다.

어머니 말씀처럼 목을 비틀어서라도 집에 데려갔어야 했는데 사태의 엄중함을 깨닫지 못한 생각의 판단 착오가 남긴 후환後患이요. 후회막급後悔莫及이었다.

다행하게도 그 해에 셋째 혜숙이 박경수朴慶壽와 결혼하여 오빠로서의 짐을 덜고 홀가분한 마음으로 사태를 처리한 것은 큰 위안이었다. 혜숙은 남선南善을 낳아 잘 성장한 남선을 강수경姜秀慶과 결혼시키고 또 세림世林이란 예쁜 손녀를 두어 세림은 런던London 대학을 졸업하였다.

나는 나를 이해하고 아껴 주시는 대성고등의 이영진 교장 선생님을 찾아가 뵙고, 자초지종을 설명드려서 의논한 결과 학교에서 나와 학원으로 진출하는 길을 결정했다. 교장 선생님의 친숙한 친구 김해룡 선생님이 계시는 일신학원에서 제2의 사회생활을 시작하는 것으로 결정하고, 김동성 이사장님, 안경상 원장님, 김해룡 선생님과 의논하여 대입부장大入部長으로서 중추적 역할을 하게 되었다.

3 - 3
타의他意 반 자의自意 반의
방향전환方向轉換

신명여고를 마지막으로 학교를 떠나 1970학년도 신학기부터 대구의 명문 일신학원日新學院에서 종합반으로는 경북대학교 진학반을 담임하고 단과반 학생들에게는 『새 영어』를 강의하기로 관계자들과 논의하여 결정하고 학생들에게 그 사실을 알리자 순식간에 학생들 사이에서 일대 센세이션sensation이 일어나 일면 안타깝고 일면 섭섭하여 우는 학생들도 있었다. 나는 떠나는 선생님의 말씀으로 열심히 공부하고 건강하게 자라도록 격려하고 영어를 더 공부하려는 열성이 있으면 학원에서 만나 공부하자고 권유했다.

학원 개강일이 되니 학생들이 모여들어 인산인해를 이루었다. 학원 선생님들의 강의실은 수강생의 수에 맞춰 배정되는데, 내 교실은

처음 시작하는 학원가의 알려지지 않은 선생님이니 5층의 작은 교실이 예정되어 있었다. 그러나 뚜껑을 열어 보았더니 웬걸, 신명여고 학생들이 줄을 이어 수강증을 구매하여 부랴부랴 3층의 보다 큰 교실로 옮겼다. 여기까지는 성공적인 강사의 성공적인 수강생 모집으로 성공적인 학원 데뷔debut였으나 문제는 그다음에 찾아왔다.

경험이 많은 인기 강사들의 성공 비결은 첫째 쉽게, 둘째 천천히, 셋째 재미있게 학생들을 바라보고 웃으며 강의하는 것임을 모두가 알고 있는데 나는 처음부터 나만의 착각에 빠져 그와는 정반대로 실력을 과시하며 많은 것을 주려고 학생들을 등지고 어려운 내용을 빠르고 심각하게 강의하고 마쳤더니 남아 있는 학생들의 수가 반밖에 없었다. 그것도 그다음 날 다시 줄어

들고 한 달 뒤 남은 학생은 불과 몇 명에 지나지 않았다.

삶의 굽이마다 실수와 실패가 켜켜이 쌓이니 부끄럽고 힘들어도 세월이 약이 되어 지나고 나면 극복되고 삶은 이어졌다. 학원의 내 첫 달 수입은 학교에서 받은 월급의 열 배가 넘고 학원의 회식은 풍성하여 크게 감동했다. 둘째 달 줄어든 수강생으로 턱없이 수입이 줄었으나 능력에 따라 크게 일어설 수 있는 기회가 있어서 차분하게 노력하여 차츰 대★강사의 지위를 얻게 되었다.

학원의 모든 학생 행사는 대입 부장의 직책을 맡은 내가 주관하여 봄철 대운동회와 가을철 소풍을 계획하고 실행하며 학원 생활도 순조롭게 흘러갔다. 그 사이 여러 선생님과 선후배로부터 배필配匹이 될 만한 여성을 소개도 받고 전문 중매인의 중신도 들어왔으나, 30이 넘어 찾아온 우연한 기회에 다행하게도 내 일생의 반려자伴侶者를 만나게 되었다.

3 - 4

'아기다리고기다리던'
나의 반쪽을 찾다

인간의 일생은 태어나는 순간부터 사람과 사람 사이의 만남과 선택으로 이루어진다. 부모 형제와의 만남, 스승과 제자의 만남, 남편과 아내의 만남 그리고 일생의 길라잡이가 될 수 있는 좋은 책과 친구의 만남이 있다. 여러 여인을 만나 보고 한 여인을 스스로 선택하지만, 결과는 사람에 따라 다르게 나타나니 이 또한 불가佛家의 인연因緣이요. 하나님의 섭리攝理가 아니겠는가!

여러 선배님과 은사님들의 추천과 소개로 여러 여인을 만나 그들의 개성과 미모를 비교 음미하여 선택하는 과정은 젊은 날의 짧은 축복인지도 모르겠다. 아름다운 조명 아래 곱고 화려한 한복을 입고 나를 맞아 준 아가씨, 촉대燭臺에 은은하게 불을 밝히고 순백의 드레스로 정성껏 환대해 준 아가씨, 고급 레스토랑restaurant에서 맛있는 식사를 함께 나눈 아가씨, 호텔 로비lobby에서 당당하게 화려함을 뽐내던 아가씨 등 과분한 양가의 규수들이 있었으나 헤어지면 마음 한구석 허전한 공백이 남아 결심에 이르지 못하니, '물 좋고 정자 좋은 곳'을 찾기가 어렵다는 옛말이 이를 두고 생긴 것 같다.

그러나 짚신도 제 날이 좋고 제 짝이 있다지 않는가! 드디어 인연은 이렇게 찾아왔다. 선배의 소개로 시골 중학교 교사인 여선생님을 만나기 위해 약속 장소로 떠나려는 순간 그 선생님이 당직 근무임을 모르고 한 약속이라 매우 죄송하다는 사과의 전화를 하면서 약속을 연기한 후, 자기 친구를 소개하여 그날 만남을 주선해 주었다. 그녀는 청도에서 태어나 대구로 와서 서부초등학교, 대구여중, 상서여고를 졸업하고 대구 효성여대 조경과를 졸업하여 중고등학교 생물 교사 발령을 받은 파평 윤씨 윤지균尹志均씨의 장녀 윤종현尹鐘賢이란 여인이었다.

참으로 묘한 인연이라 아니할 수 없다. 나는 덕택에 두 여인을 만나 볼 수 있어서 손해

가 없으니 가벼운 마음으로 소개된 여인의 집을 방
문했었다. 대신동에 있는 주택을 방문했다. 대구의
서문시장에서 크게 사업을 하면서 시 외곽의 작은
극장과 여관을 운영하는 부자였다. 나는 깨끗하게
차려입고 용모를 단정하게 가다듬고 그 댁 대문을

열고 앞뜰을 지나 안내받은 안방에 들었다. 밝은 연분홍 드레
스를 입고 다소곳이 앉아 고개를 약간 숙이고 있던 오늘의 주
인공이 부모님과 인사를 마친 나와의 상견례相見禮에서 해맑은
눈을 들어 말없이 나를 바라보며 부끄러운 듯 얼굴을 살짝 붉
히는 모습이 너무나 고혹적蠱惑的이어서, 나는 여러 여인을 만
나 본 후라 최초로 최상의 기쁨과 감동을 받았다.

전혀 기대하지 않고 우연히 잠깐의 틈새로 만난 사람과 이처
럼 인연이 이루어지리라고는 전혀 예상할 수 없었다. 잠시 후
두 사람만의 시간을 갖기 위해 집을 나와 중앙통에 위치한 고
층 건물의 최상층에 있는 대구 제일의 호화 클럽club에 갔었
다. 네온빛이 찬란하게 흩어지고 은은한 밴드의 연주 속에 안
내받은 탁자 앞 소파에 앉아 생후 처음 미래의 아내와 첫 데이
트를 하게 되어 가슴 벅찬 환희와 기쁨을 만끽하며 부드럽고
상냥한 인상을 남겨 그녀의 마음속에 깊이 새겨져서 잊히지

않도록 하려고 애썼다. 처음이라 서먹하고 어
색하여 말과 행동이 자연스럽지 못한 분위기가
감도는 가운데 내가 먼저 말을 건네고 몇 마디
오가다가 그녀는 내게 내가 7년 선배이니 낮추
어 말씀하시라고 깍듯이 인사를 했다. 내 마음

　　　　　　　　　　제3장 자립(自立)과 결혼(結婚)

은 또 한 번 큰 감동에 휩싸이며 파평 윤씨가 전통 있는 가문이라는 사실을 새삼 깨달았다.

우리는 그해 초겨울(11월) 결혼식을 올릴 때까지 하루가 멀다고 자주 만나 우리의 행복을 꿈꾸며 청춘을 꿈결에 보내고 있었다. 낮말은 새가 듣고 밤말은 쥐가 들어 퍼진 소문은 발 없는 말이 천 리 가듯 삽시간에 우리의 결혼 소식이 퍼져 골목마다 만나는 옛 제자들이 소녀들 특유의 키득거리는 웃음으로 우리에게 인사를 하곤 했었다.

다른 한편으로 당시 처남(윤종철)이 내가 담임한 경대반의 학생으로서 담임 선생님이 바람둥이라는 떠도는 소문을 듣고 아버님과 의논했더니 온 집안이 숙연肅然해지고 서로 눈치 보며 말을 삼가 조심하는 스산한 분위기가 되었다고 했다. 결혼일은 눈앞에 다다르고 속수무책束手無策으로 걱정만 했으나, 그 이후 결혼한 딸이요 누나가 행복하게 사는 모습을 보고 소문이 기우杞憂였음을 알고는, 사위요 자형이 돋보여 온 집안이 안심했다

는 뒷이야기를 전해 들었다.

드디어 1971년 11월 14일에 아, 기다리고 기다리던 우리의 결혼식은 양가의 친척과 친지들을 모시고 대구의 고려 예식장에서 이규동 교수님의 주례와 김영건 군의 사회로, 반장 서성고 군이 이끌고 온 수많은 학생과 하객으로 성대하게 거행되었다. 우리 두 사람은

준비한 여행복으로 갈아입고 한껏 멋을 부리며 당시로서는 드문 처가의 승용차로 밀월蜜月여행을 부산으로 떠났었다. 예약된 호텔에서 여장을 풀고 먼저 씻고 나온 내가 살짝 열린 문틈으로 얼핏 본 아내의 몸매가 너무나 아름다워 삼세번 황홀경에 빠진 나는 아내를 위해서라면 무슨 일이라도 다 할 것을 마음속으로 굳게 다짐했으나, 과연 일생을 함께하며 아내는 얼마나 큰 만족을 느꼈을까?

그로부터 먼 훗날 누가 내게 "죽어서 다시 태어나도 역시 지금의 아내와 결혼하겠는지"를 물었을 때, 나는 서슴없이 그렇다고 대답했으나 같은 물음을 받은 아내는 선뜻 대답하지 않고 잔잔한 미소로 갈음하여, 내 마음을 섭섭하게 한 적이 있었다. 아내에게 여러 가지의 억울함과 섭섭함을 입혔을 것이나, 뉘우치고 고칠 것을 생각하기보다는 마음으로 옹졸한 태도를 취했으니, 이 또한 얼마나 큰 치기稚氣인가!

아름다운 신부와 행복한 결혼 생활을 누리면서 내가 얻은 것은 만족이지만 돌이켜 보면 행복과 동시에 괴로움도 감당해야만 했던 아내의 고통을 그 당시에는 깨닫지 못한 나의 우둔함이 지금에 와서 이처럼 가슴에 서린들 무슨 소용이 있으랴!

꿈같은 신혼 생활이 지나고 우리 부부에게는 곳곳에 숨어 있는 바윗돌을 차서 제 발부리만 아프고 서서히 부딪치는 형제자매와의 갈등과 그들의 시새움에 시달리는 시기가 찾아왔다.

4장

낮과 밤

영어와 함께 온 나의 길

(1) 머리말

생의 후반기에 남기고 싶은 글을 즐거운 마음을 안고 벗들과
나누고 싶어 이 글을 쓴다.

교직의 책임자로서 봉사
한 젊은 날의 정열을 아쉬
워하며 다시 못 올 그 시절
을 그리움으로만 되돌아보
며 세월을 죽이고 있는 친구는 없는가?

퇴직 후, 할 일 없는 빈둥거림이 휴일과 휴식 없는 근무가 되
어, 초조와 무기력 속에서 쉬 늙어가며 안일한 일상에 침잠되
어 가는 친구가 있다면 19세기 영국의 수필가 찰스 램Charles
Lamb(1775-1834)이 쓴 『퇴직자The Superannuated Man』의 첫 부
분을 소개하고 싶다.

> If peradventure, Reader, it has been thy lot to waste
> the golden years of thy life - thy shining youth -
> in the irksome confinement of an office; to have thy
> prison days prolonged through middle-age down to
> decrepitude and silver hairs, without hope of release
> or respite ; to have lived to forget that there are such

things as holidays, or to remember them but as the
prerogatives of childhood; then, and then only, will you
be able to appreciate my deliverance.

**만약 혹시라도 독자여, 당신의 사무실에 따분하게 유폐되어
인생의 황금 시기인 찬란한 청춘을 소진해 버리고, 석방이나
집행 유예의 희망도 없이 당신의 투옥 기간이 중년을 지나 노
쇠와 백발에 이르기까지 연장되어, 휴일과 같은 제도가 있다
는 사실조차 잊어버렸거나 휴일을 단지 어린 시절의 특권으로
만 기억하고 살아온 것이 당신의 운명이었다면, 그렇다면 진
정 그렇다면, 당신은 나의 해방감을 이해할 수 있을 것이다.**

나는 여러분들이 이 해방감을 창조적 생활로 승화시켜 여러
가지 활동을 할 것으로 믿는다. 나는 시사 주간지 타임TIME을
가르치면서 배우는 바가 크다는 사실을 깨닫고 다음과 같이 나
의 길을 제시해 보려고 한다.

(2) 나의 길

1) 독해Comprehension와 번역Translation

독해와 번역은 일견 같은 선상의 지적 활동으로 보이지만 엄
연히 다른 영역에 속한다. 독해는 주어진 글text의 의미를 정확
하게 파악하는 인지 활동이며, 번역은 인지된 내용을 번역자
의 언어로 가장 알맞게 어휘를 선택하여 표현하는 일종의 재
구성 활동이다. 따라서 외국어 학습의 열쇠는 바로 정확한 독
해에 있으며 읽기, 쓰기, 말하기 및 듣기의 중추적 역할도 철

저한 독해에 의하여 그 기본 틀을 확립해야 한다. 다시 말하여 저자가 전하려는 의미meaning의 정확한 파악이 외국어 교육의 근본이자 출발점이며, 번역은 그다음 문제로서 아무리 훌륭한 번역이라도 번역자는 저자의 의도나 의미를 배반하지 않을 수 없는 숙명이 있어 영어에서도 번역자는 배반자(Translators are traitors.)라는 경구가 있다. 김소월의 「진달래꽃Azalea」 첫 연을 영어로 옮겨 보자.

> **나보기가 역겨워**
> **가실 때에는**
> **말없이 고이 보내드리오리다.**
>
> 1. Being tired of seeing me,
>   When you go away,
>   I will let you go in peace without a word.
> 2. When you leave me,
>   Through with me,
>   I will send you silently and peacefully.

　1.과 2.의 번역을 다시 우리말로 옮겼을 때 소월의 "보내드리오리다"와 같은 표현을 영어로 나타낼 수 없는 것은 언어가 안고 있는 영원한 숙명이므로 다른 사람의 글을 이해할 때는 저자의 정확한 의미meaning 파악이 근본이다.

2) 문화적 관용어Cultural Idioms

1970년대 후반 이후 암시暗示 또는 인유引喩의 형식으로 유행하기 시작한 문화적 관용어는 그 언어가 가진 사회 전반의 문화 속에서 형성된 독특한 언어 표현으로서 독해에 전문적인 지식이 필요한 분야이다. 정확한 독해를 위해서는 반드시 그 언어 문화권의 관용적 표현을 알아야 한다. 다음의 예문에서 재미있는 표현을 알아본다.

1. London real estate is as absurdly inflated as its Page 3 girls. Two months ago a businessman paid 27 million pounds for a flat in Chelsea. Ordinary people can barely afford to live here.

- TIME, JUNE 28, 2004 -

런던의 부동산 가격이 선(The Sun)지 3쪽에 실린 소녀들 누드 사진의 인기가 오르듯 터무니없이 인상되었다. 두 달 전 한 사업가가 첼시(Chelsea) 지역의 공동 주택을 위하여 2천7백만 파운드를 지불했다. 평범한 사람들은 여기서 살아갈 여유가 거의 없다.

- 타임지, 2004년 6월 28일 -

위의 글에서 Page 3 girls란 무슨 뜻인가? 영국의 타블로이드tabloid판 선정적인 기사를 싣는 선The Sun지의 제3쪽에는 예쁜 소녀들의 누드 사진이 실리는데 여기에 실리면 그들의 모델료가 올라간다.

2. Part of the problem is that I get paid in dollars,
which, given the current exchange rate, is like getting
paid in wampum.

- TIME, JUNE 28, 2004 -

**문제의 일부는 내가 미화(dollars)로 월급을 받는데, 이는 현
재의 환율로 계산하면 평가 절하된 월급을 받는 것과 같다.**

- 타임지, 2004년 6월 28일 -

위의 예문에 나오는 마지막 Wampum은 북미 인디언들이
통화 및 장식으로 사용하는 흰색 구슬로서 흰색이 푸른색보다
명목상 가치는 동일하나 실제 가치는 반으로 떨어지기 때문에
"in wampum"은 "평가 절하되어"의 의미가 된다.

3) 일관성Coherence과 결속성Cohesion

3)-1 일관성

지식의 요소들이 개념의 연결성을 유지하여 의미 회복이 가
능하도록 하는 과정을 일관성이라 부르며 어떤 경우에도 사고
의 순서가 논리성을 유지하여 내재된 개념들이 하나의 통일을
이루어 나간다. 화제topic와 내용이 문단의 구성을 통하여 일관
성을 유지하고 전문full text에 걸쳐 글쓴이writer의 의미가 논리
성을 유지하여 하나의 주장이 드러나는 전 과정을 일관성으로
유지시켜야 좋은 글이 된다.

다음은 일본 공포 영화감독 다카 이치세Taka Ichise에 관한
글이다.

A new generation of filmmakers is turning once lowly Asian horror into a hot global commodity. Taka Ichise has made a killing peddling screams and sleepless nights. Over the past six years he has spent 13 million dollars to make nine Japanese ghost movies, which have raked in more than 100 million dollars worldwide.

- TIME, NOVEMBER 29, 2004 -

신세대 영화 제작자들이 한때 저급한 것으로 평가되었던 아시아의 공포물을 인기 있는 세계적 상품으로 변화시키고 있다. 다카 이치세는 비명과 잠 못 이루는 밤을 팔아서 떼돈을 벌었다. 지난 6년간 그는 9편의 일본 귀신영화를 제작하기 위해 천삼백만 달러를 쓰고 전 세계에서 1억 달러 이상을 갈퀴로 긁어 벌어들였다.

- 타임지, 2004년 11월 29일 -

위의 has made a killing을 '살인하다'나 '죽이다'로 해석하면 터무니없이 화제의 일관성이 깨지고 전체 의미가 전혀 통일성을 갖지 못한다. make a killing은 '떼돈을 벌다' 또는 '일확천금을 벌다'의 뜻이다.

'비명'과 '무서워 잠 못 드는 밤'을 팔아 떼돈을 벌어들이는 사람이 있다니 그 옛날 대동강 물을 팔아 떼돈을 번 봉이 김 선달이 저승에서 놀라 비명을 지르는 소리가 들리는 것 같다.

3)-2 결속성Cohesion

어떤 글text의 결속성이란 표층 요소들이 결합의 연속성을 유지하여 의미 회복이 가능하게 되는 과정으로서, 우리가 보고 듣는 단어들이 하나의 연속sequence 속에서 상호 관련되는 방법에 관한 것이다. 홀리데이Holliday와 하산Hassan이 1976년에 사용한 이 용어는 글의 짜임새texture를 가리키는 것으로 우리 말과 달리 영어는 앞에 나온 말을 가리키는 대명사 및 대동사가 발달되어 있어서 그것들이 가리키는 공지시coreference 관계를 반드시 이해해야 된다.

1. Time flies like an arrow.
   시간은 화살처럼 날아간다.
2. Time flies. You can't; they fly too quickly.
   파리의 나는 시간을 재어 봐. 못 할 거야, 파리들이 너무
   빨리 나니까.

1.에서 Time은 당연히 시간이다.

2.에서 Time을 시간으로 해석하면 다음 문장의 you can't와 전혀 뜻이 통하지 않는다. 바로 이것이 요점이다. 우리는 여기서 time이 동사로, flies가 명사로 사용되어 성립되는 flies와 they의 공지시coreference관계를 알고 Time flies의 의미 해석에 유의해야 한다.

영국의 수필가 윌리엄 해즐릿William Hazlitt(1778~1830)의 수필『여행에 관하여On Going a Journey』의 서두에 나오는 다음 문장을 보자.

제4장 낮과 밤

One of the pleasantest things in the world is going a journey ; but I like to go by myself. I can enjoy society in a room; but out of doors, nature is company enough for me. I am then never less alone than when alone.

세상에서 가장 즐거운 일 중의 하나는 여행을 다니는 것이다. 그러나 나는 혼자 여행하고 싶다. 나도 실내에서는 친구와의 교제를 즐길 수 있지만, 실외에 나가면 자연이 내게 더없이 좋은 친구가 된다. 자연 속에서는 나 홀로 있을 때보다 외로움이 덜 느껴지는 때가 결코 없다. (나 홀로 있을 때가 가장 외롭지 않다. 자연과의 필요충분한 교제가 이루어지니까.)

마지막 문장의 간결한 표현은 반드시 앞에 나온 in a room 과 out of doors란 표현의 대조와 then이 나타내는 공지시적 기능을 이해해야만 분명한 의미가 도출된다.

(3) 맺음말

학문에 왕도王道가 없듯이 영어 교육에도 왕도는 없다. 그러나 반드시 지키고 따라가야 할 정도正道는 있다.

첫째, 번역보다는 차라리 담화discourse 또는 전문full text의 독해에 치중한다.

둘째, 문화적 특성과 표현 방식의 차이에 항상 유의한다.

셋째, 일관성과 결속성을 항상 유의하여 듣기, 말하기, 읽기 및 쓰기의 인지 과정 전반에 걸친 일치된 사고와 이해를 위해 집중적 노력을 기울여 나간다.

아주 특별한 만남

− **이상민**(성악가 바리톤baritone, 대구 서문교회 담임목사) −

사람이 이 세상에 태어나서 살아가는 동안에 만남은 너무나 중요하다. 부모님을 만나고 형제를 만나고 스승님을 만나고 또한 운명의 아내도 만난다. 그런데 내가 누구를 만나느냐에 따라서 행복해지기도 하고 불행해지기도 한다.

나는 지금까지 살아오면서 참 좋은 분들을 많이 만났다. 그 가운데 바라는 대학에 가기 위해 재수를 할 때 김인식 선생님과의 만남은 아주 특별한 것이었다. 그 당시에 선생님은 특별히 더블double 양복을 즐겨 입으셨고, 빨간색 넥타이necktie를 즐겨 매셨다. 영어 수업은 대구 학원가 전체에서 일등이셨고 유머humour도 대단하신 분이셨다. 그래서 늘 인기를 한 몸에 지니셨던 최고 인기 멋쟁이 선생님이셨다. 그래서 그 당시 수많은 젊은이의 로망a role model이 되시기에 충분하셨다.

대구학원의 재수생은 6학급이 있었는데 그중에 특별반이 한 반 따로 있어서 김인식 선생님은 특별반 담임 선생님이셨고 나는 반장이었다. 이런 인연으로 나는 선생님의 사랑을 특별히 많이 받았는데 지금도 그 고마움을 잊을 수가 없다. 큰형님처럼 한 사람 한 사람을 따뜻한 사랑으로 이끌어 주시고, 인격적으로 우리를 대하며 진정으로 가르쳐 주셨다. 가끔 수업 시간에 영어 노래를 가르치시고 불러 주셨는데 그 수준은 매우 높았다.

참으로 긴 세월이 지났다. 반세기가 흐르고 선생님을 다시 만나니 그 감회가 새롭고 기쁨이 넘쳤다. 김인식 선생님은 내 일생에 가장 큰 영향을 주신 한 분이시니 존경했던 귀한 분으로 너무나 닮고 싶었다. 다시 만났을 때는 선생님도 영어 영문학 박사님으로 교수가 되셨다.

나도 그처럼 따라가면서, 사랑하는 은사님이 곱게 멋있게 연세가 드셨으면 좋겠다.

사랑합니다.

감사합니다.

– 제자 이상민 목사 올림

일신학원과 대구학원에서 시작된
두 번째 사회생활

결혼 후 신혼여행에서 돌아온 우리는 봉덕동 옛집에서 당시의 효성여대 앞의 아담한 새 집으로 이사하고 신혼의 단꿈을 꾸며 어머님을 모시고 행복한 결혼 생활을 시작했다. 다행스럽게도 처가에서 고향의 어려운 가정으로부터 부탁받은 중학교 졸업의 소녀를 돌보미로 보내 주어 우리의 결혼 생활은 누가 보아도 순조롭고 평화롭게 시작되었다.

아내와 나는 시간이 나면 가까운 명소나 맛집을 찾아서 즐기고 대구 유일의 호화 가족탕에서 정겹게 등을 밀어 주며 정다운 신혼의 꿈같은 세월이 오래가기를 기원했었다. 겉보기에 행복해 보이는 것과 스스로 의식하지 못하는 사이에 스며드는 시련은 처음 잠시 동안은 언뜻 구별하기가 어렵다. 결혼이란 각 가정의 생활 방식과 개인의 습관이 다른 두 집안의 자녀가 만나 함께 백년가약百年佳約의 삶을 시작하는 인륜대사人倫大事이므로 사람이 태어나 그때까지의 개성과 습관은 매우 다를 수가 있다.

슬프고 안타깝지만 어이하랴. 나는 어릴 때부터 늦게 잠자리에 들어 늦게 일어나는 저녁형 수면 습성을 가지고 있었고, 그에 반해 아내는 저녁 수저만 놓으면 초저녁잠이 많아 일찍 자고 일찍 일어나는 아침형 수면 버릇을 가지고 있어서 아내의 첫 번째 괴로운 시집살이가 시작되었다.

나는 시험 기간 중 공부를 해도, 밤늦게까지 또는 꼬박 밤새며 공부를 하지만 일찍 자고 일찍 일어나지는 못했다. 아내는 일찍 자고 일찍 일어나 공부하며 성장하여 초저녁에 잠자리에 드는 습성을 가지고 있었다. 이것은 내가 미처 깨닫지 못한 너무나 크고 중요한 습성의 차이였다.

강의를 마치고 친구나 동료들과 어울려 회식에 참석하고 밤늦게 귀가하는 일이 잦았다. 아내는 밥상을 차려 놓고 기다림과 졸음을 반복하며 남편의 귀가를 고대苦待하는데 밤잠 없는 늙으신 시어머니는 옆에서 아들이 귀가할 시간이라며 밥과 국을 데우라고 성화星火같이 독촉하니 당하는 새신부

의 고통이 얼마나 심했을지 가늠조차 하기 힘들다. 적의 비밀을 캐기 위해 실시하는 고문 중에서도 잠을 재우지 않는 고문이 지독하게 극렬極烈한 것으로 알려져 있지 않은가! 중년에 이르러 서서히 밀어닥친 아내의 힘들었던 건강의 악화가 결혼 초기에 겪은 수면 스트레스stress로부터 시작된 것은 아닐까 하는 의구심으로 괴롭고 가슴 아팠다.

무정한 세월은 흘러만 간다. 그러는 사이 1972년 8월 21일 첫딸 미영을 얻었다. 유명하다는 작명가作名家의 소연昭延이란

이름이 마음에 들지 않아 여러 날을 애쓰고 속을 태우다가 미영美暎이라는 첫딸의 이름을 호적에 올렸다. 바둑계의 은어隱語에 장고長考 끝에 악수惡手 둔다는 말이 있지만 내가 지은 첫딸의 이름에 적용될 듯하다. 얼핏 들으면 예쁜 듯하나 흔한 이름이다.

첫딸을 얻어 아내와 나는 기쁜 마음으로 고이 기르자고 이심전심以心傳心으로 굳게 마음먹고 모유母乳와 함께 그 당시 이름난 일본산日本産 분유粉乳로 정성 들여 길렀다. 경제적 여유와 아내의 정성으로 미영은 무럭무럭 자라나 돌이 되자 우량아優良兒 선발 대회에서 최우수 우량아로 대상grand prize을 받으며 복덩이가 되어 온 집안에 온종일 웃음꽃이 피게 했다.

그러나 우리의 삶에는 웃음꽃만 피는 것이 아니었다. 동생 중 종식은 대학교(고려대)를 졸업하고 입대했지만, 막냇동생 준식은 대학교(경북대학교)를 중퇴하고 군에 가서 일찍 제대하여 새로 이사한 벽돌 양옥에서 우리와 함께 살고 있었다. 새로운 슬픔이 여기서 싹트기 시작했다.

나는 학원에서 자리가 잡혀 경제적 안정 속에서 새집으로 이사한 경사가 났으나 아내는 출산과 육아의 어려움 속에서 시어머니와 시동생의 수발까지 들었다. 그뿐만 아니라 당시의 연탄 부엌과 아궁이에 수시로 연탄을 갈아 주고, 엎친 데 덮쳐서 큰외

삼촌(우종혁)의 주정酒酊을 겪으며 시어머니의 환갑잔치까지 치렀으니 결혼 후 찾아온 아내의 두 번째 고난의 시기였다.

처가에서는 시집간 딸의 어려움을 도우려고 먼 친척의 딸(구경숙)을 보내어 가사를 돕게 했다. 큰 도움이 되어 감사한 마음 한이 없었으나 이로 인한 불행과 다행함이 서로 겹쳤다.

막내아우는 수시로 파행跛行과 주정酒酊을 일삼아서 형님이 출근한 후에 형수와 딸을 힘들게 하고, 때에 따라서는 근무 중인 내가 급히 집으로 달려와서 사태를 수습하는 일도 있었다. 그 와중에 준식과 경숙이 서로 깊게 사귀어 아내는 걱정과 고민이 가득했으나 인륜人倫을 어이 막으며 인지상정人之常情을 어이하랴.

그러는 사이 나는 학원가에서 이름이 알려져 1973년 대구학원의 초빙招聘을 받고 종합반 부장으로 서울대반을 담임하게 되었다. 수학과 이용수 원장님, 단과반 부장 사대 동기 이진호 군, 수학과 김경수, 박대흥 선생님, 국어과 문재구, 김동윤 선생님 등 여러 선생님을 새로 만나 기회가 있으면 회식會食하며 서로 도왔다. 김경수 선생님과는 그 후 곳곳에서 인연을 맺으며 자주 만났고 지금도 잊지 않고 연락하고 있다. 그 시절 김동윤, 김경수, 나 세 사람은 국어, 수학, 영어 과목을 책임지고 함께 개인 지도에 힘을 쏟으며 협력하고 노력하여 화기애애和氣靄靄가 지나쳐 식

중독食中毒으로 고생이 심했던 적도 있었다.

그 사이 아내는 1974년 4월 8일 둘째 딸을 해산했다. 이번에는 작명가가 지어 준 경연璟延이란 이름을 호적에 올렸다. 첫딸의 이름은 내가 짓고 둘째의 이름은 작명가가 지어 돌림자가 없다. 둘째도 아내의 보살핌과 정성이 지극하여 행복하게 잘 자라서 언니처럼 복스럽고 귀여운 모습을 하고 있었다.

내가 담임한 반의 반장 이상민 군은 성악과 체육에 뛰어난 소질을 보여 결국 음대를 졸업하고 성악가(바리톤)가 되었고 지금은 대구 서문교회의 당회장으로 목사의 직분을 다하며 하나님을 섬기고 있다. 유신학원 원장님인 사회과 권영식 선생님은 그 후, 총신대학교 운영위원회 및 발전기획위원회 회장일 때 나를 만나 이상민 목사의 안부를 전한 후 주선하여 세 사람이 만났다. 이 목사는 옛 스승인 나를 위하여 성대한 잔치를 베풀어 내 자리를 빛나게 하니 나는 감동과 행복에 젖었다.

그 당시 체육 대회에서 우리 반이 우승하고 모두 모여 즐거운 한때를 보낼 때 아내가 김밥을 밤새 준비하여 학생들과 함께 즐기며 담소 중에 도우미에게 업혀서 함께 온 재롱둥이 첫딸을 여학생들이 호기심에서 경쟁하며 서로 안으려고 했다. 한 여학생이 이름을 물었다.

"사모님, 아기 이름이……?" 그때 미영이는 우량아의 모습 그대로였다. 내가 얼핏 생각이 나서 대답했다.

"뚱뚜무리———."

학생들의 폭소가 터졌다.

"동생은요……?"

동생은 갓난아이라 집에서 할머니가
재우고 있었다.

"똥따무리———."

여학생들이 배를 잡고 떼굴떼굴 굴러
가며 웃었다.

즐거운 대구학원 생활이 끝났다. 1974년 5월에 다시 대구학
원에서 일신학원으로 옮겨 전과 같은 대입 부장직을 맡았다.
그해 8월 15일 경축식에서 미치광이 살인마 문세광이 쏜 흉탄
에 맞아 육영수 여사가 서거하여 많은 사람이 고인을 애도하며
온 나라가 슬픔에 잠겼었다.

그 무렵 어머니와 가깝게 지내는 큰
이모님의 쌍둥이 딸 곽일희와 곽월희 자
매는 인물도 좋지만, 공부도 뛰어나고
친구들에게 인기도 높아 경북여고에서
학생회장을 하고 있었다. 나는 수학의
박대홍, 국어의 김동윤 선생과 함께 경
북여고 수험생들을 이끌고 온 일희와 월희의 부탁으로 특별 지
도를 하기도 했었다. 일희는 경북사대 영어과, 월희는 서울대
간호학과에 합격하고 졸업한 후에, 일희는 박재종과 결혼하였
으나 홀로되어 고교 교단에서 영어를 가르쳤고 월희는 하태운
과 결혼하여 서울의 아산병원과 동국대병원에서 간호부장으로

재직했었다. 1977년 신학기에 부산의 청산학원에서 새로운 인물들과 새로운 생활을 하게 되었다.

청산青山에 살어리랏다

수학과 서한익 선생님과 김경수 선생님의 도움을 받아 부산의 초량에 있는 청산학원에서 주간에는 종합반을 담임하고 야간에는 정통영어를 강의하며 부산 생활을 시작했다. 대구의 집을 팔고 부산의 해양대학 옆 도로와 인접한 2층 양옥을 사서 청산학원 김 총무님의 도움으로 깨끗이 수리를 하고 나, 아내, 미영, 경연, 식구 넷이 이사를 했다.

새집의 넓은 마당에 상록수와 활엽수가 조화를 이루고, 아름다운 꽃이 만발한 정원에 잔디가 운치韻致 있게 자라는 2층 양옥으로, 1층의 안방과 응접실 그리고 부엌에 붙은 작은 방과 욕실은 우리 식구가 사용했다. 우측에는 2층으로 올라가는 계단이 있고 옥상에는 빨랫줄과 물탱크가 있었다. 집이 커서 사랑방과 작은 부엌은 젊은 부부가 세 들어 살았다. 내부의 응접실에 이어진 이층 계단으로 올라가서 왼쪽의 방 두 개와 부엌에 한 세대, 그리고 우측의 방과 부엌에 다른 세대가 세 들어 있었다.

낮에는 학원 종합반에서 가르치고 저녁이 되어 단과반을 가르친 후에는 유명한 횟집을 찾아다니며 교무과장님(최우)과 여러 선생님이 어울려 노래를 부르며 부어라 마셔라 했으니 모두가 취했다. 난들 예외가 아니었다. 너무 취하여 몸을 가누지 못할 정도여서 최 과장이 자기 집에서 나를 재웠다. 그런데 오, 이를 어찌하랴! 술에 곯아떨어져 미처 화장실에 가지 못하고 정신없이 방뇨하여 사모님이 내주신 비단 이부자리와 베개가 온통 오줌벼락을 맞았으니! 이후 두고두고 은혜를 갚는답시고 잔뜩 벼르기만 하다가 어느 날 우연히 두 분이 갈라섰다는 슬픈 소식을 듣고 모골毛骨이 송연悚然하여 말문이 막혔다. 언젠가 김경수 선생과 최 과장을 만나 회포를 풀고 꼭 사과와 감사를 드리고 떠나야 한다고 굳게 마음을 다지고 있다.

아내가 저녁을 준비하는 동안에 미영과 경연을 위하여 내가 두 딸을 함께 등에 업으면 한 손으로는 서로의 목을 감싸 안고 다른 손으로는 내 목을 힘껏 휘감아서 떨어지지 않으려고 바둥거렸다. 어린 시절의 두 딸이 보여 준 천진난만天眞爛漫하고 순진무구純眞無垢한 일화anecdote를 잊을 수가 없다. 나는 여기서 폴 빌라드Paul Villiard가 쓴 『이해의 선물The Gift of Understanding』을 소개하면서 두 딸의 이야기를 전하려 한다.

폴 빌라드Paul Villiard는 어렸을 때 사탕 가게에서 어머니가 사 준 사탕이 너무 그리워 어느 날 홀로 가게를 찾아간다.

"I knew nothing of money at that time. I would watch my mother hand something to people, who would then hand her a package or a bag, and slowly the idea of exchange percolated into my mind."

"나는 그 당시 돈을 전혀 몰랐다. 그저 엄마가 사람들에게 무언가를 건네면 그들도 엄마에게 으레 꾸러미나 봉지를 내주는 것을 바라보곤 했는데 그러다가 천천히 교환의 개념이 내 생각에 스며들게 되었다."

글쓴이는 먹고 싶은 과자를 선택하고 돈을 몰랐기 때문에 자기의 가장 귀한 보물 버찌씨를 과자값으로 준다. 훗날 글쓴이는 성공하여 큰 양어장을 경영하고 있었다. 한 번은 어린 남매가 비싼 외래종을 고르고 터무니없는 돈을 내밀어서 어린 시절의 자신을 떠올리고는 거스름돈이라며 큰돈을 주고 남매를 돌려보내니, 그의 아내는 감동의 눈물을 흘렸다.

그 무렵 나는 저녁을 먹은 후에 미영의 손을 잡고 길가에서 참새구이를 팔고 있는 노점상에 가서 구운 참새를 안주 삼아 술 한잔을 하고 미영이도 구운 참새를 한 마리 먹어 보았다.

어느 날 퇴근길에 그 가게 앞을 지나려니 가게 주인이 나를 불러 미영이 경연과 함께 가게에 와서 구운 참새 두 마리를 먹고 동전 두 개를 주고 갔다며 함박웃음을 머금고 내게 알려주었다. 나는 감사하며 값을 치르고 집에 와서 두 딸을 얼싸안고 아내와 함께 행복에 겨운 웃음을 크게 웃었다.

우리의 삶이 항상 웃음을 주는 것은 아니다. 우리 집 안방의 앞 유리 창틀은 높이가 낮아서 밖에서 보면 안이 훤히 들여

제4장 낮과 밤

다보였다. 여름철 어느 날 창문을 열어 놓고 방에 모기장을 친 후, 잠을 자다가 문득 눈을 들어 보니 누군가 손전등으로 방 안을 비추고 있었다. 나는 느닷없이 대갈일성大喝一聲으로 "불이야!" 하는 고함과 함께 속옷 바람으로 달려 나와 도둑을 쫓으니 도둑은 2층으로 올라가 사라졌다. 나는 몽둥이를 들고 2층에 올라갔으나 도둑의 흔적을 찾지 못하고 내려왔지만 도둑은 욕실에 딸린 난방용 굴뚝을 타고 도주한 흔적을 남겼다. 내 몰골은 정신없이 뒤를 쫓다가 넘어지고 부딪치며 다치고 더럽혀 굴뚝 막은 덕석 꼴이 되었다. 아내는 쥐 죽은 듯 꼼짝도 하지 않고 자기들 방에 처박힌 셋방 남자들을 큰 소리로 비난하며 화를 풀었다. 셋방 남자들을 다음 날 만났더니 도둑이 개에게 물린 듯 개 꾸짖듯 하고, 도둑이 소 몰 듯 당황하여 피하니 도둑 든 후에 나타난 묘한 모습이었다.

이 일이 있은 지 얼마 안 되어 부동산 중개인이 찾아와 집을 팔 생각이 있는지 타진했다. 도둑이 든 후라서 살 때보다 높은 가격에 귀가 솔깃하여 깊은 생각 없이 매도를 결정했다. 중개인은 새로 지은 집을 사서 적당한 매수자가 나서면 높은 가격으로 매도하여 부자가 되라는 사탕발림으로 전혀 경험이 없는 나를 엉뚱한 길로 이끌었다.

처음 한두 번은 재미를 보았다. 그사이 발 없는 말이 천 리를 가서 집 장사로 돈 모았다는 소문은 삽시간에 퍼지고 재미나는 골에 범 난다는 옛말처럼 내게 결과가 나쁘게 나타났다. 돈에 대한 욕심이 눈을 가려 사리분별事理分別을 못 하고 내 힘에 겨운 큰 집을 산 것이 패착敗着으로 내가 겪은 정신적 고통은 너무나 심했다.

부동산 경기는 경제의 전반적 흐름에 따라 좋은 시기가 있는데 큰 집을 구매한 직후 부동산 경기가 얼어붙었다. 일 개월의 기간에 처분하지 못하면 중도금을 지불해야만 하는데 너무 과하여 내 힘으로는 턱없이 부족했다. 만약 중도금을 갚지 못하면 계약금이 날아갈 판이니 그 고민이 오죽하면 하루가 지날 때마다 살이 내렸다. 천운天運으로 계약이 되어 위기를 벗어났으나 간사한 마음은 여전하여 이후에도 같은 종류의 실수를 또 했으니 참으로 한심하다.

일 년 세월이 흐르고 대구의 유신학원으로 옮겼다. 청산에서 내가 담임한 반의 반장 최창배 군은 자기 집안이 운영하는 유치원에 미영을 입학시켜 도움을 주었다. 훗날 결혼하여 아내와 함께 대구의 동신아파트 우리 집에 다녀갈 때 여비를 두둑이 준 기억이 난다.

4 - 3
새로움 없는 유신維新

다음 해 1978년에 대구의 유신학원으로 옮겨 집을 신천동 동신아파트로 옮겼다. 수학과 이유천 선생님의 소개를 받아 많은 학생이 동신아파트로 개인 지도를 받으려고 나를 찾아 내 집에 왔다. 구아미 양을 위시한 여학생 팀과 김성철 군을 앞세운 남학생 팀 등, 동네에서 소문이 날 정도로 학생들이 많았다.

미영과 경연은 오빠와 언니들의 사랑을 받으며 귀염둥이가

되어 함께 뛰놀다가 걸핏하면 바닥에 넘어지거나 부딪쳐 울고 들어오곤 했었다. 두 딸이 동네 아이들과 다투는 경우가 생기면 같은 아파트에 살았던 여동생 명숙의 두 아들 상회와 광회가 눈에 불을 켜고 동생들을 지켜 주었다.

미영은 이때 삼덕유치원에 다녔다. 유치원 통학 버스가 오면 미영은 반드시 아빠와 뽀뽀를 한 후에야 차에 올랐다. 경연이는 언니와 똑같은 유치원복을 맞춰 입고 집에서도 벗지 않았다.

유신학원의 차준부 원장과 차용부 부원장은 자수성가한 분들이고 권영식 과장님은 후일 총신대학교 운영회 부이사장 겸 발전기획 위원장이 되셨다. 국어과 이강백 선생님과 의논하여 서울에 있는 상아탑학원으로 결정이 되었다.

④ - 4

이름만 상아탑 象牙塔

1979년 상아탑학원에서도 역시 종합반 재수생들의 입시를 지도하고 야간에는 단과반에서 성문영어를 강의하며 서울 생활을 시작했다. 이 선생의 권유로 그 댁에서 기거하고 함께 학원 출강을 하며 지냈다. 각 과목의 선생님들이 모두 그 과목에

서는 잘 알려진 유명 강사님이라 처음 서울 생활을 하는 내게
는 큰 도움이 되었다.

부산에서 대구로 왔을 때 대구의 동신아파트를 사고 남은 돈
으로 새로 지은 청구아파트를 분양받아 일 년 후 매도했더니
가격이 배가 되어 서울 여의도에 있는 시범아파트를 사두었으
나 확고한 자리가 잡힐 때까지 이사를 미루고 있었다.

참으로 어리석고 옹졸한 자기중심적 생각으로 말미암아 부
끄러운 불화不和가 이 선생과 나 사이에 생겼다. 내가 불혹不惑
의 나이에 얼마나 숙맥菽麥이면 그걸 깨닫지 못하고 있었으니
한심스러워 말이 안 나온다. 그 댁에 기거한 지 한 달이 지났는
데도 내가 꿈쩍이는 기색이 전혀 없으니 생활정보지나 잡지를
내 방에 넣어 하숙비下宿費에 관한 기사記事를 넌지시 알려 주
었음에도 불구하고 눈치코치도 모르고 있었다. 내가 깨달았을
때는 이미 늦어 부끄러워 얼굴을 들지 못하고 부랴부랴 짐을
꾸려 나왔다. 그 댁 사모님은 대하기 어려운 선생님이 남편 때
문에 입주하여 반찬이랑 이부자리랑 온 정성을 쏟았는데 염치
모르는 사랑방 손님 때문에 신경과민으로 고생이 심했을 것을
생각하니 한숨이 절로 난다. 눈치가 빠르면 절에 가서도 젓갈
을 얻어먹는다고 하는데 나는 젓갈 가게에서 중처럼 얄밉게 굴
었으니 얼마나 미운털이 박혔을까!

그해 10월 26일 나라에 불행한 사건이 발생했다. 박정희 대
통령이 김재규의 총탄에 서거한 사실이 방송을 통해 방방곡곡
에 알려졌다. 비록 정치적 자유의 극히 미미한 일부가 제한된
불편은 있었다고 하더라도 세계 역사상 최초로 도움을 받던 나

라를 도움을 주는 나라로 바꾸고, 민둥산을 수목이 울울창창鬱鬱蒼蒼한 청산靑山으로 만들어 국가 백년대계百年大計의 기틀을 마련한 큰 인물이 떨어지는 슬픈 순간이었다. 이때도 김재규의 총탄에 쓰러진 박 대통령을 보듬어 안고 끝까지 자리를 지킨 사람은 당시의 경호실장이나 비서실장이 아니라 순박하고 대담한 무명의 대학생 신재순이었다. 이름난 가수도 도망치고 없었다. 아유구용阿諛苟容하며 자신들에게만 유리하게 조령모개朝令暮改하는 소위 이름 있는 인간들의 천박한 처신과 아전인수我田引水의 표리부동表裏不同에서 벗어나 정직과 희생의 가르침이 필요한 청춘들에게 알리고 싶은 밀른A.A.Milne(1882-1956)의 수필「황금과일Golden Fruit」이 있다.

The fact is that there is an honesty about the orange which appeals to all of us. If it is going to be bad, it begins to be bad from the outside, not from the inside. How many a pear which presents a blooming face to the world is rotten at the core. How many an innocent-looking apple is harboring a worm in the bud. But the orange has no secret faults. Its outside is a mirror of its inside, and if you are quick you can tell the shopman so before he slips it into the bag.

사실 오렌지에는 우리 모두의 마음에 호소하는 정직성이 있다. 만약 오렌지가 상한다면 외부로부터 상하기 시작하지 내부로부터 상하지는 않는다. 얼마나 많은 배가 세상에 화려한 얼굴을 보여 주면서 그 속은 썩어 있는가! 얼마나 많은 사과가 겉은 순진해 보이면서 그 싹에는 벌레가 먹고 있는가! 그러나 오렌지는 비밀의 결점이 없다. 오렌지의 껍질은 그 속살의 거울이며 만약 당신이 눈치가 빠르면 오렌지를 봉지에 넣기 전에 점원에게 상했다고 알려 줄 수가 있다.

훌륭한 인물이란 도대체 어떤 인간적 풍모를 가지고 있는가? 세상에 화려한 변장으로 순진한 척 거짓 자태를 보이면서 허명虛名에 찬 소인배小人輩가 이 세상을 더럽히니 옥석玉石을 가리기 힘들다.

밀른Milne은 정직한 인품을 갖춘 사람의 겉과 속이 한결같음을 칭송하여 위선hypocrisy을 최악最惡으로 경계警戒한다.

노자老子는 인간수양人間修養의 근본을 물에서 찾아 수유칠덕水有七德을 가르쳤다. 물은 생명의 근원으로 외계外界의 생명체를 찾는 과학자들의 관심도 한없이 먼 은하계銀河系의 혹성惑星에 있을지도 모르는 물의 존재에 있지 않은가!

생명의 근원이 물이니 이 세상에도 물이 없으면 우리가 살 수 없고 우리의 몸에도 물이 있어 생명이 유지되며 위험과 위기에 빠진 사람이 물 때문에 생명을 건진 기록은 수없이 많다.

수유칠덕을 근본으로 수양하며 물같이 살고자 하는 사람은 겸손謙遜하고 지혜智慧로우며 포용包容하고 융통融通하여 인내忍耐와 용기勇氣로 대의大義를 이루어 나간다. 그러나 이는 그 옛날 목가적牧歌的 시대의 목가적 삶 속에서 나올 수 있는 목가적 인품의 표상表象으로 보인다.

나는 변하는 세상의 천재天災와 인재人災 속에서 물이 끼치는 수유삼악水有三惡을 경계하지 않을 수 없다. 엄청난 해악害惡의 장마와 폭우로 인한 홍수洪水와 침수沈水 그리고 무엇보다 미세한 틈만 있으면 가차 없이 스며들어 야금야금 적시는 치사恥事스럽고 성가시며 두드러기가 날 것 같은 아파트 내부의 누수漏水가 좋은 허우대 뒤에 감춘 예리한 바늘이라, 아무리 우리가 조심해도 지나치지 않을 것이다.

그러니 사랑하는 사람들아! 노력하고 애써서 권모술수權謀術數에 능하고 조삼모사朝三暮四하며 어린 백성들을 현혹하는 정치배politician와 우국충정憂國衷情에 불타는 정치가statesman를 구별할 수 있는 혜안慧眼을 갖자!

박정희 서거 후의 군사 정권은 국민의 자유를 제한하고 언론의 자유를 억압하며 대안 없이 학원과 개인 교습을 극도로 억제하여 우리의 불만은 하늘을 찌르고 입에서는 거침없는 욕설이 쏟아졌다. 개인 교습은 금지되고 학원의 활동도 제약이 있었으나 나는 외로운 하숙 생활을 청산하고 여의도의 시범아파트를 한 채 더 구매하여 방 한 칸에 교실을 만들어 학생들에게 영어를 가르치고 입시를 지도했다.

1980년 3월에 용산에 있는 양지학원으로 옮겼다. 본격적인 서울 생활이 시작되어 지금까지 반세기 가까이 서울에서 살고 있으니 서울이 고향 같다. 다음 해 종식은 이해정李

海貞과 결혼하여 재현과 재영을 낳았고 준식은 그 전해에 구경숙具慶淑과 결혼하여 용진龍進을 낳았다. 재현은 작곡을 전공하고 재영은 회사에 용진은 중소기업의 과장으로 활동하고 있다.

양지養志에서 내 뜻도 함께 기르다

　　일상생활 속에서 세월은 흐르고 미영은 여의도 초등학교에 입학하고 경연은 여의도유치원에 다니고 있었다. 1980년 5월 10일 기다리고 애태우던 아들이 태어났다. 나는 아들의 이름을 경민經旻으로 정하고 우리 부부는 싱글벙글 기뻐서 늦게 얻은 아들의 출생을 주님께 감사했다.

　　어느 날 대학원생 모집의 신문 광고를 보고 불현듯 양지養志학원에서 내 뜻도 함께 길러 계속 공부하려는 의지가 요원의 불길처럼 타올라 세종대학교의 대학원 영문과에 진학했다. 중년의 나이에 젊은 대학원생들과 선의의 경쟁 속에서 협력하며 공부하는 즐거움이 삶의 의욕을 강하게 밀어 올려 적극적이고 능동적으로 가르치고 배우며 주경야독晝耕夜讀의 삼매三昧에 여념이 없었다. 대학원에서 오영숙 교수, 김달규 교수, 신인철 교수, 장영철 교수의 도움을 받으면서 후배들의 질문과 원서 해석에 도움을 주는 학습 활동이 건조한 생활에 새로운 활력소가 되었다.

　　양지학원의 유승빈 원장, 황명락 부원장, 박동열 교무과장,

영어과의 안진수, 이성주, 국어과의 김태환, 오진우, 물리과의 정승경, 화학과의 최강부 선생님과 특히 먼 길을 자기 차로 항상 함께 출근한 이성주 선생님의 정겹고 따뜻했던 도움이 고맙게 느껴진다. 양지학원에 온 이후 여의도 시범아파트에서 잠실2단지 아파트로 이사하고 미영은 잠실초등학교에 전학하였으며 경연도 입학하여 학교에 잘 다니고 있었다. 경민은 무럭무럭 자라나 식구들 모두의 사랑을 독차지하고 귀염둥이로 자라면서 일찌감치 누나들의 공부를 옆에서 관찰하더니 어느 겨를에 책을 읽고 만화책을 보니 이웃에 사는 같은 또래의 아이들을 둔 젊은 어머니들이 신기하여 크게 감동하며 자기 자식들을 다독이고 닦달하는 모습을 엿볼 수 있었다. 경민이는 초등학교에 입학 후 아나나 다를까 영민함과 우수함을 보였으나 타고난 머리와 뛰어난 순발력만의 능력은 초등학교까지뿐 중학교에 들어가더니 성적이 조금 밀려나기 시작했다.

학습 활동에 필요한 노력에는 타고난 순발력과 옹골찬 지구력의 조화가 이상적이라고 생각한다. 양자 중 하나를 선택해야 한다면 당연히 후자가 삶을 성공으로 이끄는 원동력이라는 것을 믿는다.

차제에 경민의 재미난 일화episode 하나가 떠오른다. 경민이 어릴 때 우리 식구 모두 당시 국제극장에서 상영 중인 「이티

「E.T.」를 보러 갔었다. 상영 시간을 알리는 종이 울리고 모두 입장하여 우리도 손잡고 안으로 들어가려는 순간에 경민이 손을 빼고 들어가려고 하지 않아 우리는 모두 놀랐다. 그때가 유치원에도 들어가지 않은 시기여서 우리는 경민의 생각을 몰라 어리둥절하며 어찌할 바를 모르고 잠시 서성거리고 있었다. 미영과 경언은 애가 타서 힘으로 경민의 손을 잡아 끌어당기고 있었다. 나는 두 딸과 아내가 먼저 들어가서 영화

를 보게 하고 나와 아들 둘만 남아 보듬고 다독이며 애를 태우다가 들어가지 않으려는 이유를 들었다. 광고에 나오는 눈 큰 이티E.T.가 극장 안에 나타날까 두려워 들어가기 싫다는 어린이의 순수함과 상상력에 탄복하며 아들이 탁월함과 독특함을

타고났다고 믿고 하나님께 감사하며 큰 기대감에 들떠 있었다. 세월이 흘러 이제 경민이도 불혹不惑의 나이가 지났다. 막연했던 그 어린 시절의 큰 기대가 이루어지기를 바라며 믿었던 내 마음은 아들이 동양생명東洋生命의 강남江南지점장으로 근무하고 있음을 자랑스럽게 생각하고 있다.

　1983년 소련 전투기의 공격으로 우리 민항기가 격추되어 탑승객 전원이 희생된 불행이 닥쳐, 온 나라가 슬픔에 잠겼을 때 조용하던 학원에 학사 운영의 효율과 강사의 처우 문제로 경영진과 강사 간의 마찰로 불협화음이 생겼다. 분위기가 소원疏遠해진 어느 날, 내 능력과 일상적 언행에 대해 호의적인 평가로 나를 인정하고 있던 원장님이 원장 주도의 독선적 운영에 동

조하도록 좋게 말하여 부탁을, 나쁘게 말하여 강요를 하는 것이었다. 나는 원장이 그동안 여러 가지로 내 개인에 대한 평가와 배려를 잘해 주신 점을 감사하게 생각했지만, 운영의 독단과 비민주적 학원 경영에 반대하는 선생님들과 함께 뜻을 모았다. 이때 끝까지 반대의 뜻을 굽히지 않은 선생님들은 단지 일곱 명뿐이었다.

인간 사회에서 적나라한 개개인의 참모습이 드러나는 것은 위기의 순간이다. 뒤가 꿀리고 뒤가 들리거나 뒤가 무른 인간일수록 뒤를 재고 뒤로 돌며 뒤가 켕기는 법인데 이 경우도 예외는 아니었다.

그 무렵 경향신문사의 설문 조사가 있었는데 우리 학원 대표로 내 이름이 신문에 났다. 그것을 시기하고 질투하는 강사가 있어서 환멸을 느껴 1984년 신학기에 양영학원으로 몸을 옮겼다.

4 - 6
양영養英으로 옮기다

양영학원에는 이동순 원장, 윤석원 부원장을 위시하여 최경욱, 서수인, 김병기, 이성로, 김윤경, 김태환 선생님이 계셨다. 학력고사가 끝나면 영어과의 김병로, 김학기 선생님과 함께 모범 답을 작성하여 학생들에게 해설하고 가끔 발생하는 학문적 견해의 차이가 있을 때는 진지한 토론과 고민을 한 추억이 성스럽게 느껴지기도 한다. 국어과의 김병기 선생님은 잠실의 같은 아파트 단지에서 살았고 김태환 선생님은 정일에서도 같이 근무했다.

양영으로 옮긴 후에 오랫동안 못 보던 홍성봉 선생님을 만났다.

대구의 일신학원에서 고입高入 부장을 맡아 대입大入 부장인 나와 힘을 모아 학사 운영에 협력하며 절친으로 지내던 선배 선생님이시니 너무 반갑고 기뻐서 그날은 밤이 새도록 옛일을 돌아보며 이야기꽃을 피우고 술을 마셨다. 미영과 경연은 잠실초등학교에서 공부 잘하고 경민이는 건강하게 자라나고 있었다. 홍성봉 선생님이 어느 날 자기 차車를 가지고 와서 잠실의 내가 사는 아파트 앞에 주차하고 나에게도 차 구입을 권유하며 아이들을 태우고 동네 한 바퀴를 돌았다. 아이들 셋 모두 자동차를 사서 우리도 즐거운 여행으로 보고 싶은 명승고적을 찾아보자고 열광하여 마음을 굳히고 그 당시 새로 생산되어 인기가 높은 현대의 85년형 아멕스Amex를 구입하고 홍 선생님의 도움을 받아 자동차의 외양을 보기 좋게 고쳐 출퇴근을 했었다.

미영과 경연은 잠실초등학교에 잘 다니고 있었다. 미영은 피아노 경연 대회에 입상하고 노래와 책 읽기에 뛰어남을 보여 졸업식에서 재학생 대표로 송사를 낭독했다. 경연은 성적도 우수하지만, 언행이 바르고 신중한 태도와 상냥한 어린이다움으로 친구들에게 높은 신뢰를 얻는 성격이어서 언제나 반의 어린

제4장 낮과 밤

이 회장을 도맡아 하곤 했다. 우리 내외는 미영이 다재다능多才多能한 음악가로 경연은 우수한 성적으로 과학 분야科學分野를 개척하여 그들의 꿈이 이루어질 것을 굳게 믿고 있었다.

나는 나대로 열심히 공부하여 비교적 우수한 성적으로 84년 8월 29일 문학석사文學碩士(영어영문학과) 학위를 받고 졸업을 했다. 젊은 대학원생들과 함께 공부하는 기쁨이 젊은 날의 꿈을 찾아주었으나 이어서 정진하지 못하고 몇 년의 시간이 흐르고 박사 과정에 도전하였다. 어느

날 정일학원의 김병광 박사가 나를 찾아와 초청함으로 마지막 학원 생활을 정일에서 하게 되었다. 그해가 올림픽이 개최된 1988년이었다. 함께 공부한 가흥현, 김중기, 김영희는 지금도 열심히 살고 있겠지?

4 - 7

정일正一에서 터득한
살리에리Salieri의 고민苦悶

정일학원正一學院은 종로학원, 대성학원과 더불어 우리나라 삼대 명문 학원으로서 자기가 뜻하는 대학에 실패한 야심 찬 재수생들이 그들의 꿈을 키우기 위해 선택하는 최종 입시 학원이다. 규모도 크고 학생들의 수준도 다른 학원에 비해 우수

하다. 지도하는 강사진도 학구적이며 입시의 전문적 지식과 지도 방법을 터득한, 학자라기보다 차라리 강의 전문가적 특성을 지니고 있었다. 물론 대학원에서 박사 학위를 받은 분들도 있었고 박사 과정을 수학하는 분들도 있었다. 홍철화 원장님, 나를 초빙한 교수실장 김병광 박사를 비롯하여 영어과의 황의방, 최기창, 박봉석, 박대송, 박기준, 홍승학, 강웅삼 선생님 그리고 정일에서 은퇴한 후에도 YBM어학원에서 오랫동안 나와 함께 타임TIME지를 강의하며 돈독敦篤하게 지낸 송재원 박사, 김복남, 추교남, 주상언, 황보영, 윤창식, 유충조 선생님과 놀라운 독해력을 갖추고 외국 작품의 진수를 터득한 듯 종횡무진縱橫無盡하는 이종상 선생님이 계셨고 국어과에는 김병광 박사와 나와는 여러 곳에서 함께 일한 김태환 선생님, 역사과 정정길 선생님 그리고 나와 다툼이 있었던 사회과 김종연 선생님, 또 수학과 조준호 선생님도 계셨다.

영어과 선생님들은 나의 박사 학위를 기념하여 학위 영득 축하패를 기증寄贈하였다. 훗날 내게 배운 이경환 군이 노원구 중계동에서 학원을 경영할 때 나와 경연이 영어와 수학을 담당해 함께 근무한 적도 있었다.

1988년은 우리나라 역사상 최초로 올림픽 경기The Olympic Games를 개최한 해로 기념비적紀念碑的 가치價値가 있었다. 그해 우리 가족家族은 잠실동 5단지로 이사했는데, 새로 구입한

아파트가 86년 아시아 경기 때 괴한의 총탄에 쓰러진 여학생의 집이란 것을 알고 두 딸은 펄펄 뛰며 이사를 반대하고 울고불고 야단이었다. 어이하랴! 엎지른 물인 것을! 방법은 하나뿐. 집안을 단장하고 수리하여 구조를 바꾸고 가구와 책상을 새로 맞추어 내부의 모습을 아름답게 꾸미고 화려한 커튼curtain을 친 공부방을 만들어 겨우 마음을 다잡아 안정을 찾았다.

잠실 경기장에서 외국인과 함께 올림픽 경기를

보며 응원하고 외국인과 영어로 대화하는 모습을 보여서 아들과 딸들이 영어에 관심을 가질 수 있도록 모범을 보이려고 노력했다. 국제적 행사가 끝나니, 느닷없이 만사가 거슬리고 매사에 안달이 나, 눈에 불이 나고 무에 그리 급한지 조금만 늦어도 눈에 쌍심지를 켜고 닦달을 하니, 주변 사람이나 나나 눈이 캄캄하고 당황스럽기는 마찬가지였다. 아무리 명강사랍시고 내로라해도 순간적 인기와 지지에 불과한 신기루일 뿐이며 내 삶의 족적足跡으로 남을 수 없음을 깨닫고 덧없는 나날을 보내고 있다는 조바심 때문이었다.

백발은 늘어나고 나이는 불혹不惑을 지나 지천명知天命인데 이루어 놓은 일이 없어 허전한 마음으로 하루하루를 보내고 있었다. 한가한 시간에 허전함을 달래려고 무심결에 찾아간 극장에서 본 영화는 「아마데우스Amadeus」였다.

볼프강 아마데우스 모차르트Wolfgang Amadeus Mozart는

1756년부터 1791년까지 짧은 생애를 살고 요절夭折한 빈
Vienna 출신 천재天才 작곡가였다. 그는 잘츠부르그Salzburg에
있는 주교청主教廳 대주교大主教의 궁정작곡가宮庭作曲家인 아버
지 레오폴드 모차르트Leopold Mozart의 배려로 어릴 때부터 바
하Bach, 하이든Haydn, 베토벤Beethoven과 두터운 교분交分을
쌓고 대작「피가로의 결혼Le Marriage De Figaro」과「돈 조반니
Don Giovanni」를 남긴 작곡의 천재였다.

그러나 오랫동안 내 가슴 속에 쌓여서 답답한 마음을 터놓
고 하고 싶은 말은 모차르트의 천재성이 아니라, 그와 동시
대에 살면서 그와의 불화不和 때문에 천재를 독살했다는 확
증 없는 소문 속에서 괴로운 일생을 마친 살리에리Antonio
Salieri(1750-1825)의 인간적 고민과 신에 대한 원망怨望 때문이
다. 살리에리는 이탈리아Italy 출신으로 빈Vienna에 와서 오스
트리아 궁정악장宮庭樂長을 지낸 작곡가이며 지휘자였다. 그도
역시 오페라opera「다나이드Les Danaïdes」와「오라스Les Horaces」
를 작곡했으며 수많은 오라토리오oratorio를 지휘한 음악의 대
가로 그가 살던 시대에서는 궁정악장宮庭樂長이었음에도 불구
하고, 왜 모차르트를 질투하며 괴로운 고민에 빠졌을까? 고뇌
에 찬 그의 기도문이 있다.

"오, 하나님! 어찌하여 저에게는 새로운 것을 창조하는 창작
의 능력은 적게 주시고 뛰어난 창작의 능력을 알아보는 비평批
評의 칼날은 예리하여 부족함의 부끄러움 때문에 베인 마음의
상처는 이다지도 처절悽絶하게 남겨 주시나요?"

그를 생각하면 내 마음은 언제나 아리고 슬프다. 나도 평생 그렇게 타인의 성과가 부러워 괴로워하고, 내가 못나 부끄러우며, 부족함을 느끼면서도 용기 있는 결단을 내리지 못해 후회스럽다. 만시지탄晚時之歎이나 중단했던 만학晚學의 길을 계속 가기로 결심하고 1989년 단국대학교 대학원 박사 과정에 진학하여 새삼 학문에 정진하기로 마음먹고 응시應試하여 입학 허가를 받았다.

4 – 8
올림픽아파트의 애환哀歡 속에서 박사博士가 되다

(1) 새로 산 우리 집 '올림픽 아파트'

이맘때는 내가 잠실 5단지에서 올림픽선수촌아파트 228동 507호 새 보금자리로 이사한 시기였다. 나의 일생에서 의衣, 식食, 주住 모든 면에서 경제적으로나 정서적으로 가장 넉넉하고 화려하며 즐겁고 행복한 시기였다.

올림픽 아파트는 64평 복층으로 구조가 매우 독특하여 일층에 안방과 화장실이 있고 주방과 식당이 또한 나란히 붙어 있으며 출입문을 들어오면 넓은 응접실과 발코니balcony가 있다. 발코니 안쪽에는 큰 기둥이 있어서 웅장하고 위엄이 있었다. 이사하기 전에 나는 세밀하게 구

상하여 발코니에 이중창을 달고 실내는 편하고 살기 좋게 수리를 했다. 화장실 옆의 계단을 오르면 이층에 방이 4개가 있다. 계단과 이어지는 안쪽 긴 방은 미영이 쓰고, 미영의 방 앞으로 난 통로의 중간 창문이 멋있는 방은 경민의 방이며 그 옆방은 할머니 방이고 이층 화장실 다음에 있는 아파트 정면의 방은 경연이 사용하도록 방의 배치가 끝났다. 마음에 든 방을 받은 경연은 춤을 추며 자기 방을 치우고 책상을 들이니 구조상 경연의 방은 이 층 화장실과 함께 일 층의 안방과 화장실의 구조와 꼭 같은 위치였다. 우리 아파트는 5층에 있었으나 그 내부 구조가 복층이므로 출입구를 들어오면 넓은 거실, 안방과 화장실, 부엌과 식당이 있는 1층과, 거실이 없고 방만 4개 있는 2층으로 구성되었다. 거실에서 올려다보면 2층에는 발코니 형식으로 된 복도와 난간이 마련되어 있어서, 내가 퇴근하여 집에 오면 아이들이 모두 제 방에서 나와 2층 발코니에서 아빠에게 이구동성으로 건네는 인사의 합창이 너무나 정겨워 지금도 그리워 눈에 선하다.

이 집에서 내 일생의 크고 작은 기쁨과 슬픔의 굴곡屈曲이 요동치고 파란곡절波瀾曲折이 만장萬丈했던 삶을 살았다. 올림픽 경기가 끝나고 국민적 흥분이 가라앉으니 나라가 안정安定되고 사회는 국력國力의 신장伸張과 국위國威의 선양宣揚으로 활기活氣가 넘치는 분위기였다. 때 맞춰 올림픽선수촌아파트로 이사를 하였으니 순풍順風에 돛을 달고 시원하게 항해할 것으로 믿었지만 세상사가 그렇게 순탄하다면 불가佛家에서 속세俗世를

(2) 미영과 경연 그리고 경민

1989년은 미영이 정신여고에서 제21회 노
래 선교단 활동으로 전국 순회공연을 하고 경
연이 정신여중 학생회장으로 선출되어 아버지
인 내가 정신여중 육성회장으로서 일 년간 활
동한 공로로 김정애 교장선생님으로부터 감사
패를 받고 서울시 동부지구 육성회장단으로부
터도 감사패를 받았으며 휴전선의 북방한계선
근처에 있는 북괴의 땅굴 견학을 하기도 했다.
그뿐만 아니라 나도 학교에 육성회장으로서
금일봉을 기증寄贈하는 장한 일을 하고는 아이
들과 함께 무식한 사람이 금일봉金一封을 받고
"김일대가 누구야?"라며 의아스럽다는 얼굴로
바라보았다는 농담joke을 하며 웃었다.

다음 해에 미영은 삼 학년이 되고 경연은 정신여고에 진학하
였으며 경민은 오륜초등학교에서 반장으로 선출되어 친구들이
많았다. 내 아들 경민에게는 성의만 있었으면 얼마든지 해 줄

수가 있었는데도 불구하고 만족을
주지 못한 미안함이 아직도 크다.
어렸을 때부터 귀여워하는 강아지
를 나와 아내가 반대하여 아들이 기
르지 못한 미안함이 그 하나요, 그

렇게도 좋아하는 농구를 아빠가 후련
하게 함께 뛰어 주지 못한 점이 그 둘
이요, 아버지로서 가장 큰 미안함은
적당하고 알맞게 용돈을 주지 않아서
훗날 중고교에서 경민이 친구들에게
기를 펴지 못하게 만든 점이 그 셋이
다. 지금은 경민이 대회사의 지점장으
로서 아버지나 식구들에게 넉넉하게
돈을 쓰고 있으며 친구들에게도 풍족하게 대접하고 있기에 지
나간 내 교육의 결과에 비해 다행스럽다.

　내가 어렸을 때는 경민의 할아버지인 나의 아버님께서 필요
하면 엄마에게 부탁하여 필요한 것을 받게 하고 돈을 직접 사
용하도록 허락하지 않으셨다. 아버님도 교육자였으며 그 역시
어른들로부터 돈을 멀리하고 돈 때문에 천박하게 되지 않도록
교육을 받았을 것이니 자식에게 황금을 보기를 돌같이 하라는
철학을 우리에게 심어 주었을 것이지만, 시대의 흐름과 돈의
생리를 제대로 파악하지 못한 나의 시대착오anachronism적 실
수일 뿐, 옛말에도 있듯이 사람이란 원래 돈 떨어지자 입맛 나
고 돈만 있으면 개도 멍첨지라며 돈이 귀신도 부리고 돈이 말
하는 세상임을 알면서도 그처럼 아들의 마음을 움츠러들게 한
것이 한없이 한스럽다.

(3) 미영의 연대 작곡과 장학생 합격
미영이 3학년이 되어 대학 진학 때문에 본격적인 입시 공부

를 할 때가 왔다. 지금이나 그때나 우리나라 입시 제도 하에서는 누구나 고3이 되면 대학 입시가 반드시 치르고 벗어나야 할 지옥地獄의 관문關門이다. 미영이 영리하고 감정이 풍부하여 마음만 다지면 걱정 없이 해낼 것으로 믿지만 부모의 마음은 한결같이 초조하고 애달퍼서 합격의 기쁨 외에는 백약百藥이 무효無效이니, 모든 것이 입시 공부에 영향을 줄까 두려워 조심하고 삼가 살얼음 밟듯이 아슬아슬했다.

미영은 음악에 소질도 있고 취미와 관심도 커서 음대 진학을 결심하고 우리 내외와 의논하여 연세대학교 음대 작곡과에 지원하기로 결정했다. 가정 교사를 두고 입시 과목을 공부하면서 작곡과에 필요한 실기 공부를 위하여 아내가 차를 운전하여 미영을 실어 나르며 정성을 쏟았다.

어느 날 비가 억수같이 퍼붓는 장마철, 교통사고를 당하여 뺑소니친 가해 차를 잡으려고 범퍼bumper가 부서진 상태로 어두운 밤길 빗속을 뒤따라 갔다니, 갑자기 아내가 측은하여 목이 메고 잠겨서 훗날 미영이 제 엄마의 고마움을 잊지 않기를 간절히 기원하며, 아내에게 무모한 행동을 하지 않도록 되풀이하여 간곡히 부탁했다.

그때는 집에 차가 두 대 있었다. 지금 생각하면 보다 안전하고 큰 새 차는 아내가 운전하고 작고 헌 차를 내가 사용해야 당연한 처사로 실용적이고 인도적이며 품격 있는 모습일 텐데, 오래 사용한 차를 아내가 쓰게 했으니 얼마나 낡고 구차한 모습이었던가! 게다가 시어머니와 시누이들의 시새움에 시달리며 내키지 않아 억지로 참아가며 마지못해 운전하니 멍에를 쓴

멍든 가슴은 하소연할 곳이 단 하나 남편뿐인데 나는 얼마나 넓고 큰 도량度量을 가지고 있었던가? 그리움과 슬픔이 가득 서린 가슴을 치며 참회懺悔한들 저세상에서 아내를 만나면 미소 짓는 아내의 용서를 받을 수나 있을까?

연세대 합격자 발표일은 눈을 뜨자 적막감寂寞感이 사위四圍를 둘러싸고 찾아왔다. 엄마의 사랑과 노력이 하늘에 닿아 축복이 미영에게 내리기를 빌고 또 빌었다. 초조하게 기다리고 있는데 합격자 발표를 보러 갔던 미영과 아내가 돌아왔다. 아파트 문이 열리고 미영은 아빠를 소리쳐 부르며 울음 반 웃음 반으로 안겨 왔다. 이때만큼은 부녀간의 사랑과 영혼이 순수하고 아름답게 혼연일치渾然一致가 되었다. 사랑한다는 말이 나도 모르게 흘러나왔다. 우리 식구들 모두 얼싸안고 춤을 췄다.

사실 미영이 공부할 때 엄마가 방문을 살그머니 열고 똑바로 앉아 연필을 들고 공부하는 미영의 뒷모습을 본 후 자랑하기에, 나도 정말인가 싶어 한번 보니 앉아서 졸고 있는 모습이라, 웃으며 호된 꾸지람을 내리고 방을 나온 적이 있어서 합격의 축복과 그 모습이 겹쳐 더욱 행복했다. 어렸을 때부터 피아노와 노래에 소질이 있었으나 입학시험에서 장학생이 되자 나는 미영의 할아버지부터 나를 거쳐 미영에게 이어지는 음악적 소질과 절대음감絕對音感을 깨닫고 기쁨과 동시에 기대감을 더 가지게 되었다. 나도 음악과 체육을 잘하여 성적은 우수하나 예체능 점수가 나쁜 학생들보다 언제나 앞서서, 반 최고의 성적을 내준 적이 없었다.

(4) 모범模範은 경연의 일생—生

둘째 경연도 정신여고에 입학하여 1991년 제23회 정신여고 노래 선교단원으로 활동하며 음악을 좋아했다. 어느 날 경연이 자기가 좋아하는 대중가요를 열창하여 나는 그 노래 가수의 가창력보다 뛰어난 실력이라고 탄복한 적이 있었다. 그러나 경연이 너무나 명석하고 게다가 학업 성적도 출중하여 대중음악의 가수로 기르지 못해 아깝다고 생각을 하면서도 약학을 전공하여 약국을 경영하는 현재의 경연이 자랑스럽다. 아버지로서의 내 기억 속엔 경연이 태어나 지금까지 단 한 차례도 부모의 속을 태운 일이 없다. 내가 큰 소리로 칭찬하지만, 경연은 심지어 자기 아들과 딸의 출산까지도 단 하루의 오차 없이 순산한 모범둥이었다.

경연은 공부를 많이 했다. 성균관대 화학과를 졸업하고 숙명여대 음악치료과 대학원을 수료했으며 마지막으로 덕성여대 약학과를 4년간 국비 장학생으로 졸업한 수재다. 현재는 약사로서 여의도의 「은혜약국」을 경영하고 있지만, 고교 졸업 후 오랜 기간 공부에 지친 경연이 더 이상의 깊은 연구를 단념하여 아버지로서는 아까운 인재를 잃는 것 같아 애석한 마음이 크다. 그러나 이제 신랑과 함께 아들딸 데리고 의좋게 오순도순 살아가고 있는 모습도 감사하고 감사하다.

(5) 경민의 도량度量

경민은 둘째 누나와 7살의 차이가 있고 내 나이 40에 본 아들이라 나와 아내는 늦둥이가 씩씩하고 활발하게 자라서 나라의 동량棟樑이 되도록 힘써 양육의 도道를 다하려고 노력했다. 워낙 심성이 착하고 곱지만, 나의 남성적 성격과 엄마의 여성적 섬세함이 교차交叉 혼합混合되어 화가 나면 불같은 감정을 드러내고 가엾고 측은한 것을 보면 더없이 다정한 성품이라 초등학교와 중학교에서 친구와 주먹다짐으로 싸웠다가도 곧이어 화해를 청하는 도량을 보였다. 초등학교에

서는 태권도를 익혀 어린이의 기초적 능력은 뛰어났으나 계속해서 이어가지 않았고, 중학교에서는 운동에 소질과 취미가 많아 여러 가지 종목을 다 잘했지만 한 가지에 집중하여 전문적 지도를 받은 적은 없었다. 중동고등학교를 거쳐 경희대학교를 졸업하고 지금은 직장의 지점장으로 활동하고 있어서 마음 가득 행복하다.

제4장 낮과 밤

(6) 미국 여행

1989년 단국대학교 박사 과정에 입학하고 만학의 기쁨과 고달픔을 동시에 느끼며 내 사랑하는 아들과 딸들의 모범이 되려는 간절한 소망과 그들의 때가 되어 나의 부족한 노력과 결실을 앞질러 나아가는 청출어람靑出於藍의 본本이 되기를 바라는 마음에서 진정 열심히 노력했다.

1991년 여름에 하와이대Hawaii大에서 개최되는 연수Studies에 단대의 안 교수와 함께 참여하기로 뜻을 모았다. 생애 첫 미국 여행일 뿐만 아니라 연수에 참여하여 다른 나라의 교수와 학생들과도 토론하고 자기의 주장을 폭넓게 이해시켜 공감을 얻는 토의 과정이 있어서 나의 영어를 객관적으로 비교해 보는 기회가 되어 기대가 되고 또한 걱정도 되었다. 하와이에서의 연수 기간이 한 달간이고 그 후 시애틀  Seattle에 있는 워싱턴Washington대학에서 박사 학위 논문에 필요한 참고 서적과 논문을 비교, 분석하고 수집하여 자료를 준비하고 전공 교수를 방문하여 질의, 응답 및 토론하기로 예정이 되어 있었다. 미 대사관에서 비자visa를 받고 예정된 날짜에 김포공항金浦空港을 떠나 하와이의 호놀룰루Honolulu공항에 도착하여 여장을 풀었다.

우리 일행은 모두 네 명으로 박사 과정에서 수학하고 있는 두 학생이 함께 갔었다. 그들은 문학을 전공하는 중년 남녀로 초면이기 때문에 거북하여 나는 머뭇거리며 망설이고 있었다. 네 사람이 모여 인사를 하고, 방미 계획을 의논하는 자리에서 그들은 한결같이 나의 동행을 간곡하게 부탁하여 거리낌이 있었지만 가기로 결정을 내렸다. 아내와 의논하여 미국 체류 기간에 필요한 여러 가지 준비를 하면서도 마음 한구석에는 어쩐지 석연釋然치 못한 데가 남아 있었다. 미국에 도착하여 일행이 함께 행동하는 과정에서 마음속 거리낌이 하나둘 구체화되어 나타나기 시작했다. 안 교수는 나와 양지학원에서 같이 강의하다가 단국대로 옮겼고, 나는 정일에서 근무하고 있지만, 대학원의 박사 과정 학생으로 연령은 비슷하나 입장은 교수와 학생이라서 두 학생과 몸가짐이나 행동에서 어색하고 난처하여 당황했던 사연이 많았다. 무엇보다 기막힌 일은 두 학생이 그들의 필요에 따라서 성의를 표할 때마다 반드시 나에게도 그들과 동등한 입장의 동등한 성의를 요구하니 민망스럽기 짝이 없었다. 이래서 함께 오자고 안달을 했구나 싶어 어이없는 쓴웃음이 났다.

(7) 하와이Hawaii대학교에서 공격한 미개未開한 서양식西洋式

제11차 미국학 연구 토론회American Studies Forum는 하와이주 비영리 교육 기관인 아시아-태평양 문화교류원The Center For Asia-Pacific Exchange이 주관한 국제 행사로서 미국, 일본 그리고 우리나라 교수와 학생들이 참가한 큰 문화 행사였다. 매주 토론의 제목이 바뀌고 매일 내용이 다양한 주제를 하와이대학교의 전공 교수가 발표하면 참가한 모든 교수와 학생들이 질의하고 응답하며 쟁점에 대해서는 열성적으로 토론하여 자기주장을 관철하고 마지막으로 주제를 발표한 책임 교수가 결

론을 정리해 나가는 형식으로 진행되어 미국의 토론식 교육이 논리적 능력과 설득력의 배양에 끼치는 영향이 크고 훌륭하다는 감명을 받았다.

나는 서양을 대표하는 미국식 생활 방식의 결함과 지나치게 자유분방自由奔放한 그들의 삶의 자세를 비판하는 입장의 발표와 토론에 참여하였으며, 주로 일본 교수와 학생들의 집중적 관심과 공격을 받았다.

하와이대 교정에서 느끼고 주장한 내 생각은 지금도 변함없으며 그때도 신랄辛辣하게 지적한 그들의 가정생활 최악의 폐해弊害는 집 밖에서 여러 곳을 신고 다닌 구두를 집 안에서 그대로 신고 다니는 점이다. 그뿐만 아니라 술 취한 남편이 아

내가 자고 있는 침대에서 구두를 벗어 던지고, 그 손으로 잠자고 있는 아내를 흔들어 깨우는 장면을 보고는 소름이 돋았다. 실내 난방을 벽로hearth나 라디에이터radiator에 의존하던 비효율성이 최근에 한국형 난방으로 전환되어 바닥을 따뜻하게 데우는 부자들이 늘고 있다는 소식에 저으기 안심이 된다. 새삼 우리 문화와 국력의 비등飛騰에 긍지와 자부심을 느꼈다. 지금

생각하면 오늘날의 방탄소년단BTS을 위시한 한국 문화Korean culture의 케이 팝K-Pop, 한국 영화 「기생충Parasite」과 「미나리 Parsley」의 오스카Oscar상 수상, 한국형 전투기와 자주포 등의 세계화는 오랜 기간 익어서 꽃핀 우리 민족 창의력의 발흥發興과 발현發現의 시작일 것이다.

(8) 민속공연장의 한국어 아나운서가 되다

호놀룰루Honolulu의 와이키키Waikiki 해변 백사장이 우리가 갔을 때는 깨끗하지도 반짝이지도 않았다. 해수욕을 하는 사람들은 많았지만, 세계적 명소라는 생각은 들지 않았다.

하와이의 민속 공연을 보기 위해 민속촌을 방문했었다. 무대에서 연기자나 무희가 공연 중에는 그들의 안전을 위해 사진 촬영을 금하고 있었다. 공연을 시작하기 전에 장내 아나운서 announcer가 영어와 일어로 카메라camera의 플래시flash는 공연자의 눈을 부시게 하여 위험하니 공연 중 촬영을 하지 못하도록 방송을 했다.

공연장에는 한국인이 가장 많았다. 그럼에도 영어와 일어로

만 방송을 하고 한국어 방송이 없어서 화가 난 나는 공연장 맞은편의 방송실studio에 찾아가 관중은 한국인이 가장 많은데 정작 한국어 방송이 없음을 항의했다. 한국어 방송 준비가 안 되어 있다는 섭섭한 변명을 늘어

놓으며 책임자가 나에게 한국어 방송을 대신하도록 진지하고 간곡하게 부탁하였다. 나는 마이크microphone 앞에서 아나운서 announcer답게 장내 방송을 했었다.

"멀리 한국에서 오신 신사 숙녀 여러분! 안녕하십니까? 우리 민속촌에 오신 것을 환영합니다. 공연 도중에 사진 촬영을 하시면 카메라camera의 플래시flash 때문에 연기자가 실수하여 위험할 수 있으므로 조심해 주시기 바랍니다. 감사합니다."

먼 옛날 먼 곳으로 일하려고 온 우리의 먼 조상님들도 있었는데 우리는 그 먼 곳에 와서 민속 공연을 관람하고 있으니 민족의 긍지를 느끼는 감동이 가슴을 설레게 하고 뿌듯하게 만들었다.

토론회가 끝나고 시간이 나면 낮에는 민속 공연을 보고 밤에는 친구들과 밤의 문화를 즐기려고 야간 공연장과 야간 업소를 찾아가기도 했다.

인간은 언어와 외모가 다를 뿐 돈에 대한 애착 및 유흥업소 특유의 행락行樂과 행패行悖는 양洋의 동서東西가 전혀 구별이 안 되는 야비野卑, 저속低俗, 처절悽絕의 삼

중주三重奏를 연상시켜 인간사의 오묘한 흐름을 깨닫게 하였다.

하와이의 일정日程을 마치고 로스앤젤레스Los Angeles를 거쳐 워싱턴 주 최대 도시

시애틀Seattle에 도착하였다.

(9) 추한 한국인Ugly Korean

워싱턴Washington대학 도서관에서 학위 논문에 필요한 자료를 찾아 필요한 부분을 복사하고 약속된 날의 약속된 시간에 교수실을 방문하여 관계 교수와 필요한 토론 및 질의응답 시간을 가졌다.

휴일을 맞아 일행과 친한 교포의 초대 파티party와 우리의 답례가 어우러져 한창 흥이 고조되고 모두의 기분이 도도한 분위기에서 미련하고 못난 우리의 젊은 남자 동행同行이 과음으로 인한 실수를 저지르고 말았다.

나는 전에도 과음의 실수는 패가망신敗家亡身의 첩경捷徑임을 지적한 바 있지만 즐거움으로 시작한 여흥이 꼴불견의 난장판이 되는 것은 이 못난 동행처럼 끼어드는 망나니 때문이니 수신修身은커녕 책임을 다하는 품성조차 없는 인격이다. 도대체 자신의 한계限界를 전혀 모르고 쾌락에 따라 행동하여 흥분을 가라앉히는 능력이 없는 바보가 머나먼 이국땅에서 벌이는 후안무치厚顔無恥를 함께 간 여성과 더불어 수습하려니 오장五臟이 뒤집히고 육부六腑가 뒤틀려서 거절하지 못한 동행을 지금도 후회하고 있다. 이때의 후회가 얼마나 크고 한심했던지 정신적 스트레스stress가 크고 집중이 안 되어, 멀리서 아내에게 보낸 내 편지의 주소를 잘못 적어 사랑의 편지를 고대하던 아내를 실망하게 만들고 말았다.

(10) 경솔輕率이 부른 실수

첫 미국 여행이라서 자제하고 조용히 보내던 여행 초기와 달리 돌아올 무렵에는 나도 긴장이 풀리고 마음이 해이解弛하여 조심스럽던 언행이 이지러지고 느슨해졌다. 일행이 함께 가장 미국적이고 가장 자본주의적이며 가장 퇴폐頹廢적인 밤 문화의 꽃인 스트립 쇼Strip Show를 보러 갔었다. 그때까지 뒷전에서 관망하는 자세로 처신하다가 주문한 맥주와 안주가 나오고 쇼가 진행되니 도도해진 기분에 나는 그만 느닷없이 말이 많아지고 영어를 능란하게 구사驅使하여 숨기던 잘난 티를 보이고 말았다. 일행은 조용히 제자리에서 구경하고 있는데 나만 마음에 든 무희dancer를 특별실에 불러 비용을 더 내고 혼자서 쇼를 보며 즐길 수가 있었다. 잘못된 판단이며 행동이었다. 이러한 돌출 행동은 시새움을 낳고 그 시새움으로 괜스레 미움을 사서 훗날 중요한 일에서 제외除外되었던 실수였다. 언제나 지나고 나서 깨닫게 되니 안타깝고 알면서도 또다시 경솔한 판단으로 유사한 실수를 하여 낭패狼狽를 볼까 항상 두렵다.

(11) 히피Hippy족

당시의 미국 사회는 1960년대에 샌프란시스코San Francisco에서 태동胎動하여 청년층의 탈사회脫社會 활동을 중심으로 국가와 사회의 억압적 간섭을 배제하고 개인의 자유와 사랑을 지상과업地上課業으로 생각하며 평화를 사랑하고 전쟁을 반대하면서 인종주의와 물질문명을 거부하는 히피Hippy족의 히피Hippy 문화가 있었다. 그들은 장발을 좋아하고 남자는 수염과

부츠boots, 여자는 미니스커트 mini skirt와 샌들sandal을 그들 차림새의 상징으로 삼았다. 나는 이들이 가장 미국적 미국인으로 보여 그들과 함께 미국에 온 기념사진을 여러 장 남겼다.

(12) 어머님의 실망

외국 생활이 처음이라 여러 가지로 불편하고 고국의 아내와 아이들이 보고 싶어 향수鄕愁에 젖을 무렵 돌아가는 비행기에 몸을 실었다. 공항에 도착하니 아내와 아이들이 기뻐서 손을 흔들고 발을 굴리며 아빠를 불러 이것이 내 나라 내 고향 내 가족이구나, 새삼 삶의 희열이 솟으며 눈물이 핑 돌았다. 공항에서 본 나의 몰골이 말이 아니게 야위고 검게 타서 볼품없이 흉하여 놀랐다는 식구들의 말을 듣고 미국에서의 마음고생에 치를 떨었다. 돌아온 다음 날 기쁨과 행복을 누리며 미국에서 마련한 선물을 일일이 나누어 주다가 어머님 얼굴에 나타난 애달프고 서러운 표정을 본 순간 난 그만 오금이 저리고 굳어져 숨이 막혔다. 어머니는 어깨용의 긴 끈이 달리고 손잡이가 예쁜 핸드백handbag을 원했는데 내가 드린 선물은 어깨끈이 없고 손에 들고 다니는 늙은이용 핸드백이라서, 실망이 얼마나 크셨으면 그리도 안쓰럽게 슬픈 표정을 지었는지 문득문득 떠오를 때마다 괴롭고 가슴 아프다.

(13) 며느리의 겹친 고난

막냇동생은 결혼 후 아들까지 얻고도 약한 의지와 부드러운 성격 때문에 대인 관계가 어려워지더니 술에 의존하는 횟수가 많아지고 급기야 공황恐惶과 우울憂鬱이 교대로 일어나 더욱 음주에 마음을 빼앗겨 헤어나지 못하게 되었다. 형제자매 중 하나라도 어려움에 빠지면 모두 힘을 합쳐 돕는 것이 인륜人倫인 것을 잘 알고 있지만, 치료와 입원이 반복되고 호전의 기미가

보이지 않아 내 근심은 쌓이고 집안에 분란의 조짐이 보였다. 설상가상雪上加霜으로 어머님이 대구에 있는 둘째 딸네 집에 갔다가 혼절昏絶하셨다며 먼저 병원으로 모시지 않고 부리나케 우리 집으로 모셔 오니 근심과 걱정이 배가 되고 아내의 고뇌苦惱는 깊어만 갔다.

이런 상황狀況이 되면 형제와 자매가 서서히 이기적인 이해 관계로 변하고 편할 궁리窮理에 몰두하니 맏아들과 맏며느리에게 그 책임이 필연적으로 돌아간다. 맏아들은 태어나서 부모에게 사랑을 가장 많이 그리고 가장 오래 받으며 자랐으니 그럴듯하지만, 맏며느리는 아무리 잘해도 발뒤축이 달걀 같다고 미움을 받을 터에 시어머니의 간병까지 맡다니, 이런 낭패 때문에 예로부터 맏이에게 시집가서 시집살이하기 싫어 맏아들을 피하는 세간의 풍습과 저간의 소문이 도는 것 아닌가.

아니나 다를까 어머니의 병세가 점차 깊어지자 형제자매간의 우애는 멀어지고 잠시라도 어머니를 모시고 가서 언니의 고

통을 덜어 줄 생각은커녕 오빠가 없는 사이에 몰래 딸네들이 와서 맛있고 값진 음식이 아니라 고구마와 감자 같은 값싸고 배부른 음식을 주고 가니 맏며느리의 신체적 고생과 심적 고통이 오죽이나 심했을까. 지금 이렇게 회고回顧의 글을 쓰는 동안 끊임없이 가슴이 저미는 한탄恨歎의 한숨이 절로 난다.

나만의 변명辨明일까? 우리의 간절한 보살핌에도 불구하고 정성精誠의 부족 탓인지 1994년 새해 정월에 어머님은 운명하셨고, 충북忠北 음극에 있는 재단법인 대지공원 묘원의 5지구 2단 42번에 산소를 마련하였다.

(14) 어머니 방에서 박사 학위 논문을 쓰다

어머니가 돌아가신 후에 아들과 딸들이 할머니가 돌아가신 방을 무서워하는 빛이 얼굴에 드러나 나는 내 책상으로 사용하려고 짧은 발이 달린 큰 밥상과 논문 작성에 필요한 여러 가지 참고 도서와 원서 및 필기장과 필기도구를 모두 할머니 방으로 옮기고 이부자리와 베개도 가지고 와서 밤낮을 가리지 않고 연구와 논문에 몰두하며 그 방에서 잠을 잤다. 그러자 아이들은 안심하고 두려움 없이 생활하며 제 방에서 열심히 공부

하여 우리 내외는 큰 다행으로 생각했다.

정작 무서움을 타는 건 나 자신으로 한밤중에 바람 소리를 들으며 홀로 앉아 논문 작성에 심혈을 기울이지만, 바스락거리는 소리조차 무섭고 옛날 아버지 시신을 모시고 빈소에서 아버지와 유명을 달리하던 그때가 생각나서 집중이 어려워 정신을 꽁무니에 차고 다니다가, 시간이 흐르고 아내가 자주 들러 서서히 정신이 나고 들어오며 극복이 되었다. 아이들에게 아버지의 내심 무서워하는 모습이 들킬까 두려워서 태연하고 의젓하게 말하고 행동하려고 힘썼다. 그렇게 삼 년 세월이 흐르고 드디어 1996년 8월 23일 나는 단국대학교 대학원 영어영문학과 문학박사 학위를 받았다.

(15) 가르치며 저지른 어처구니없는 실수

18세에 안동 사범을 졸업하고 65세에 대학에서 은퇴하기까지 재학 중 교생敎生 실습實習 기간에 안동사범 부속초등학교에서 가르치기 시작한 이래 반세기에 걸친 긴 기간 동안 가르치며 겪은 기쁨과 슬픔, 아름다움과 추함, 고마움과 미움 그리고 그리움과 서러움은 한없이 많았다. 특히 수업 중에 했던 말과 행동의 잘못으로 학생과 학부형에게 끼친 괴로움과 미안함이 지금도 잊히지 않고 내 마음을 부끄럽고 거북하게 만든다.

30대 초반의 총각 영어 선생님으로 대구의 사립 명문 신명 여고의 담임 반에서 수업 도중에 교과 내용과 관련 있는 아름다운 이야기를 하며 백설 공주Snow White와 일곱 난쟁이seven hunchbacks의 재미있는 줄거리를 학생들에게 들려주었다. 그런데 교실 앞쪽 분위기가 갑자기 형언할 수 없이 싸하고 아린 듯 어색하고 무거워 아차 하는 순간 잘못했음을 깨달았다. 표정과 태도를 최대한 자연스럽게 유지하고 아름다운 끝말로 수업은 마쳤으나, 그곳엔 장애를 지닌 학생과 키가 작은 학생도 있었으니, 마음의 상처를 받았을까 노심초사勞心焦思하며 걱정과 근심이 컸었다. 두고두고 생각나며 미안하고 괴로웠다. 훗날 미국에서 한국 사업가와 결혼하여 자녀와 함께 고국에 왔다가 그때의 담임 선생님을 잊지 못하고 나를 찾아 큰 선물과 기쁨을 안겨 준 사장 부인 김송자 여사는 선생님의 보람을 크게 느끼게 해주었다.

또 한 번은 정일학원에서 서울대 입시 반의 영작 강의 중에 뒷줄의 두 학생이 내 강의에 아랑곳하지 않고 서로 찌푸린 표정으로 끊임없이 잡담하는 듯하여 갑자기 울화통이 터지고 기차 화통 같은 고함 소리를 지르니 유리창이 흔들리고 온 학생이 놀라 삽시간에 교실이 쥐 죽은 듯 조용하였다. 두 학생은 반 대표로 곧 한 학기가 끝나면 선생님을 모신 사은회를 열기 위하여 잠시 의논을 하고 있었던 참에 벌어진 사단이었다. 사과하기 위해 찾아온 두 학생에게 나는 참으로 미안하고 부끄러워 진심에서 우러나오는 용서를 빌었다. 참으로 참지 못하는 이런 참담慘憺한 다혈질多血質적 성급함은 '참을 인忍 자 셋이면 살인도 피한다'는 속담의 깊은 뜻이 품성에 내재화되지 못한 속인의 태도라고 생각하니 스스로가 가엾고 민망하다.

나의 경제력은 정상적인 근무에서 나오는 월급도 있지만, 부업으로 가진 개인 지도와 이따금 작은 투자에서 얻는 수입으로 이루어졌다. 나는 선택받은 선생님의 입장이 아니라, 학생을 선택하는 선생님의 권위로 여러 가정의 귀한 자녀들을 가르쳤다. 환경과 사정에 따라서 때로는 학생의 집에서 때로는 내 집에서 지도했었다. 열과 성을 다한 지도라고 자인하지만 스스로 부끄러워 몸 둘 바를 모르고, 몸 둘 곳도, 몸 숨길 곳도 찾을 수가 없는 실수도 허다했다.

　내 여동생 혜숙의 친구 도화자 씨의 두 아들 이정원 군과 이정수 군을 그 댁에 가서 가르쳤다. 첫아들 정원은 품성이 곱고 예절이 바르며 온유한 성품이라 지금도 보고 싶다. 정수 군은 잠이 많아서 수업 중에 자주 졸기 때문에 고통스러운 날이 많았다. 한 번은 수업 중에 정수 군이 졸아 나도 덩달아 깜빡 잠이 들었다. 잠이 깨어 보니 커피 잔이 놓여있었다. 도화자 씨가 방에 들어와 잠든 선생님과 아들을 보고 얼마나 한심한 생각을 했을지 모골이 송연했다. 무료 봉사하는 선생님이라면 또 모를까. 사랑하는 정원 군은 뜻밖의 건강 악화로 타계他界했으니 그 옛날 꿈을 위해 함께 공부하던 그 시절이 너무나 허무해서 그 슬픈 소식을 듣고 울고 또 울었다.

　신명여고의 학생 신연희 양의 동생 신경식 군은 이른 새벽 선생님 댁에 와서 공부하고 학교에 갔다. 그 먼 길을 꼭두새벽에 일어나 준비하고 온 학생인데 전날 내가 과음하여 일어나지 못하는 날에는 아내가 학생에게 사정을 알리고 미안하여 학생에게 다과를 대접하며 남편 대신 거듭 사과하여 학생을 돌아가게 했으니, 돌아가는 학생의 속은 얼마나 상하고, 가슴 아프게 보내는 아내의 속은 얼마나 탔을지를 생각하면 생각할수록 후회막급後悔莫及이지만 진정으로 바라는 것은 지금 신 군의 행복과 건강이니 부디 잘 살기를!

5장

상아탑(象牙塔)의
꿈

An Isosceles Triangle Of Love

— Kim Inshik —

(1) Prologue

**Be faithful to what exists nowhere but in yourself—and
this makes yourself indispensable.**

—Andre Gide—

It is to be deplored that we have an egotistic tendency
to think everything is going on favorably for us even if
it is harmful. Sometimes this way of our thinking is in
vain in the end.

(2) Paul Morgan

I am Paul Morgan. I was born of an ordinary family.
My father was a good—humored and broad—minded
principal of a small school in my hometown. I came up
to the capital city and graduated from a famous law
college with honors. After graduation I became a lawyer
and marched high—spiritedly on the broad and smooth

way.

One day my best friend, Jack called me up and said that he would like to introduce me to a very beautiful young lady. So we made an appointment, and it was my first blind date. That morning, as soon as I opened my eyes, I sprang up out of the bed and taking a shower, I went to the appointed place at once. I made up my mind to be faithful to myself.

I said to myself, "If only she is a woman of my style, I will be careful to be myself and try to make her pleased with my sense of humor and intellect."

While waiting for her, I imagined various beautiful faces of my favorite actresses. At last a young lady turned up in front of me accompanied by Jack. I murmured, "Oh, she is an angel of a woman." Immediately, Eros, the god of love, hit my heart with his golden arrow. I fell in love with her at first sight on the spot. She was Jane. Her complexion is peach and cream, smooth as silk and white as a sheet. She is such a beauty that whoever meets her will fall in love.

The fact is that Jack wanted to introduce his best friend to his girl friend but I was such a fool as believes everything is going on favorably for me.

(3) Jack Brown

My name is Jack Brown. I think almost all of us try to take advantage of people who believe us or need to believe us, so desire to believe us. Life is a blessing in disguise. What happened between Paul and me is also a mixed blessing in disguise. It is no use crying over spilt milk. Impossible is impossible and no is no. Nevertheless we should go hard in any direction. I introduced Paul to Jane for my sake and for friendship and love, but Paul came to love her for his own sake. What shall I do?

(4) Dear Advice Ann

I have fallen in love with a beautiful young lady, whom I met in my college. At first she was my cute and beloved girlfriend but gradually I have come to think that we were made for each other in heaven. I love her with all my heart and soul. But alas, my heart is bursting with sorrow in agony. That's because I have found my dearest friend is also loving her truly. His love began with my wrong idea. Because Paul is my best friend and Jane is my love, it's natural for them to know each other. But this tragedy budded out at the moment. I am afraid Paul is going to hate me or avoid keeping me as his friend. Such being the case I'm worried whether I may hang out with my love. Do I have to choose between love and friendship? Please give a wise solution. Sign me—From Needs Advice

Dear Needs

I sincerely want to advise you to be frank with your best friend. Though he loves the same girl as you do, you must try to tell him that you also love her and want to ask her out for having a good time. But never fail to let your friend keep in mind that you not only like but also adore your friend, so you don't want to lose him. If he is a true friend of yours, he will and should understand you. Meanwhile, if your friend, Paul wants to hang out with her and ask you to understand him, you have to look up to his wishes. In this case, you must take to heart that the alternative is absolutely up to her decision. All that you have to do is do your best to keep your love and friendship at the same time. Wait and see how things are going among three of you. Especially what I want to put my emphasis on is that whatever the result may be, you must not be different from the you you were. Under any unforeseen circumstances you should never lose your balance or temperature but keep yourself.

Sincerely yours

(5) Jane Russel

I am Jane Russel, the only daughter in a good and rich family. I was brought up in a peaceful and sweet atmosphere by parents, and graduated from a world-famous university, and I am at the peak of beauty and prosperity. I am such a promising young lady that almost all of my friends have greatly admired me as their role model.

One morning I woke up from sleep and sat on my bed hearing children's singing in a kindergarten in the neighborhood. The pretty songs of innocent children reminded me of my good old days. I had a dream from my childhood, which was to meet a wonderful young man who would give me even his life itself.

Fortunately enough, I met two men, Paul and Jack, at the same time. But unfortunately enough, I came to love both of them.

Paul is a very honest, trustworthy, and strong-willed man. He always tries to be careful not to be a straggler while he is on the march in his life. I think nobody stands a chance against him. Paul is a man who doesn't know when to give up until he succeeds, but he will cross the bridge when he comes to it.

Jack was born with a gold spoon in his mouth. He

has a heart of gold. He is gentle and mild as a dove. He never speaks against me and always speaks me fair. He knows the mouth speaks what the heart thinks, and is so perfect that I cannot help falling in love.

Paul and Jack had no quarrel with each other, though they had sometimes a hot and serious discussion. There is no lack of mutual understanding between them. Paul met Jack in their high school for the first time. At first their friendship was usual. Their characters and personalities are quite different. Sometimes it is surprising enough to find that to be too different to be friends seems to draw two together. After graduation many miles and years of their lives put them apart, but they have become close. They adore and respect each other. They always apologize for wronging, and forgive each other for mistakes and errors committed to them.

There can be no friendship without forgiveness.

−Phillip Lopate−

I have had many experiences in life with them. My experiences with Paul parallel with those with Jack in many instances. My love with two men began to cause me a great and serious mental anguish. Such was my agony that I usually skipped meals and couldn't sleep a wink at night, which was fatal to my health.

My mother is so worried that she said, "You must decide. It's not that you don't do it because you can't but that you don't do it because you won't." I am so agitated that I cannot help crying. "Crying is losing," said I crying bitterly. Mother is worrying that her daughter is in danger of losing her love, and said, "It is just like a fool, falling down from the top of a tall building and saying 'So far, so good.'"

"For God's sake, before it is too late, try to choose one of them. Love one and leave the other. You can never get something for nothing in everything. Now is the very moment to decide."

"Oh, I don't play a tug of war, mam. It's not a matter of playing a tug of war."

(6) Epilogue

Love is blind. All is fair in love. Love knows no distinction. All is well that ends well. But there is no-go area. We must not come to it. Sometimes love becomes a pain in the neck. There is a time and a place for everything. Timing is important in everything. What a wishy-washy behavior this is! Where must she go who is in search of a better life? How long should Paul and Jack wait?

Life is a matter of choice between birth and death.
– J. P. Sartre –

Time flies and life flows. One day two letters were delivered to Jane at intervals of a few weeks. One from Paul Morgan was a letter of thanks for love and farewell for friendship. The other from Jack Brown was a letter of apology for friendship and wishing good luck for love. Her mother said with a sigh, "It serves you right."

(Ph. D. English Language & Literature Department Ex−prof.)

사랑의 이등변삼각형

(1) 서사

자신 이외에는 어떤 곳에도 존재하지 않는 것에 충실하라.
이렇게 하면 너 자신을 필요 불가결하게 만든다.
– 앙드레 지드–

비록 해로운 일이라 해도 우리는 진행되고 있는 모든 것을 우리에게 유리하게 생각하는 자기중심적 경향을 가지고 있어서 개탄스럽다. 때로는 우리의 이러한 사고방식이 결국 수포로 돌아간다.

(2) 폴 모건

나는 폴 모건이다. 나는 보통 가정에서 태어났다. 나의 아버지는 내 고향에 있는 작은 학교의 마음씨 좋고 도량이 넓은 교장 선생님이셨다. 나는 서울로 와서 유명한 법과 대학을 우등으로 졸업했다. 졸업 후 변호사가 되고 나는 탄탄대로를 의기양양하게 나아갔다.

어느 날 내 절친 잭이 전화를 걸어와 나를 매우 아름다운 젊은 아가씨에게 소개하고 싶다고 하였다. 그래서 우리는 만나기로 약속을 했는데 그것은 나의 첫 소개 데이트 약속이었다. 그날 아침 나는 눈을 뜨자마자 잠자리에서 용수철처럼 튀어나와 샤워를 하고 즉시 약속 장소에 갔다.

나는 자신에게 충실하리라 결심했다. 나는 스스로 다짐했다. "만약 그녀가 내가 좋아하는 여인상이라면 나답게 보이도록 조심하고 유머 감각과 지성으로 그녀를 기쁘게 해 줘야지."

그녀를 기다리는 동안 나는 내가 좋아하는 여러 여배우의 아름다운 얼굴을 상상하였다. 마침내 한 젊은 여성이 잭을 따라서 내 앞에 나타났다.

나는 중얼거렸다. "오, 천사 같은 여인이구나." 즉시, 사랑의 신 에로스는 그의 황금 화살로 내 가슴을 맞혔다. 첫눈에 그 자리에서 나는 사랑에 빠졌다. 그녀는 제인이었다. 그녀의 얼굴 빛은 복숭아 빛으로 발그스름하고 우윳빛이 나며 비단처럼 부드럽고 백짓장처럼 새하얗다. 그녀는 너무나 아름다운 미인이어서 그녀를 본 사람이면 누구나 사랑에 빠지게 될 것이다.

사실은 잭이 그의 친구인 나를 그의 여자 친구에게 소개하려고 한 것인데, 모든 일을 내게 유리하게 생각해 버린 내가 바보였다.

(3) 잭 브라운

내 이름은 잭 브라운이다. 우리 모두는 거의 다 우리를 믿거나, 믿어야 할 필요가 있어서 믿어 주려고 소망하는 사람들을 이용하려 애쓴다고 생각한다. 인생이란 새옹지마塞翁之馬다. 폴과 나 사이에 생긴 일도 새옹지마 같다. 엎지른 물 때문에 울어봐야 소용없다. 불가능한 것은 불가능하고 안 되는 것은 안 된다. 그래도 우리는 어떤 방향으로든 열심히 나아가야 한다. 나 자신과 또한 우정과 사랑을 위해 폴을 제인에게 소개했는데 폴은 자신을 위해 제인을 사랑하게 되었다. 나는 어떻게 해야 할까?

(4) 조언하시는 앤 선생님께

저는 대학에서 만난 아름다운 젊은 아가씨를 사랑하게 되었습니다. 처음에는 그녀가 단순히 깜찍하고 사랑스러운 여자 친구였으나 점차 우리는 천생연분天生緣分이라고 생각하게 되었습니다. 저는 온갖 정성을 다하여 그녀를 사랑합니다. 그러나 안타깝게도 제 마음은 고민 때문에 슬픔으로 가슴이 미어집니다. 그건 제 친구 폴도 그녀를 진정으로 사랑하고 있다는 사실을 알았기 때문입니다. 그의 사랑은 나의 잘못된 생각 때문에 시작되었습니다. 폴은 제 진정한 친구이고 제인은 연인이므로 친구를 연인에게 소개하여 두 사람이 서로 알고 지내는 것이 당연하다고 생각했습니다. 그러나 이 비극은 그 순간 싹이 텄습니다. 폴이 저를 미워하거나 친구로 사귀기를 피할까 봐 두렵습니다. 사정이 이러하므로 제가 연인과 계속 교제해야 될지 걱정입니다. 사랑과 우정 중 하나를 택해야 할까요? 제발 현명한 조언을 주세요.

호칭은 -조언이 필요한 고민생- 으로 해 주세요.

조언이 필요한 고민생에게

저는 진심으로 귀하가 친구에게 솔직해야 한다고 조언드리고 싶어요. 비록 귀하와 친구가 한 여인을 사랑하고 있지만 귀하도 친구에게 같은 여인을 사랑하며 함께 외출하여 즐거운 시간을 갖고 싶다는 사실을 알려야 합니다. 하지만 반드시 친구를 좋아할 뿐만 아니라 존경하고 있고, 따라서 우정을 잃고 싶지 않다는 점을 친구가 마음에 새기도록 해야 합니다. 만약에 그가 진정한 귀하의 친구라면 귀하를 이해할 것이고 또한 반드시 이해해야 합니다.

다른 한편으로 폴이 그녀와 계속 사귀기를 원하고, 귀하의 이해를 바라면 그분의 소망도 존중해야 합니다. 이 경우 선택은 전적으로 제인의 몫이라는 것을 두 분은 명심하셔야 합니다. 귀하가 해야 할 일은 오직 정성을 다하여 사랑과 우정을 함께 유지하는 것입니다. 세 사람에게 어떻게 문제가 해결되는지 기다려 보세요. 특히 저는 결과에 관계없이 귀하가 과거의 귀하와 다른 인물이 되어서는 절대 안 된다는 것을 강조합니다. 그 어떤 예상치 못하는 사정이 생겨도 평정심을 잃거나 분노를 터트려서는 안 되니 자중하세요.

진정으로 조언하는 앤

(5) 제인 러셀

나는 훌륭하고 부유한 가문의 외동딸 제인 러셀이다. 평화롭고 즐거운 분위기에서 부모님의 양육을 받으며 자랐다. 세계적 명문 대학을 졸업한 후 지금 나는 아름다움과 풍요의 절정에 있고, 장래가 촉망되는 젊은 여성으로서, 거의 모든 내 친구들은 나를 그들의 전형적 모범 인물로 크게 감탄하고 있다.

어느 날 아침잠을 깨어 이웃에 있는 유치원 원아들의 노래를 들으며 침상에 앉아 있었다. 천진난만한 어린이들의 아름다운 노랫소리를 들으니 그리운 옛날이 생각났다. 어린 시절부터 키워 온 내 꿈은 생명조차 버릴 수 있는 훌륭한 젊은이를 만나는 것이었다. 지극히 다행하게도 나는 폴과 잭, 두 사람을 동시에 만났다. 그러나 지극히 불행하게도 두 사람을 동시에 사랑하게 된 것이다.

폴은 매우 정직하고 믿음직하며 의지가 강한 사람이다. 항상 인생의 나아갈 길에서 낙오자가 되지 않으려 애쓴다. 누구도 그와는 경쟁이 되지 않는다. 폴은 성공할 때까지 포기할 줄 모르는 사람이지만 때가 되면 과감하게 결단을 내린다.

잭은 금수저를 물고 태어났다. 그는 마음이 비단결 같다. 비둘기처럼 다정하고 온화하다. 내게 단 한 번도 나쁘게 말한 적이 없으며 언제나 순리적이다. 그는 속에 있는 생각이 입으로 나온다는 것을 알고 있는 사람이며 너무나 완벽하여 그를 사랑하지 않을 수 없다.

폴과 잭은 때때로 격렬하고 심각한 논쟁을 하지만, 결코 서로 다투는 일은 없다. 그들 사이에는 서로를 이해하는 마음이 부족하지 않다. 폴은 고등학교 시절 잭을 처음으로 만났다. 그들의 우정이 초기에는 보통 수준이었다. 그들의 성격과 인생은 매우 다르다. 때로는 너무 상이하여 친구가 될 수 없을 것 같았지만, 결국 두 사람이 가깝게 되는 것을 보면 참으로 놀랍다. 졸업 후 멀리 떨어져서 여러 해를 살아가는 동안 서로 헤어졌다가도 결국은 다시 가깝게 되었다. 그들은 상대방을 아끼고 존중한다. 항상 친구에게 끼친 잘못에 대해서는 사과를 하고 자신에게 끼쳐진 실수와 잘못에 대해서는 용서한다.

용서 없는 우정은 존재할 수 없다.
- 필립 로페트 -

나는 그들과의 생활 속에서 많은 경험을 했다. 폴과의 경험은 여러 경우 잭과의 경험과 유사하다. 두 사람과의 사랑은 나에게 심각하게 정신적 고민이 되었다. 괴로움이 너무 커서 나는 식사조차 제대로 못 하고, 밤에는 눈 한 번 못 붙여 건강이 매우 나빠졌다. 어머니는 걱정이 되어 말씀하셨다.

"결정해야 한다. 네가 결정할 수 없어서 결정하지 않는 것이 아니라, 결정할 뜻이 없어서 안 하는 거야."

나는 너무 괴로워 울지 않을 수 없었다.

"울면 지는 거야."라고 말하면서도 비통하게 울었다. 어머니께서는 딸이 두 사람을 모두 잃을까 봐 걱정하며 말씀하셨다.

"그건 마치 높은 건물 꼭대기에서 아래로 떨어지며, '지금까지는 좋아'라고 말하는 바보와 같다."

"제발 너무 늦기 전에 선택하렴. 한 사람은 사랑하고 다른 한 사람은 떠나보내라. 무슨 일에나 공짜로 무엇을 얻을 수는 없는 거야. 지금이야말로 결단의 순간이다."

"엄마, 난 지금 줄다리기를 하는 것이 아니야. 이건 줄다리기 문제가 아니야."

(6) 결언

사랑은 맹목적이다. 사랑에는 모든 수단이 허용된다. 사랑은 평등하다. 결과가 좋으면 만사형통이다. 그러나 가서는 안 될 곳도 있다. 거기에 가서는 안 된다. 때로는 사랑도 목의 가시가 된다. 모든 일에는 때와 장소가 있다. 어떤 일이든 알맞은 시기 선택이 중요하다. 이 얼마나 우유부단한 행동인가! 향상된 자기 삶을 찾으려는 그녀는 어디로 가야 할까? 폴과 잭은 얼마나 오랫동안 기다려야 하는가?

인생은 태어나서 죽을 때까지 선택하는 일이다.

- 장 폴 사르트르 -

시간은 날아가고 인생도 흘러간다. 어느 날 두 개의 편지가 수주일 시차로 제인에게 배달되었다. 하나는 사랑에 대한 감사와 우정에 대한 이별의 편지로 폴 모건이 보낸 편지였다. 다른 하나는 우정에 대한 사과와 사랑에 대한 행운을 비는 것으로 잭 브라운의 편지였다.

어머니는 한숨 쉬며 그녀에게 말씀하셨다.

"그럴 줄 알았어."

제5장 상아탑(象牙塔)의 꿈

김인식 교수님!

– 이은경(강남대학교 유아교육과) –

　　교수님, 안녕하세요!

　　한 학기가 긴 것 같더니 눈 깜짝일 사이에 지나가고 오늘로써 영어 수업이 종강을 맞는군요. 종강이라 한편으로는 후련하지만, 또 다른 한편으로는 교수님과 헤어지니 섭섭해요. 그동안 성심성의껏 가르쳐 주셔서 정말 감사하고 기뻐요. 지금까지 제가 받은 영어 수업 중에서 교수님의 강의가 가장 재미있고 유익하며 아마도 제 학창 시절의 가장 좋은 추억이 될 것 같아요. 수업 중에 교수님이 주시는 여러 가지 교훈과 상식 그리고 유머humour는 제가 살아가는 동안 언제나 마음속에 남아 있을 것 같아요.

　　교수님, 마지막으로 종강 수업 열심히 듣고 기말고사도 열심히 공부하여 잘 치를 것을 약속드리며 교수님과의 이별을 아쉬워하는 인사를 이만 줄이겠습니다.

　　교수님, 항상 몸 건강히 계시고 언제나 행복한 삶을 보내시길 바랍니다.

　　교수님, 감사합니다. 사랑합니다.

– 제자 유아교육과 이은경 올림

대학大學에서

(1) 교수 생활

1) 상아탑象牙塔이란 세속에 물들지 않고 고고孤高한 자세와 입장을 취하여 학문과 연구만을 지상과제地上課題로 삼는 학술전통주의academism의 상징으로 대학을 지칭하지만 발을 들여 안을 보면 세상사世上事 돌아가는 인심은 여기도 여전하다.

1989년 3월 1일 단국대 영어영문학과 박사 과정에 입학한 후 나는 안진수 교수와 지도교수 임영재 박사의 도움으로 1990년 3월 신학기부터 1학년Freshman English과 2학년Sophomore English의 교양 영어를 천안 캠퍼스campus에서 강의하기 시작했다.

1996년 8월 23일 박사 학위Doctor of Philosophy를 받은 후 아내(윤종현)와 함께 그간의 논문論文, 저서著書 및 작품作品을 망라網羅한 연구를 준비하고 필요한 대학교에 제출한 후에 교수 임용의 절차에 따라 그 대학교에 가서 논문 발표와 시범 강의를 한 후 결과의 통보를 기다리며 가슴에 불이 붙어 가슴을 앓으며 가슴이 미어지도록 애타게 기다리다가 가슴 아픈 소식에 가슴이 내려앉아 가슴에 맺힌 슬픔을 아내와 함께 삭이느라 소리없이 울던 그 순간도 지금은 추억으로 남아 있다.

우리는 천기누설天機漏泄하지 않으려고 조용히 기다렸으나 들리는 이야기와 당시의 풍조風潮는 흉흉洶洶하여 상아탑의 명성名聲에 오욕汚辱이 되는 금전金錢 소문이 무성하고 실제의 사건도 언론에 보도되기도 했다.

이후 나는 노력하여 상아탑에서 강의하며 짧은 기간이지만 학구적 자세로 연구와 집필을 이어갔으나 여기도 세상이라 인간사人間事 여전하고 곡학아세曲學阿世와 권모술수權謀術數가 춤을 추고 있었다.

시간이 흘러 경험經驗과 연륜年輪을 쌓은 후에 결국 교수로서의 자격과 지위를 얻게 되었다.

천안 캠퍼스에 내 차(Sonata: 1980)로 출퇴근하면서 점심 후에 차 안에서 쏟아지는 잠을 제대로 추스르지 못하여 노변路邊에 잠시 주차駐車하고 쉬어간 적이 있었으나 무리하여 사고가 난 경우가 있었다. 주 도로에서 샛길로 나가는 입구에서 끼어드

는 작은 차의 뒷모서리를 추돌했으므로 경찰관의 입회하에 시비를 가리지 않고 앞차의 운전자가 젊은 부인이고 어린 아들이 타고 있어 측은한 마음에 전 책임을 내가 약속하여 그녀의 감사 인사를 받고 헤어졌으나 시간이 지나 걸려온 전화에서 그녀의 남편이라며 무리한 요구를 했었다.

선의의 양보 끝에 무리하고 황당한 요구를 당하는 사례를 목격하기도 하고 듣기도 했으며 내 경우도 아니나 다를까 역시나

였다. 어떤 경우라도 교통사고가 나면 반드시 경찰관 입회立會
아래 시비是非를 현장에서 정확하게 가리고 떠나야 한다는 교
훈을 얻었다. 인간의 원천적이고 근본적인 성향은 사악邪惡하
여 끊임없는 후천적 노력과 교육으로 경제적, 도덕적, 사회적
또는 학문적 경지境地가 일정 수준 이상의 인품에 도달하지 않
으면 이러한 표리부동表裏不同의 천박淺薄과 비열卑劣을 벗어날
수가 없다고 믿는다.

몇 학기를 보내고 미국에 다녀와서 그때 그곳에서 있었던 나
의 경솔한 과시誇示와 만용蠻勇이 천박한 옹졸壅拙을 만나 단대
를 떠났다.

나의 박사 학위 논문을 합격 판정한 임영재 지도 교수, 심사
를 맡아 주신 김진식, 서승진, 이종선, 박명석 박사님들께 깊은
감사를 드리며 단국대학교 박사회의 회원이신 권정택 교수, 류
제봉, 김영안, 홍윤표, 김근식, 최호선 박사님들과 지금도 우
의를 나누며 만나 담소를 즐긴다.

2) 단국대학교에서 강의하면서 1992년 8월 17일부터 강남
대학교에서도 강의를 시작했다.

정일에서 나와 함께 있었던
송재원 박사와는 여러 곳에서
인연이 닿아 강남대학교에서도
만나 최기남, 김봉정, 홍병호 교
수들과 친분을 쌓으며 후학의
영어교육에 헌신했고 1999년
10월 1일부터는 유명 어학원인

YBM어학원에서도 함께 타임Time지 강의를 하면서 인생 후반의 삶이 외롭고 초라하지 않도록 서로 돕고 아끼면서 오랜 기간 상부상조相扶相助하며 지냈으나 인명人命은 재천在天이라 지금은 타계他界하고 나는 은퇴하여 이 글을 쓰고 있다.

3) 강남대학교에서 인품이 바르고 믿음이 깊은 장로님 한 분을 대학원에서 우연히 만난 기회에 서로의 사정을 알게 되었다. 그는 가까운 루터Luther대학교  의 사무처장님이었다. 나는 루터대학교의 강의 제안을 받고 기쁜 마음으로 1995년 신학기부터 1학년과 2학년의 대학 영어를 가르치며 만년晩年의 내 인생에서 새로운 전기轉機를 맞았다. 믿음에서 나오는 인품과 성실을 보며 나를 다시 생각하는 깊은 사색의 뜻깊은 시간이 내게 찾아왔다. 강남대학교에서는 유아

 교육과를 학기마다 배정받아 인연이 깊었고 이은경 양은 성실하여 기억이 난다. 영문과의 임양근 군과 황인성 군도 마음속에 새겨져 있다.

(2) 루터대학교에서 겸임 교수가 되다

1) 루터대학교에서 나는 그간의 삶의 뜻을 새롭게 하고 내 인생의 보다 깊고 넓은 성숙成熟을 가다듬어 종교적, 학문적 그리고 인간적 도량度量을 보여 줄 수 있는 생활을 하려고 힘을

다했다.

1995년 8월 인하대 박원朴垣 교수가 회장일 때 한국영어교육연구학회의 회원으로 학회지『영어교육연구English Language Education』지에 「세일즈맨의 죽음에 나타난 담화계획과 구어적 특성」이란 논문을 발표했다. 1996년 8월 23일 문학박사 학위Doctor of Philosophy를 받은후 1996년 9월 25일 당시 회장인 중앙대의 최홍규崔鴻圭 교수로부터 축하패를 받았다. 1998년 9월 1일부터 중앙대학교에도 출강하기 시작했다. 영어영문학회 회장 조준학趙俊學 박사로부터 박사 학위 축하패를 받고 영어영문학회의 회원이 되었으며 한국언어학회의 회원으로도 등록되어 본격적인 학구 생활이 시작되었다. 1997년도 양학회지 주소록에 모두 내 이름이 등재되어 주소가 나왔으나 빈번한 이사로 삶의 궤적軌跡 따라 주소가 옮겨지니 변화무상變化無常한 인생무상人生無常을 어이할 수 있겠는가!

2) 마르틴 루터Martin Luther(1483-1546)는 신God은 예수Jesus를 통해서 인간의 구원을 이룩함으로 오직 믿음만이 구원의 열쇠임을 깨닫고 카톨릭Catholic교의 면죄부免罪符 판매를 비판하여 95개조의 의견서와 더불어 종교 개혁을 시작하고 오늘의 기독교가 탄생하도록 만들었으며 루터교의 세계적 확산과 부흥의 기틀을 마련했다. 인간의 원죄는 오직 예수로 말미암아 용서를 받고 예수로 말미암아 믿음으로 구원을 받는다는 기독

교 정신을 확립하였다.

3) 루터대학교는 종교 개혁의 정신과 홍익인간의 이념에 따라 복음으로 교회와 사회를 섬길 일꾼을 기르는 데 설립 목적을 두고 있다. 교훈校訓을 1.기도의 사람Oratio 2.학문의 사람 Meditatio 3.실천의 사람Tentatio 양성에 두고 신학과와 사회복지학과를 개설하여 4년간의 교육 과정 중에서 학생들은 1학년과 2학년 4학기 동안 대학영어를 이수해야 함으로, 나는 다른 전공과목에 비하여 더 많은 학기를 학생들과 직접 대면하며 수업을 했다.

교수진은 도로우Dorow 총장, 리머Hilbert Riemar 총장 그리고 박일영 총장에 이어 인자하신 김선회 교학처장, 이명수 사무처장 다음으로 신학원 원장이신 김해철 교수님은 교내 팔복교회의 당회장으로서 신학박사이며 나에게 수세 증서를 주시고 신도들 앞에서 나를 꼭 영어 영문학박사로 소개하여 모든 신도들의 인사를 받게 해 주셨다. 구약신학의 엄현섭 교수, 신약신학의 박성완 교수, 역사신학의 엄진섭 교수, 학교법인 루터교학원 지영일 이사장으로부터 2003년 3월 4일 겸임 교수로 임명된 나와 독일에서 신학 박사 학위를 받고 역시 겸임 교수가 된 권득칠 교수, 루터 연구소 명예소장으로서 미국의 신학대학교 명예 교수

인 지원용 박사님 등 모든 분이 인품과 신심이 돈독하거니와, 그중에서도 내가 언제나 감사한 마음으로 그리는 분은 김해철 교목님과 이명수 사무처장님이다. 영어회화를 지도하는 조안 리머Joane Riemer 교수는 리머 총장의 부인으로 나와는 서로 도우며 학생들의 영어 실력 향상에 힘을 쏟았다.

학생들도 믿음이 있고 교회의 목사님도 있어서 일반적으로 언행이 신중하고 자세가 바르다. 그러나 안타깝고 슬프지만 교정의 으슥한 모퉁이마다 소복이 쌓인 담배꽁초와 전혀 면학에 관심이 없는 태도의 일부 학생을 보면 인간 사회의 뒷면이 느껴져 우울하다.

졸업생들의 기억이 새롭다. 나에게 귀한 졸업 앨범album을 선사하여 소중한 추억을 간직하게 해 준 이

기호 목사는 마음이 넓고 믿음이 깊으며 장세욱 목사는 경기도 화성군 태안의 성결교회 목회자로 수학하고 있었고 인품이 온화하고 미소가 넘치고 있었다. 그 외에도 모두 원만한 품격을 갖춘 학생들이 많았다. 1995학년도부터 강의를 시작하여 2006년에 겸임 교수로서 정년퇴직하여, 총장 박일영 박사로부터 감사패를 받고 10년간의 봉직奉職에 대한 분에 넘친 인사를 들었다. 2000년대에 들어와 박경희, 그리고 가난을 극복하고 노력하는 옹삼진 외에 권설희는 특히 나를 도와 원고 정리를 해 주었다.

제5장 상아탑(象牙塔)의 꿈

4) 2002학년도 3월에는 대림大林대
학에서 야간반의 산업체 근무 학생들
을 지도하게 되었다. 단국대학교 박사
회 회원인 권정택 교수가 주임 교수로
있는 대림대학에서 유재봉, 홍윤표 박
사와 더불어 나도 함께 출강하게 되었
다. 주간에는 근무를 하고 야간에 수업을 받아 학점을 취득하
는 것이 야간부 학생들에게 그렇게 호락호락하지 않았다. 산업
체에서 중견中堅 이상의 간부幹部로 활약하면서 저녁 식사에 연
이어 강의를 듣게 되니 피로와 졸음이 쏟아지고 익숙하지 않은
생활 리듬rhythm 탓에 중간고사와 기말고사를 준비할 때 심히
어려움이 많았다. 교수는 학생들의 입장을 고려하여 평이하고
생활에 익숙한 표현 중심으로 객관적 출제를 하지 않으면 학점
취득이 어려웠다.

어느 날 나는 강의 도중에 아내의 위급危急한 상황狀況을 연
락받고 급히 귀가했었다. 다음 날 아내의 영면永眠을 맞게 되니
그 소식이 내 강의를 수강하는 모든 학생들에게 전해진 듯 아
산병원의 영안실에서 치르는 장례식에 구름처럼 문상객이 몰

려와서 목사님이 주관하는 식장에 모인 교인들
과 친구들을 놀라게 만들었고 비좁은 장소에
발 디딜 틈이 없었다. 그때의 감동과 감사함은
내 평생의 자랑이요 긍지요 축복이며 은혜였
다. 아내의 고통과 투병기는 영원한 이별의 슬
픔과 함께 다음 장章에서 기록하려고 한다.

대림대에서는 학회장 서진석 군이 기억에 남고 아내의 장례식에 참석해 준 전기과, 건축과, 산경과, 자동차과, 실건과, 외식과, 토목과 학생들에게 깊은 감사를 드린다. 대림대학 제자의 형 이철규 군과 김정희 양의 부탁으로 수원의 초원웨딩홀 1층 무궁화홀에서 결혼식 주례主禮를 맡아보았다. 그 외 지금까지 내게 부탁하여 내가 선 주례는 친구 최병석의 아들 기수 군의 결혼식, 고향 후배 이도병의 장녀 보배 양의 결혼식, 옛 정일의 제자 이경호 군의 결혼식에서였는데 모두 달덩이 같은 아들과 딸을 낳아 건강하게 잘 기르고 그들의 행복지수가 매우 높은 것으로 소식이 들려오니 기쁜 마음은 한이 없다.

내가 주례사主禮辭에서 언제나 새 가정을 이루는 신랑과 신부에게 부탁하는 명제命題는 결혼marriage을 두 사람이 평생 합심하여 미美로 시작하여 선善을 거쳐 진眞을 다듬어 나가는 예술art로 가슴 깊이 받아들이라는 것이다. 주례 앞에 서 있는 두 청춘의 가슴속에는 기대와 두려움이 서려 있고 기쁨과 막연한 걱정도 움트고 있을 것이다.

그러므로 나는 항상 이들에게 서로가 서로를 믿고 의지하는 신뢰信賴의 마음으로부터 신혼의 아름다운 삶을 시작하도록 부탁하면서 일상의 용어로 평이하게 풀어서 간추려 전달하려고 노력했다. 신뢰faith 또는 믿음trust은 덴마크Denmark의 종교철학자 키에르케고르Sören Aabye Kierkegaard(1813-55)가 신God의 합리적이고 이성적 존재로서의 가치를 추구하는 기성 기독교의 위선적 자세를 비판하고 유일한 존재로서의 신을 종교적 실존의 방식으로 추구하면서 강조한 신뢰의 비약Leap of faith에서 나온 말이다.

신의 존재를 믿어서 신뢰를 쌓아 궁극적으로 신앙의 비약Leap of religion에 이르도록 하는 것이다. 그러므로 나는 신의 사랑과 신의 긍휼矜恤을 얻는 첫길이 신뢰에서 출발함으로 부부의 사랑도 서로의 믿음에서 출발하여 행복을 찾아야 함을 강조했다. 사랑하는 두 남녀가 만나 백년가약百年佳約을 맺고 결혼을 할 때까지의 사랑은 인격을 갖춘 모든 인간의 근본이 되는 보편적 감정이다.

처음 남녀의 사랑은 이성異性의 아름다움에 마음이 끌리어 일어나는 관능적 사랑love of Eros이다. 시간이 지나고 세월이 흐르면 삶의 우여곡절迂餘曲折에 따라 부부 사이의 사랑은 애정이 넘치는 이성적 사랑love of Logos으로 승화昇華되어야만 젊음이 가시고 늙어 병이 들어도 사랑으로 삶을 이어 갈 수가 있다. 부모자식, 형제자매, 이웃과 민족 그리고 인류와 하나님에 대한 사랑으로 넓고 깊은 종교적 사랑love of Agape에 이르기까지 사랑의 길을 가기도 한다. 내가 영원한 짝을 찾아 출발을 하는 한 쌍의 젊은 남녀에게 강조하는 주례사의 핵심은 바로 이와 같은 사랑의 승화elevation of love였다.

(3) 경산대학교의 객원 교수 및 기린원교수가 되다

1) 2000년도 신학기부터 나는 경산대학교에 강의를 나가기 시작했다. 경산대학교에는 안동사범 동기 강형 교수가 있어

서 도움을 받고 주야간의 강의를 시작했다. 2001년 신학기부
터 2005년 정년퇴직까지는 학교의 명칭이 바뀐 대구한의대학
교 인문대학 국제어문학부 객원교수 및 기린원 영어 교수로 재
직했다. 인문관 5층에 연구실이 있었고 외국인 교수가 옆방에
있어서 수시로 영어의 표현과 문법 문제에 관한 토론을 나누었
다. 영어과 학생에게 수필과 시사영어 전공과목을 강의하여 학
생들의 지지와 평가를 높이 받았으며 수시로 내 연구실에 학생
들이 찾아와 여러 가지 문제를 논의하고 지도하며 대학 생활
만년의 아름답고 보람찬 연구 활동을 했었다. 강의가 끝나면
퇴근하여 경산의 시내에서 학생들과 만나 여러 가지 주제를 논
의하고 설명하며 지도해 주었다. 연구실이 가까운 서운용 교수

와 나 그리고 강 교수는 경북대학교
동문으로 자주 만나 점심 식사를 나
누고 셋이서 강형 교수의 차로 남해
를 여행하며 즐거운 한때를 보내기
도 했으며 영주중학교 동기인 김병
태 사장이 경산으로 나를 찾아와 뜻
깊고 고마운 만남을 가지기도 했다.

아내와 함께 경산에 가서 거처할 방을 알아
보고 강형 교수의 부인 서영자를 만났다. 세
월이 흐르면 사람도 변한다. 먼 옛날 초등학
교 일 학년에서 만난 우리는 반세기가 흐른
후 각각 다른 반려자伴侶者와 함께 만났다. 나
는 여배우 엄앵란이 처음 등장登場했을 때의

청초淸楚한 자태가 어느 날 화면에서 너무나 변한 모습으로 나타나 실망한 일이 있었는데 곱던 옛 친구의 태도가 이와 흡사하여 놀랐다. 그러나 친구 내외를 맞이하는 마음과 대접은 융숭隆崇하여 감사하고 그 고마움을 마음에 깊이 담고 있다.

2) 경산에서 홍익출판사의 김창석 사장을 만나서 다행하게도 인간적 유대紐帶를 쌓으며 나의 연구 및 지도 저서를 출판하였다. 젊은 시절 나의 단골 재단사裁斷師로 성공하여 런던 양복점을 차린 김문규 사장은 칭찬과 격려로 사람의 마음을 따뜻하게 하고 호감을 사서 늘 고마운 기억이 있는데 강형과 나의 양복을 다시 재단하여 멋있게 맞추어 입은 기억이 새롭다.

3) 경산대 제자 김경록과 김보경이 늘 영어 전공 수업이 끝나고 나를 태워 자기 차로 역까지 바래다준 성의와 고마움이 생각나고, 국제어문학부의 황산성, 이영림, 김남경, 김아진, 박현주는 경산에서 만나 다과를 나누며 학업에 관한 열띤 토론을 갖기도 했다.

휴가 중에 서울에서 옛 직장 동료인 영어과 이춘섭, 독일어과 박상철, 수학과 김경수 선생과 조우하여 즐거운 회상으로 한때를 보내기도 했다. 이춘섭 선생님은 연구실을 차려 글을 쓰고 박상철과 김경수 선생은 학원장이 되었다. 수학과 송성호 선생은 성품이 중후하고 온화하여 가깝게 지냈으나 아내에게 경도되는 경향이 있었고 대구에서 절친했던 KMAG 성가단의 이창수는

유순하여 너그러웠으나 떠나가면 소식이 없는 편이라, 올림픽 아파트에 찾아와 우정을 나누고 대구 동촌에서의 아름다웠던 추억을 되살려 보았으나 그 순간은 사라졌다.

내가 서울에서 특별 지도한 학생 중에 여의도의 김세윤 군, 삼풍 아파트의 지성철 군, 압구정 현대아파트의 김성민 군은 나의 지도를 받아들여 열심히 공부하여 뜻하는 대학에서 꿈을 키우고 있었다.

인생사 모든 일이 지나고 뒤를 돌아보면 언제나 뒤가 켕기고 딸리며 저리니 못난이의 못난 삶이라 못마땅하지만 이처럼 한 세상이라 어이 다시 살 수 있으랴. 지나가면 그만인 것을!

5 - 2
학력과 경력

(1) 학력
1946 영주서부초등학교 입학
1948 상주서정초등학교 전학
1950 영주서부초등학교 전학
1951~52 안동군 북후초등학교 졸업

1952 안동사범병설중학교 입학
1953~55 영주중학교 4회 졸업
1955~58 안동사범학교 9회 졸업

1958~62 경북대학교 사범대학 영어과 졸업 문학사

1982~84 세종대학교 대학원 영어영문학과 졸업 문학석사

1989~92 단국대학교 대학원 영어영문학과 박사과정 졸업

1996 단국대학교 대학원 영어영문학과 문학박사

1996 단국대학교 대학원 영어영문학과 박사회 축하패 수상

1996 한국 영어교육 학회장 문학박사 최홍규 축하패 수상

1996 한국 영어영문학회장 조준학 박사 학위 축하패 수상

1996 정일학원 영어과 교수일동 박사 학위 축하패 수상

(2) 경력

1962 논산훈련소 입영

1964 육본 작전참모부(G3) 번역위원회 전역

1965 대구대성중고등학교 교사

1968 대구신명여자고등학교 교사

1969 중등학교 1급 정교사 자격증

1970 대구일신학원 강사

1972 대구학원 강사

1974 대구일신학원 강사

1977 부산청산학원 강사

1978 대구유신학원 강사

1979 서울상아탑학원 강사

1980 서울양지학원 강사

1984 서울양영학원 강사

1988 서울정일학원 강사

1989 서울정신여중 육성회장

1989 정신여중 교장 김정애 감사패 수상

1989 강동송파 육성회 회장단 감사패 수상

1990 단국대학교 문과대학 영문과 강사

1991 하와이Hawaii대학교 아시아—태평양 문화센터

　　　미국학American Studies 포럼Forum 참여

1992 강남대학교 문과대학 영문과 강사

1995 루터신학대학교 대학영어 전담 강사

1996 정일학원 원장 홍철화 연공패 수상

1998 중앙대학교 교양영어 강사

1999 YBM 시사영어사 타임TIME지 강사

2000 경산대학교 인문대학 영어 강사

2001 대구한의대학교 국제어문학부 객원교수

　　　기린원 영어교수

2003 루터대학교 겸임교수

2005 퇴임

　　　루터대학교 총장 신학박사 박일영 감사패 수상

2008 서울시 성동구 문화교실 응봉 성인영어 지도

2017 서울시 성동구청장 정원오 감사패 수상

5 - 3

연구와 저술 활동

1984 영어의 중의성에 관한 연구 석사학위논문 세종대학교

1993 인식認識 영어독해 일심사

1994 인식認識 영어작문 일심사

1995 A Semantic Re-examination of Two Non-finitives in English 영미어문학의 이해 시와 사회사

1995 세일즈맨의 죽음Death of a Salesman에 나타난 담화계획과 구어적 특성 한국영어교육연구학회지

1996 Eugene O'Neill의 언어자연주의 연구 박사학위 논문 단국대학교

1996 Eugene O'Neill의 언어자연주의 영어교육 한국영어교육연구학회지

2000 A Textbook Of College English 한신문화사

2001 영문독해 길라잡이 홍익출판사

2002 Reading Comprehension For TOEIC And TOEFL 홍익출판사

2005 영어의 길(수필) 도서출판 일일사

2015 Life And Love(영시) 도서출판 일일사

2018 An Isosceles Triangle of Love(꽁트) 도서출판 일일사

6장

슬픔은
강물처럼

In No Strange Land

— Francis Thompson(1859–1907) **—**

O World invisible, we view thee,

O World intangible, we touch thee,

O World unknowable, we know thee,

Inapprehensible, we clutch thee!

(the first stanza)

이상하지 않은 나라에서

— 프란시스 톰슨 —

오 보이지 않는 세계여, 우리는 그대를 보고,

오 만질 수 없는 세계여, 우리는 그대를 만지며,

오 알 수 없는 세계여, 우리는 그대를 아노니,

불가해하지만, 우리는 그대를 손아귀에 넣고 있다오!

(제 일 연聯)

김인식 교수님의 회고록을 축하하며

- 이명수(전 루터대학교 사무처장, 팔복교회 장로) -

한결같은 자세로 연구하고 보람찬 후진 양성에 힘쓰며 진실된 믿음으로 삶을 사신 김인식 교수님과 상갈리 17번지의 루터대학교 캠퍼스Luther University Campus에서 함께 보냈던 기억들이 새롭습니다.

교실과 교정에서 학생들과 함께 즐거운 수업과 토론을 하시며 인생의 참다운 스승으로서 믿음의 삶을 이끌어 준 은혜에 감사를 드립니다. 어려운 논문의 한영Korean-English, 영한 English-Korean 번역을 주저 없이 도와주시는 모습에서 감동을 받았습니다.

은퇴 후에도 여전히 학문 분야에서 열정적으로 활동하시고 성인成人 영어 교육에 힘을 쏟으시니 박수를 보냅니다.

감사하게도 그간 제게 주신 말씀을 가슴 깊이 간직하고 있으며 언제나 마음의 거울로 삼고 있습니다.

집필하신 회고록이 많은 이들에게 삶의 지혜와 방향을 주실 것으로 기대하고 또한 믿고 있습니다.

하나님의 은혜 가운데 남은 나날도 늘 새롭고 건강하게 사시길 축복합니다.

- 2021년 7월

인고忍苦의 세월

(1) 서서히 순차적順次的으로 닥친 슬픔

결혼 초기에 나와 아내의 수면睡眠 습관이 너무나 다르기 때문에 아내가 감당해내야 할 고초를 그 당장에 간파하지 못하고 처갓집 말뚝 보고도 절하고 싶고 모든 것이 좋아만 보이던 시절도 어느덧 흘러갔다. 그사이 사랑하는 딸 둘에 아들 하나를 두고 우리 내외는 한 세상 정답게 살았다. 살다가 보면 누군들 우여곡절迂餘曲折이 없으며 진퇴유곡進退維谷을 만나지 않을 수 있겠는가.

나와 아내는 서서히 인고忍苦의 세월 속으로 잦아들었다. 우리가 경제적으로 어려움에 처한 것은 아니다. 올림픽 아파트 64평에 살았으니 그 나름 열심히 살았고 여유 있게 보이기도 했었다. 그러나 불가해한 세상사에 기쁘고 좋은 일만 있고 괴롭고 슬픈 일이 어디 없을 수 있을까?

막내아우 준식은 열심히 공부하고 경북대학교 금속공학과에 입학했다. 종식은 경북고등학교를 졸업하고 고려대학교 건축

공학과에 수석으로 합격하여 집안에 큰 기쁨을 주며 승승장구했다. 졸업 후에는 일급 건축사 자격을 획득하고 건축계에 이름이 있는 장

종률 건축설계사무소에서 기획실장의 직함으로 근무하여 앞날이 밝았다. 그 위의 세 자매도 결혼하여 가정을 이루어 자녀들과 즐겁게 살고 있었다. 종식과 준식은 군에 입대하여 국군 아저씨가 되었다.

어느 날 준식이 과거의 우울증憂鬱症 상태로 갑자기 정서情緖가 바뀌어 결혼 후에도 계속 집에 찾아와 내가 집을 비운 사이에 형수와 아이들에게 근심과 걱정을 끼쳤다. 이로 인한 아내의 정신적 고민이 켜켜이 쌓이고 설상가상雪上加霜으로 대구에 있는 둘째 딸네 집에 갔던 어머님이 쓰러져 병원으로 가질 않고 매부가 어머님을 모시고 부랴부랴 우리 집에 올라왔다. 어머님의 증세는 이상했다. 온화하고 다정한 표정으로 잘 계시다가도 갑자기 배고프다 고함치니 아내는 어찌할 바를 모르고 당황하여 스트레스stress 때문에 심리적 압박이 극심했다.

비극은 시작되었다. 어머님은 치매성癡呆性 노인병임이 분명했다. 나는 장남으로 집안의 기둥이니 어려움을 참고 견디며 해결해야 하지만 이때부터 시작되는 아내의 고민과 고통은 감당하기 어려웠을 것이나 나는 근무를 위해 집을 비우니 아내는 간병의 멍에를 메고 고군분투孤軍奮鬪하지 않으면 안 되었다.

명절이 되면 형제자매의 식구들이 내가 살고 있던 올림픽 아파트에 모두 모여서 화기和氣에 찬 가운데 어머님을 모셨다. 그러나 이제 어렵고 힘든 걱정거리가 생기니 형제자매의 우애에도 금이 가기 시작했다. 성가시고 귀찮은 일은 모두가 책임을 지려고 하지 않고 꺼리어 나서지를 않았다. 서로 돕고 힘을 모아도 버티기 어려운 노인의 간병看病을 홀로 맡아야 하는 아내를 생각하면 억장이 무너지고 기가 차서 말문이 막힌다. 나야 맏아들이니 우리 사회의 전통적 관습에 따른다지만 허구許久한 날 정신이 오락가락하는 시어머님과 씨름해야 하는 며느리의 신체적 고충이 오죽했으면 쓰러졌을까!

낳아서 길러 주신 어머니를 모시고 가서 간호하는 효성은 보이질 않고 딸 셋은 얄밉게도 오라버니가 없는 틈을 타 몰려와서 삶은 고구마나 감자를 드시게 하여 북통같이 배가 부른 어머니를 두고 도망치듯 떠나가 버리니 뒷감당을 도맡은 아내의 정서적 고뇌가 얼마나 심각했을지 가늠조차 하기 힘들었다. 속수무책束手無策으로 수수방관袖手傍觀한 내 잘못은 어떻게 어디서 용서를 받을 수 있을까?

기약期約 없는 간병을 3년이란 오랜 기간 홀로 감당勘當하던 아내가 아프기 시작했다. 숨 쉴 여유가 생기고 잠시의 휴식이라도 있어야 다음의 간병을 이어 갈 수 있을 터에 화가 나도 홀로 화를 참고 견디니 화병火病이 안 난다면 오히려 기적일 것이다. 아, 화병은 가슴에 쌓여 응어리지니, 어머님 돌아가시고 얼마 안 되어 아내의 직장암直腸癌이 진단되었다. 딸들은 3년이란 긴 시간 한 번도 어머님을 모시지 않아 나는 그들의 불효를 크게 꾸짖었다. 종식은 마음이 어질어 어머님을 몇 번 모셨지만, 그로 인해 내외가 불편한 심기를 드러내어 아내는 동서를 심히 질책叱責했었다. 막내 준식도 어머님을 모시고 가서 채 보름을 버티지 못하고 죽 끓듯 변덕을 부려 죽는 소리, 죽는 시늉 다 내며 다시 모시고 왔으나, 딸들은 끝까지 턱없
는 핑계로 외면하여 천추의 한을 남겼다.

마침내 나는 노인요양병원을 찾아 어
머님을 입원시켰다. 어머니께서는 1994
년 인천의 자애요양병원에서 향년 80세
를 일기로 운명하시니 그간의 불효와 자
식 된 도리를 다하지 못한 죄송함이 차곡
차곡 쌓인 서러움과 함께 터져 아내와 나는 부둥켜안고 울고
또 울었다. 어머님의 장례식을 위하여 고석남 목사님과 송호
섭, 원용석, 홍성대 장로님 그리고 오봉석, 이은순, 김윤자, 박
희수 전도사님 또 황운기 집사님을 비롯하여 여러 집사님이 오
셔서 외롭지 않게 장례식을 무사히 치렀다.

(2) 어려움과 슬픔은 미영, 경연, 경민의 보약이 되어

어려움 속에서 슬픔이 닥치니 미영, 경연, 경민은 오히려 정
서적으로 성숙하고 행동과 자세가 안정되어 할 일을 스스로 찾
아서 앞으로 나아갔다.

1) 미영은 정신여고를 졸업하고 연세대학교 작곡
과에 장학생으로 합격하여 나와 아내의 마음에 기쁨
이 넘치게 만들었다. 열심히 수학하며 때가 되어 같
은 음악과의 선배인 한성호 군을 만나 사귀다가 어
느 날 집에 함께 와서 저녁을 나누며 부모에게 소개
를 했다. 한 군을 본 아내와 나는 그의 성품과 언행
에 흡족하여 크게 마음이 놓이고 안심이 되었다. 경

연과 경민도 좋아서 기쁜 표정이었다. 나는 사람을 보고 인품을 가늠할 때 어린이의 순수한 감성과 본능적 느낌을 존중하는 편이었다.

한 군을 보는 경민의 형에 대한 첫인상은 호감好感이었다. 미영은 한 군과 의논하여 작곡과를 졸업하고 다시 연세대학교 성악과 3학년에 편입하고 한성호 군은 국립합창단원으로 선발되어 앞날을 밝게 했다.

미영과 함께 장학생으로 합격한 이동원 양도 미영과 한 군을 높이 평가했다. 나는 나대로 박사학위논문을 준비하고 아내는 아내대로 건강을 위해 혼신의 힘을 다하고 있는 가운데 성호와 미영은 서로 믿고 의지하여 장래를 약속하고 결혼을 결정했다.

드디어 청주 한씨 한명수韓明洙와 최영란崔碤蘭의 맏아들 성호盛皓 군과 미영美暎은 1995년 10월 28일 상동감리교회 이동학 목사님의 주례로 결혼식을 올렸다.

결혼 후 미영이 성악과를 졸업하고 미영과 성호는 일산에서 생활하던 아파트의 전세금으로 청운의 꿈을 안고 세계적 성악가가 되기 위해 이태리Italy로 유학을 떠나 로마Rome에 있는

산타 체칠리아Santa Cecilia 국립음악원 성악과에 두 사람 모두 우수한 성적으로 합격했다.

2) 경연은 정신여중 학생회장을 마치고 정신여
고에 진학해서 공부에만 전념하더니 성균관대학
교 화학과 졸업, 숙명여자대학교 음악치료Musical
Therapy학과 대학원을 수료하고 다시 덕성여자대
학교 약학과에 국비 장학생으로 합격하여 부모에
게 등록금의 걱정을 끼치지 않고 약대를 졸업했
다. 경연의 지나온 자취를 소개할 때면 나는 항
상 경연이 부모에게 걱정을 끼치지 않은 완벽한 모범생임을 자
랑하고 탄복하지 않을 수 없다. 졸업 후 경연이 내게 오랜 시
간 입시와 자격시험에 매달려서 이제는 생활의 지루함을 벗어
나 변화 있고 즐거움이 넘치는 삶을 찾겠다고 다짐했었다. 제
약 회사의 연구실이나 대학원의 진학보다 일선 약국의 약사나
약국의 경영자 생활을 강조하여 나는 아까운 인재가 더 이상
연구에 몰두하지 않고 현실 생활에서 활기를 찾으려는 심정은
이해하면서도 안타까운 마음이 들었었다. 경연이 가요를 부르
면 현역 가수 뺨치는 수준임을 나는 잘 알고 있었지만, 그녀의
우수한 천재성이 너무 아까워 공부에 몰두하게 만든 것이 못내
아쉽고 미안하다. 다만 경연이 성균관대학교 4년간 현대의 액
센트Accent로 통학하고, 대학원 진학 및 다른 대학교 입학에도
지장이 없도록 부모로서 열심히 학자금을 마련하여 두 딸의 수
학과 면학에 아낌없이 지원한 노력은 자랑하고 싶다.

3) 경민은 세륜초등학교로 전학하여서도 반장을 했고, 졸업
후 오륜중학교에 진학하여 열심히 공부했었다. 경민은 좀 더
아빠가 자기와 놀이나 운동을 함께 해 주기를 은근히 바라는

눈치였으나, 나는 바쁜 일정 속에서 하루를 보내며 휴일에는 쉬고 싶은 마음 때문에 흡족한 만족감을 주지 못해 늘 미안하면서도 지나쳐 버리기 일쑤였다. 내 나이 40에 경민을 낳으니 경민의 친구들은 아빠가 젊어서 아이들과 쉽게 어울려 지내는데 나는 그 점이 부족하여 알면서도 실천하지 못한 안타까움이 늘 마음속에 도사리고 있었으나 그렇기 때문에 오히려 아내의 독촉에는 역정逆情을 내는 일이 많았다.

경민이 중동고등학교에 입학하고 친구들과 밤늦게까지 공부하며 대학 진학에 노력하는 모습을 보고 나는 감동하여 내 차로 경민을 실어 날랐다. 경민이 대학에 진학할 때는 우리 가정도 우여곡절 끝에 타격이 커서 64평 아파트가 13평 잠실2단지로 줄어들었다. 그래도 경민은 굳게 마음을 다지고 나와 힘을 합하여 공부에 열중하니 마음의 흔들림은 없었으나, 환경의 열악으로 힘든 시기였음은 분명했다.

더욱이나 캐나다Canada에 가 있던 처남 종철이 돌아와 한집에서 머무니, 아내의 대학 선배인 교회의 장 집사가 우리 집을 방문하여 넓은 집에서 좁은 집으로 옮겨 와서 식구까지 늘었으니 놀라 입을 다물지 못하였다. 그러나 경민은 노력하여 승리했으니 어려운 시기에 힘들게 공부하여 거뜬히 경희대학교 국제관계학과에 합격하였다.

(3) 엎친 데 덮친 고민

그 무렵 어머님의 오랜 투병, 아내의 발병 그리고 나의 정년 퇴직이 겹치니 한 달의 관리비가 비싼 64평 아파트는 누가 보아도 무리였다.

나는 아파트를 빨리 처분하려고 이웃의 40평 아파트와 조금 유리하게 조건을 제시하여 교환매매를 하였다. 문제는 그 다음에 터지고 터진 방앗공이에 보리알 끼듯 방해물이 끼어들었다. 교환을 한다는 것은 집이 두 채가 되어 양도 소득세가 엄청나게 나온다는 잘못된 판단과 주장을 하는 중개인의 오판으로 물릴 수도 없고 진행할 수도 없는 진퇴양난進退兩難의 궁지였다. 아내는 계약금으로 둔촌동 아파트 1층을 전세로 들어가도록 이미 일을 마무리 지은 상태였다. 문득 세무서에서 조세 담당으로 근무하다가 서장으로 퇴임한 친구(유재웅)가 생각나 천우신조天佑神助로 해결이 되기를 기대하고 기원했다. 그러나 친구의 해석도 도움이 되지 못했다.

절망은 하늘을 찌르고 하늘이 노랗게 변하여 하늘에 운명을 맡겨야 할 최후의 순간에 하늘이 무너져도 솟아날 구멍은 있다는 사실이 밝혀졌다. 다른 이상이 없는 한 교환은 정당한 매매로 간주되어 양도 소득세가 면제된다. 걱정 끝에 발품을 팔아 국세청에서 내가 직접 알아낸 결과였다. 이때의 정신적 고민은 나의 일생 중에서 옛날 부산에서 과도한 금액의 집을 매수하여 생긴 고민과 함께 나를 괴롭힌 최악의 정신적 고통이었다.

다만 내 친구 유재웅이 내가 걱정 때문에 밤이나 낮이나 전화를 걸어도 단 한 번의 결례缺禮 없이 한결같은 목소리와 다정한 상담으로 일관되게 나를 대하니 그 감사함은 이루 다 말할 수 없었고 지금도 감동을 느낀다.

이후 우리는 둔촌동 1층의 을씨년스러운 아파트를 거쳐 잠실 2단지의 13평 아파트로 이사했다가 영통 벽적골 주공 9단지로 이사했다. 내 사정은 문자 그대로 엎친 고통에 덮친 고민으로 나는 정신적 절망의 나락奈落에서 보냈다.

6 - 2
괴로움과 함께 믿음은 깊어지고

(1) 주님의 은혜

내가 교회에 나가게 된 것은 김달권 군을 지도하면서 그의 부모님 전도에 따라 교회에 나가기 시작했다. 그때는 영문과 학생으로서 문학의 소재가 풍부한 성경을 공부하겠다는 생각으로 교회에 나가면서 동시에 다른 교파의 전도사와 성경의 내용을 토론하기도 했었으나 마음의 무게가 믿음보다는 탐구에 있었다.

결혼을 하고 가정생활이 시작되었을 때는 희망을 안고 일어나서 집을 나서면 즐겁게 하루가 지나고 돌아올 때는 귀소歸巢본능적本能的 위안과 편안함으로 행복에 젖었다. 사랑하는 딸 둘과 아들 하나가 생기고 보금자리를 지키며 삶을 누리다가 만나게 되는 행복과 슬픔, 맑음과 흐림, 위안과 걱정이 교차交叉하는 삶의 질곡桎梏 속에서 우리는 모두 예수 그리스도를 통한 구원의 믿음을 갖게 되었다.

예수 그리스도Jesus Christ는 히브리어Hebrew로 예수는 "하나님은 구원해 주신다"는 뜻이고 그리스도는 "기름 부음을 받은 자" 즉, 구세주the Messiah를 뜻한다. 예수는 호적하러 고향 나사렛Nazareth을 떠나 베들레헴Bethlehem으로 간 어머니 동정녀 마리아Virgin Mary와 양부養父 요셉Joseph의 가정에 살아 계신 하나님의 아들로 베들레헴의 말구유에서 탄생하셨다. 비천한 곳에서 인류 구원의 사명을 안고 이 땅에 오셔서 30세에 공생애公生涯를 시작하여 부활the Resurrection 승천the Ascension하기까지의 그 짧은 기간에 그의 가르침과 그의 권능이 온 누리를 덮어 병들고 약한 자들의 구원자가 되셨으니, 이러한 존재를 인류 역사상 주님 이외에는 찾아볼 수 없지 않은가!

아내는 직장암 수술을 받고 어려운 항암 치료를 받으며 깊은 믿음 속에서 주님의 사랑과 주님에게 드리는 기도의 힘으로 살고 있었다.

미영은 철저한 믿음으로 성가곡聖歌曲의 작곡가, 성악가, 반주자, 지휘자로서 제네바의 스위스 국립극장에서 활동하고 있고, 경연은 약국을 경영하며 철저한 믿음 속에서 생활하며, 경민은 교회에 잘 나가지는 않지만 마음속에 믿음은 굳게 지키고 있다. 다만 나는 예수님께서 십자가의 고통 속에서 간절한 구원의 기도를 올린 그 하나님을 믿으면서도 성경the Bible의 창세기Genesis에 기록된 창조의 모습과 빅뱅Big Bang에 의한 우주 모습의 괴리감과 "나로 말미암지 않고는 아버지께로 올 자가 없느니라"고 하신 예수님 말씀에 따라 예수님 이전의 이 세상 선인善人과 우국열사憂國烈士의 구원에 대한 회의감懷疑感으로 괴로울 때가 있는 것은 사실이다. 다만 전지전능Almighty의 신God이 있어서 인간사의 억울함이 없도록 공평한 섭리攝理를 베풀어 주실 것을 믿고 싶은 마음은 간절하고 또 간절하다.

어머님 여의고 올림픽 아파트를 처분하고 세계적 경제난經濟難 때문에 손실을 본 나는 큰 집을 팔고 둔촌동 전세로 갔다가 잠실2단지 13평 연탄 아파트에서 극심한 고생을 겪고 수원의 영통 9단지 벽적골 아파트로 이사를 했다. 친구 강형 교수로부터 내가 국제어문학부 객원 교수 겸 기린원 어학 교수로 임명되었다는 반가운 소식을 듣고 나와 아내는 기뻐 춤을 추었다. 경산에서 밤늦게 기차를 타면 수원에 이른 새벽 도착하는데 아내와 경연이 차를 가지고 수원역에 나를 마중하여 함께 집에 오곤 했었다.

그때는 아내의 깊은 믿음과 변함없는 정성 속에서 수술을 담당한 아산병원의 외과의 김진천 교수의 항암 치료에 잘 순응하고 있었다. 올림픽 아파트에서 직장암 발병 통보를 받고 우리 내외는 한참을 부둥켜안고 울었다. 처음에는 앞이 캄캄하고 어찌할 바를 몰라 당황했으나 곧 정신을 가다듬고 옛 대구 큰 이모의 쌍둥이 딸 곽일희와 월희가 생각이 났다. 월희는 그 당시 아산병원의 간호과장으로 있었기 때문에 우리의 연락을 받고 곧 입원실을 예약하고 주치의를 추천했다. 수술 후 우리 내외는 정성을 다하여 일반 치료와 항암 치료를 병행하여 받으면서 김진천 선생님을 만났다. 김 선생은 나의 간병 자세를 보고 칭찬하면서 자기는 그렇게 정성을 쏟을 수 있을지 걱정스럽다는 말로 나를 위로해 주었다. 기도와 정성과 치료의 삼박자가

잘 맞아 아내의 건강이 좋아
지고 생활의 안정이 이루어지
니 로마의 미영과 성호가 우
리를 초청하여 우리는 이태리
Italy 여행을 다녀왔다.

　로마의 국제공항에서 미영과 성호의 마중을 받고 우리 내외
는 로마 근교의 미영네 집으로 갔다. 그 집 주인과 인사하고 가
지고 간 한국의 특산품을 선물하여 고맙다는 인사를 받았다.
성호가 자기 차를 운전하여 우리 네 사람은 폼페이Pompeii와
나폴리Napoli를 거쳐 로마로 돌아왔다. 로마에서는 미영의 엄
마가 수술 후유증으로 자주 화장실을 가야 하는데 한 서방이

유학하며 학비에 도움을 주
려고 여행 인솔자travel guide
활동을 했기 때문에 로마의
호텔hotel 사정을 잘 알고 있
었으므로 매우 편리하게 우
리는 깨끗한 고급 화장실을
사용할 수 있었다.

　아내의 투병과 간병을 위해 애쓴 분으로 나는 퇴촌에 계시는
김태엽 장로님을 빼놓을 수가 없다. 김 장로님은 감람기도원을
세우고 예배 후에 안수기도按手祈禱로 병약자의 몸과 마음을 어
루만져 돌아갈 때는 심신이 상쾌한 상태가 되도록 하나님의 권
능이 이루어지게 하는 은혜로운 힘이 있었다. 단국대학교 출신
의 유재봉 박사가 나에게 소개하여 오랜 기간 아내뿐만 아니라

식구 전체가 몸의 이상을 감지하면 언제나 달려가서 장로님의 안수기도를 받고 때로는 쾌유가 되기도 했었다.

우리의 믿음을 굳게 하고 하나님의 사랑과 은혜를 가슴 깊게 심어 주신 고마운 목사님은 고석남 목사님이고 어머니의 장례를 주관하셨다. 다음에 모신 목사님은 이창옥 목사님이고 그다음은 채희근 목사님이며 아내의 장례식을 주관하셨고, 지금은 박황우 목사님이 당회장으로 계신다.

그간의 고마우신 분들은 고석복, 노봉수, 문신용, 이호준, 장인태, 이천선, 송호섭, 원용석, 홍현웅, 홍성대 장로님들을 위시하여 이은순, 오보연, 홍명숙, 지

명숙, 김해경 전도사님들, 그리고 많은 집사님들이 계셨다. 권영성, 김도기, 김동선, 김종권, 김운겸, 김창인, 김학배, 노희돈, 문명규, 박기만, 박석춘, 박종원, 박승용, 손영규, 안경국, 유영철, 유한식, 이관식, 이명기, 이규상, 이범민, 이상우, 이원기, 이재붕, 이정관, 이찬곤, 이춘하, 이효로, 이혁진, 정계환, 정차성, 주요섭, 최재수, 정효조, 황운기, 안재승, 주봉균 집사님들과 여자 집사님들의 기억도 있다. 김동열, 김유자, 권영희, 김경애, 김선애, 김선희, 김애저, 김옥란, 김점숙, 김정자, 김명희, 김문자, 김문희, 박봉자, 박희자, 변영희, 손태옥, 안명애, 안종인, 유영임, 이선희, 김미아, 김양순, 박명화, 박영이, 박천아, 양호강, 방영석, 방영수, 윤순례, 이선희, 이숙

자, 김애옥, 이순규, 이옥자, 이정애, 이지순, 이준자, 이춘희, 정현정, 장수자, 조영례, 천순덕, 천춘자, 최기순, 최미화, 최임순, 최정희, 최종은, 하정란, 허명례, 홍금숙, 홍성식, 홍순옥, 홍정애, 황휘경, 김송죽 집사님들의 도움이 있었으며 내 기억의 부족과 불찰로 감사한 분의 이름을 잊었다면 용서와 깊은 아량을 부탁드려봅니다.

(2) 성경의 저자

1) 머리말

① 어느 일요일 귀가 중 전철에서 나는 옆자리의 외국인이 읽고 있는 책의 표지를 본 순간 강한 호기심을 느꼈다. 제목이 『누가 성경을 썼는가?Who Wrote The Bible?』였다. 나는 이 책을 읽고 새로운 믿음 생활의 좌표를 찾아보기로 했다. 기독교 신학, 철학, 유대 역사에 관한 완전한 이해를 하기란 어려웠지만, 내가 종교에 대해 평소에 가지고 있던 나의 생각을 포함하여 이 책에 대한 감동과 소견을 전하려 한다. 애빌린의 역설 Abilene Paradox이 되지 않기를 바라며, 저자의 소개와 그의 서

론을 요약하려 한다.

② 이 책은 프리드만Richard Elliott Friedman 교수의 역작이다. 그는 샌디에고San Diego에 있는 캘리포니아 대학교University of Califorrnia의 유대 및 비교문학과 교수이며 하바드Harvard대학교에서 박사 학위를 받았고, 영국의 옥스퍼드Oxford와 캠브리지Cambridge대학교의 객원 교수였으며 『신의 숨은 얼굴The Hidden Face of God』의 저자이기도 하다. 그는 인류 문명의 중추적 역할을 한 성경의 저자에 대한 연구를 시작한 학자이다. 언론사들은 서평에서 이 저서를 문학, 역사 그리고 성경을 이해하고 연구하는 작업에 새로운 길을 제시한 역작으로 극찬하고 있다.

③ 저자는 자신이 제시한 제목의 완전한 해답을 얻은 것은 아니다. 고고학과 인류학적 고증과 역사와 종교적 이론으로 연구의 일단을 발표한 것이다. 저자는 이 연구를 통하여 믿는 자에게는 굳건한 믿음을 인도하고 믿지 않는 자에게는 믿음의 길로 들어서는 계기가 될 수 있기를 기대하고 있다.

④ 성경의 저자 특히 『모세 오경the Five Books of Moses』의 저자를 밝히는 것은 오랜 시간이 지난 사건 현장에서 관련자들이 사라지고 없는 역사적 사건을 조사하는 탐정의 활동처럼 어려운 과업이다. 언어학적 자료와 고고학적 유물과 역사적 기록을 조사, 연구하여 그 근거를 제시하는 저자의 학자적 혜안과 연구 과정이 신비롭다.

⑤ 성경의 일 점, 일 획도 잘못이 없다는 전통적인 보수주의 신학관과 비록 성경이 하나님의 말씀이지만 역사의 산물이므로 기록상 실수가 있을 수 있다는 현대적인 자유주의 신학관이

오랜 세월 부딪쳐 온 것은 사실이다. 그러나 여기서 성경의 일점, 일 획이란 주장의 진정한 의미에 관해서 생각해 보자. 세계 각국은 저마다 자기 나라의 언어로 번역된 성경이 있다. 영어로 된 성경도 여러 가지 버전version이 있어서 각각 그 표현과 언어가 다르다. 따라서 일점일획의 참뜻은 최초의 하나님 말씀의 진정한 의미를 인간의 구원을 위해 바르게 해석하는 일이다. 신의 참뜻을 어찌 노력 없이 알 수 있으랴.

미국의 작가 어스킨 콜드웰Erskine Caldwell(1903-1987)의 소설 『신의 조각 땅God's Little Acre』이 떠오른다. 끊임없이 땅을 파는 일가의 비극적 삶을 그린 이 작품은 우리에게 시사하는 바가 크다.

This land is gold.

이 땅은 황금이다.

주인공은 금을 얻기 위해 아버지의 유언에 따라서 계속 땅을 판다. 그리고 경건한 신자로서 신에게도 한 조각의 땅을 바친다. 만약 그곳에서 금이 나오면 하나님께 바칠 것이다. 그러나 아무리 땅을 파도 금은 나오지 않는다. 인간의 어리석음은 사악한 의심을 낳는다. 신에게 바친 조각 땅 속에 금이 옮겨진 것으로 의심이 든 주인공은 신에게 바친 땅을 다른 곳으로 옮기고 그 자리를 판다. 그래도 금이 나오지 않으니까 땅도 마음도 황폐해져 간다. 이 부분이 바로 일 점, 일 획의 참뜻을 생각해야 할 교훈이 아닐까? 진리의 말씀을 바르게 찾아내려면 성경의 비유, 상징 그리고 역사적 사실을 바로 이해해야 한다. 이는 신학자와 성직자의 영원한 숙제임과 동시에 우리의 뒤를 이어 세대에서 세대로 끊임없이 이어져 가야할 과업이다.

⑥ 로마의 사상가 키케로Marcus Tullius Cicero(B.C.106-43)의 명언이 있다.

To ignore the past is to remain a child forever.
역사를 모르면 영원히 어린아이로 남게 된다.

우리가 성경의 역사를 모르면 믿음이 완전한 성숙을 이루지 못할 위험이 있다. 따라서 전통적 보수주의 신학자나 성직자도 연구에 동참하여 진정한 하나님의 뜻을 찾아나가야 한다.

천동설the geocentric theory이 지배하던 시절에 지동설the heliocentric theory을 주장하여 종교 재판에 회부된 이탈리아 천문학자 갈릴레오Galileo Galilei(1564-1642)는 강요에 의해서 주장을 철회했지만 결국 진리를 감출 수는 없었다.

Yet it does move.
그래도 지구는 돈다.

그가 이 말을 언제 했는지는 의문으로 남지만, 지금은 그 누구도 그의 주장을 의심하지 않는다.

⑦ 『성경the Bible』은 세상에 가장 널리 보급되었고 가장 많이 읽히고 있는 생명의 복음이다. 성경의 저자를 연구하는 학자들

은 계속 연구 발전하고 있다. 전통적 보수 학자들도 사실에 입각한 연구를 통하여 그들의 도전에 대응해야 한다.

2) 프리드만Friedman의 서론(요약)

① 지난 이천 년 동안 가장 많이 읽은 도서이며 가장 많은 언어로 번역되고 출판된 도서가 바로 『성경the Bible』이다. 성경을 최고의 문학서로 보기도 하고, 위대한 역사서로 간주하기도 하지만 기독교와 유대교의 모든 성직자와 교인들은 성경을 하나님의 말씀으로 믿으며 인용하고 설교하고 가르치며 배운다. 성경에 의해 살며 성경을 위해 목숨을 던지는 순교자도 있다. 그럼에도 불구하고 그 위대한 책의 저자가 누구인지 정확하게 모른다는 것은 참으로 불행한 일이다.

『모세 오경the Five Books of Moses』은 모세Moses가, 『예레미야 애가the Lamentations of Jeremiah』는 선지자 예레미야Jeremiah가, 그리고 『시편the Psalms』의 절반은 다윗 왕King David이 쓴 것으로 생각하는 전통적 믿음이 있다. 그러나 이 전통적인 믿음이 정당하다는 증거가 없다. 다양한 설화, 시 그리고 율법을 집대성하여 하나의 완전한 작품으로 만들어 낸 이는 어떤 인물인가?

독자는 저자의 생애와 저자가 묘사한 세계와의 관계를 아는 것이 중요하다고 생각한다. 작가의 생애가 작품의 이해에 도움을 준다는 것이 일반적이다. 그러나 성경에서는 저자의 국적, 직업, 성gender, 생애, 사상 그리고 그가 살았던 시대가 모호하다. 예를 들어 저자의 신원과 살았던 시기가 확실하게 밝혀지지 않은 상황에서는 그가 사용한 특정 표현이 어느 시대의 것이며 어떤 의미인지가 분명하지 않게 된다. 저자가 동시대의 어떤 사건을 직접 목격하고 서술한 것인지 아니면 자기 시대 이전 사실을 구전 또는 역사를 통하여 간접적으로 서술했는지를 알 수 없다. 그러므로 성경의 내용이 가족의 전설인지, 신의 계시인지, 완전한 허구의 산물인지 아니면 저자가 성스럽고 권위적인 작품을 쓰려는 의도를 가지고 있었는지, 그도 아니면 완전히 자기 시대의 산물인지를 밝히는 것은 종교인이나 비종교인 모두에게 성경의 이해에 새로운 길을 열고 보다 더 깊은 이해와 믿음을 줄 것이다.

②『모세 오경The Five Books of Moses』

성경이 완성된 이래 지금까지 성경학자들이 가장 힘들게 매달려 온 연구가 단순히 성경에서 발견한 개인적 의문에서 출발하여 수 세기에 걸쳐 증거도, 범인도 사라지고 없는 사건 현장에서 성경 기원의 단서들을 하나하나 찾아가는 탐정소설처럼 진행되었다. 그 연구는 『모세 오경the Five Books of Moses』, 즉 「창세기Genesis」, 「출애굽기Exodus」, 「레위기Leviticus」, 「민수기Numbers」, 「신명기Deuteronomy」에 관한 의문에서 시작되었다. 모세 오경은 그리스어로 다섯 개의 두루마리five scrolls를 뜻하는 오경the Pentateuch 또는 유대어로 가르침instruction을 뜻하는 율법서Torah로 알려져 있다. 모세가 오경의 주인공임에는 틀림없으나 오경 어디에도 모세가 오경의 저자란 서술은 없다. 학자들이 찾아낸 모순점은 이렇다.

1. 사건 기록의 순서가 다르다.

2. 사물이 두 개 또는 열네 개로 기록된다.

3. 두 개의 다른 민족이 같은 일을 했다고 기록되어 있다.

4. 모세가 초막을 세우기도 전에 초막에 갔다고 묘사되어 있다.

5. 모세가 전혀 알 리가 없었던 일이 기록되어 있다.

6. 모세의 죽음이 기록되어 있다.

7. 모세는 세상에서 가장 겸손한 인물이었다고 기록되어 있다. 그러나 세상에서 가장 겸손한 사람이었던 모세가 자신을 세상에서 가장 겸손한 사람이라고 평했다는 사실은 지극히 어색하다.

성경의 시작은 사해 문서the Dead Sea Scrolls가 발견된 후 유대 성경이 모세 오경을 시작으로 희랍어로 번역이 이루어진다. 이집트의 왕 프톨레미 2세Ptolemy II가 유대 12지파에서 6명씩 72인을 선발하여 알렉산드리아Alexandria에서 번역이 이루어졌고 70인 역 희랍어 성경Septuagint이 완성되었다. 그 후 율법학자들은 성경에 기록된 모순을 정교하게 해석하거나 성경에도 없는 자세한 설화를 추가 도입하여 설명했다. 예를 들어 실제로 모세에게는 알려지지 않았음이 틀림없는 사건과 사물에 관하여 모세가 언급한 사실은 모세가 선지자였기 때문에 가능했다고 주장하는 것이다.

③ 600년의 연구

11세기 스페인의 유대인 왕실 의사 야슈쉬Issac ibn Yashush는 창세기 36장에 나오는 애돔Edom 왕들의 명단에 모세 사후의 왕들이 들어 있다는 사실을 지적했다. 그의 결론에 대한 반응은 "실수쟁이Issac the blunderer"였다. 이 별칭을 붙여 준 사람은 12세기 스페인 율법학자 에즈라Ibn Ezra였다. 그 역시 모순을 발견했지만 솔직하게 밝히지 못하고 이런 말을 했다.

And he who understands will keep silent.

이해하는 자 침묵할지어다.

14세기 다마스쿠스Damascus의 학자 본휠스Bonfils가 모세 오경의 내용 중 후세의 선지자가 쓴 것이 있다는 사실을 밝혔으나, 3세기 반이 지난 후 그의 저서는 이 부분이 삭제된 후 출판되었다.

15세기 아빌라Avila의 한 주교 토스타투스Tostatus는 모세의 죽음에 관한 이야기가 모세 자신에 의하여 쓰일 수 없음을 지적했는데 이는 전통적으로 모세의 후계자 여호수아Joshua가 쓴 것으로 믿어져 온 것이었다.

16세기에 들어와 루터Luther와 동시대인 칼스타트Carlstadt는 모세의 죽음에 관한 이야기와 그것에 앞선 내용의 문체가 비슷하다는 점을 발견했다. 또한 16세기에 플란더즈Flanders의 한 가톨릭 교인 안드레아스Andreas van Maes가 모세 오경의 여러 구절과 장소가 삽입됐다고 주장했으나 그의 책은 금서의 목록에 올랐다.

17세기 영국의 철학자 토마스 홉스Thomas Hobbes는 모세와 관련 없는 표현을 지적했다. 4년 후 프랑스의 신학자 아이자크Isaac de la Peyrere도 모세 오경의 저자가 모세가 아님을 주장하면서 신명기 1장 1절 말씀을 예로 들었다.

These are the words that Moses

spoke to the children of Israel across the Jordan......

제6장 슬픔은 강물처럼

이는 모세가 요단 저편…… 이스라엘 무리에게 선포한 말씀이니라

여기 요단 저편across the Jordan이란 말에서 나타나듯 요단강 서편의 이스라엘 안에 있는 사람이 요단강 동편의 모세가 한 일을 언급하고 있는데, 모세는 일생동안 이스라엘에 있었던 적이 없었다. 결국 아이자크Isaac de la Peyrere의 저서는 불태워졌고 그는 주장을 철회했다.

홀란드Holland의 철학자 스피노자Spinoza는 여러 증거를 제시하고 다음처럼 언급했다.

> It is…… clearer than the sun at noon that the Pentateuch was not written by Moses, but by someone who lived long after Moses.
> 모세 오경이 모세가 쓴 것이 아니라 모세 사후의 인물이 오랜 시간이 지난 후 썼다는 것은 정오의 태양보다 더 분명하다.

그러나 그의 저서는 금서가 되었고, 그는 비난받았다. 얼마 후 프랑스의 개종한 카톨릭 사제 리차드 시몬Richard Simon이 스피노자Spinoza를 비판하고 모세 오경의 저자가 모세임을 옹호하는 동시에 오경의 핵심은 모세가 서술하고 기타 첨가분은 유대 율법학자들이 성신의 인도를 받아 정교하게 편집한 것으로 결론을 내렸으나 사제들의 공격을 받고 성직에서 추방되었다. 영국인 존 햄프던John Hampden이 이 책을 번역하여 영어판

을 출판했으나 런던탑에 수감되었고 석방되기 직전에 시몬과
의 공통된 의견을 부정했다.

④ 전거The Sources

천지 창조, 하나님과 아브라함Abraham 사이에 있었던 언약,
아브라함의 아들 이삭Isaac의 작명, 아브라함이 자기 아내를 여
동생으로 속인 변명, 이삭의 아들 야곱Jacob이 메소포타미아
Mesopotamia 지방에 간 여행, 벧엘Beth-El에서 야곱에게 나타
난 계시, 하나님이 야곱의 이름을 이스라엘Israel로 바꾼 일, 모
세가 메리바Meribah에서 바위를 쳐서 물을 얻은 사실이 성경에
중복해서 서술되어 있다. 전통적 주장을 옹호하는 사람들은 이
러한 모순을 단순한 실수가 아니라 우리에게 교훈을 주고 강조
하기 위한 보완적 수단이라는 것이다.

공교롭게도 새로 발견된 사실은 중복 표현에서 한쪽은 신
의 명칭을 하나님God이라 하고 또 다른 쪽은 신의 명칭을 야훼
Yahweh로 칭한다는 점이다. 이것은 두 개의 다른 자료를 교묘
하게 새로 편집한 것으로 보는 가설을 존재하게 만든다.

18세기 독일의 목사 비테르H. B. Witter, 프랑스 의사 장 아스
트룩Jean Astruc, 그리고 독일의 교수 아이히홈J. G. Eichhorn이
독립적으로 연구하여 비슷한 결론을 얻었는데, 모세 오경은 모
세 사후 살았던 저자들이 썼다는 것이다. 심지어 19세기 학자
들은 세 가지의 중복된 기록이 있다는 사실을 발견했다. 더욱
이 제5서인 신명기Deuteronomy의 언어는 그 전의 4서와는 전
혀 다른 언어와 표현이 있어서 독일 학자 드 베테W. H. L. De
Wette는 신명기를 또 다른 전거라는 가설을 내놓았다.

⑤ 가설The Hypothesis

　모세 오경은 하나의 역사 속에 4개의 다른 전거에 의한 내용이 한 사람의 편집으로 완성되었다는 것이다. 신의 이름을 야훼Yahweh 또는 여호와Jehovah라고 부르는 자료는 J, 신을 하나님(유대어로 Elohim)이라 칭하는 자료는 E, 율법과 사례에 관한 일에 집중된 자료는 P, 신명기에만 국한되는 서술은 D라고 연구의 편의를 위해 정한다. 그라프Karl Heinrich Graf와 바케Wilhelm Varke는 자료를 연구하여 일치하는 결론을 얻었으나, 전통적 신학자들 사이에 부정적인 반응이 강했다. 그 후 율리우스 벨하우젠Julius Wellhausen(1844-1918)이란 탁월한 신학자가 나와서 『모세 오경』의 저자가 4인이라는 가설을 확인했다. 그는 이 분야에서 지금까지 가장 큰 영향을 끼치고 있다.

⑥ 현황The Present State

　새로운 연구에 대한 종교적 반대가 19세기 내내 집요했다. 애버딘Aberdeen의 스코틀랜드Scotland대학 구약 교수 스미스William Robertson Smith에 의하여 벨하우젠Wellhausen이 널리 알려지게 되었으나 그는 재판을 받고 직위 해제되었다. 남아공의 존 콜렌소John Colenso 주교가 동일한 결론을 출판했으나 '사악한 주교the wicked bishop'란 별칭을 받았다. 이런 상황은 1943년 교황 파이우스 12세Pius Ⅻ 때 드디어 주요 전기를 맞이하게 된다. 파이우스 12세Pius Ⅻ는 성경의 저자를 파악하는 연구자들을 격려하였고 그들이 밝혀낸 성경의 저자를 '성신의 살아있는 합리적 도구(the living and reasonable instrument of the Holy Spirit)'라고 칭하였다.

3) 맺음말

① 오늘의 기독교는 루터Martin Luther(1483-1546)의 종교 개혁으로부터 출발한다. 루터는 종교개혁의 목표를 다음 세 가지 원칙Three Solas에 두었다.

1. 오직 믿음만으로sola fide
2. 오직 은총만으로sola gratia
3. 오직 성서만으로sola scriptura

믿음, 은총, 성서의 3대 진리는 영원불변의 기독교 근본이다. 프리드만Friedman 교수의 연구가 중요한 것은 성경의 진정한 의미 곧 하나님의 참뜻을 바르게 찾아 전도하는 것이다. 새로운 연구가 발전하고 있는데 반하여, 전통적 보수주의 신학자들만이 정의적 해석과 전통적 주장으로 일관한다면 저 문예부흥Renaissance의 꽃을 피운 인간의 자유분방한 탐구욕은 끝없이 새로운 사실을 증명할 것이다.

② 보수 신학자들이 더욱 연구 노력해야 할 분야는 진화론Darwinism과 창조론Creationism의 대립에 대한 신학적 해석이라고 생각한다. 다윈Charles Robert Darwin(1809-1882)의 『종의 기원On the Origin of Species by Means of Natural Selection, or the Preservation of Favoured Races in the Struggle for Life』이후 촉발된 논쟁을 신학적 해석으로 승화시킨 연구가 필요하다.

배교背敎를 형법으로 처단하는 이슬람Islam 국가 근본주의자들의 과격한 믿음은 진화생물학자인 옥스퍼드Oxford대학교 도

킨스Richard Dawkins 교수의 『신의 망상The God Delusion』과 같은 저서의 출현을 초래한다.

나는 여기서 토인비Arnold Toynbee(1889-1975)의 「도전과 응전Challenge and Response」이 인류 문명의 발전뿐만 아니라 인간의 정신문화에도 필요한 명제라고 생각하며, 신학 분야에서도 새로운 사실의 발견에 대하여 깊이 있는 신학적 응전이 절실하다고 생각한다.

③ 기독교 신학의 모태는 예수Jesus의 탄생이다. 예수의 가르침과 예수의 부활이 핵심이다. 예수는 역사적 인물이며 예수는 인류 구원의 사명을 완수했다. 따라서 우리는 예수의 가르침과 행동을 일 점, 일 획도 다르지 않게 지키는 것이 올바른 믿음이라 생각한다.

For as in Adam all die, so in Christ all

shall be made alive(1 CORINTHIANS : 15-22)

아담 안에서 모든 사람이 죽은 것 같이 그리스도 안에서

모든 사람이 삶을 얻으리라(고린도전서 : 15-22)

Jesus answered, "I am the way and the truth and the

life. No one comes to the Father except through me."

(JOHN : 14-6)

예수께서 가라사대 내가 곧 길이요 진리요 생명이니

나로 말미암지 않고는 아버지께로 올 자가 없느니라

(요한복음 : 14-6)

This was the first question of this book:

if Moses did not produce these books, who did?

I think it was Ezra. (Friedman: 1997-218)

이것은 이 책의 최초의 의문이었다.

만약 모세가 오경을 쓰지 않았다면 누가 썼는가?

내 생각에 그는 에즈라(Ezra)였다. (프리드만: 1997-218)

(3) 수원의 영통에서 서울의 응봉동으로

수원의 영통 벽적골 9단지에서 내가 루터 Luther대학교 겸임 교수로 있을 때 우리 가족은 모두가 비교적 평탄한 제 갈 길을 가고 있었다. 아내의 건강은 이태리Italy 여행 후 아산 병원의 진료와 동시에 김태엽 장로님의 안수 기도를 받으며 안정을 찾았고 경연은 덕성여대 약학과에 4년 전액 국비 장학생으로 합격하여 가족과 가문의 기쁨과 영광을 드높여 주었으며 경민은 때가 되어 군에 입대하고 훈련 후에 수도방위사령부에서 근무했었다.

당시 가락동부교회에서 아내와 가까운 김애옥 집사님이 살던 서울 성동구 응봉동의 대림1차 아파트를 구경하고 의논하여 1동 102호를 사기로 했다. 1층이기 때문에 환자의 출입이 편리하고 가격이 조금이라도 낮으니 경제적으로 도움이 되며 바로 앞이 광희중학교 운동장이라서 투병 중 운동하기가 편리하며 1층이지만 지면에 비하여 덩그러니 솟아서 전망이 좋고 정남향에다가 창문 앞이 수목으로 울창했다.

나는 정년 퇴직하고 본격적인 아내의 간병에 매진하려고 삭발하고 모든 외부 활동을 끊었으며, 이른 새벽 온 식구가 기도하고 주시하는 가운데 금주 선언을 하고 모든 술을 쏟아 버리고 어떤 경우에도 단 한 방울의 술을 입에 대지 않았다. 이른 새벽 응봉삼거리 앞 천년성교회에 새벽 기도를 나갔다가 돌아오면 아침 식사 후에 아내의 손을 잡고 광희중학교 운동장에서 걷기 운동을 하는 규칙적 일과가 지속되어 희망이 부풀고 평온한 삶의 흐름이 이어지고 있었다.

어느 날 학교 앞 노상에서 때 묻고 너절한 옷차림으로 폐지를 모아 무거운 수레를 힘들게 끌고 가는 할머니 모습을 보던 아내의 탄식이 지금도 귀에 쟁쟁하여 내 건강에 큰 경종警鐘을 울리고 있다.

"저 할머니는 파파노인皤皤老人이 되었어도 저처럼 무거운 수레를 끌면서 건강하게 살고 있는데 나는 아직 지천명知天命이라, 이제 겨우 하늘의 뜻을 알 때가 되어 하나님을 믿으며 하나님 뜻에 따라 살고 싶은데 항암 투병 중이니 삶에 대한 소망이 누가 더 간절할까!" 흘리듯 애타게 하소연하니 내 가슴은 찢어지듯 아팠다. 세상의 모든 사람들아! 건강이 곧 삶이요 또한 건강이 곧 만수무강萬壽無疆이니 건강한 식사, 건강한 운동, 건강한 수면으로 건강하게 살아가자! 나는 우리 아파트 단지에 있는 운동장의 철봉과 평행봉을 이용하여 철저하게 운동하고 있다. 유산소 운동과 근육 운동을 규칙적으로 실천하는 젊은이가 거의 보이지 않아 걱정되고, 몸이 부자연스러운 분들을 보면 그들의 안타까움과 나의 다행함을 동시에 느끼며 떠난 아내 생각에 한이 서린다.

6 – 3

희망希望과 실망失望

(1) 함께 찾은 아내의 건강을 다시 잃고

응봉동으로 이사한 후 나는 바로 앞에 있는 천년성교회에서 새벽 기도를 드리고 돌아와 아침 식사가 끝나면 아내와 오순도순 이야기를 나누며 아내의 팔과 다리가 저린 곳을 정성껏 안마하여 혈액 순환을 좋게 하고 피로가 풀리게 하여 조금이라도 도움이 되도록 심혈을 기울였다. 점심시간이 되면 내 차로 아내와 함께 맛집을 찾아다니며 아내가 먹고 싶은 음식을 즐기도록 힘껏 도왔다. 집으로 돌아와 잠시 휴식을 취하고 광희중학교의 수업이 끝나 운동장이 비게 되면 나와 아내는 함께 운동장을 돌며 열심히 땀 흘려 운동을 했었다.

아내의 건강이 상당 기간 호전되어가는 듯 보여 우리 모두 들떠서 마음이 차분히 가라앉지 않고 까닭 모를 두려움이 스며들어 무언가 잘못될까 염려스러웠다.

그러던 어느 날 아내는 갑자기 숨이 차서 가슴이 답답하여 안절부절못하더니 걱정에 휩싸여 얼굴이 사색으로 변했다. 이를 보는 내 가슴은 천 길 만 길 깎아지른 낭떠러지 아래로 곤두박질치고 몸은 사시나무 떨듯 와들와들 떨리고 입술은 새파랗게 질려 핏기가 가셨다. 급히 시내 역삼동의 박호길 내과를 찾았다.

아, 이를 어쩌나! 슬프고 괴로운 진단이 나왔다. 갑자기 하늘이 노랗고 땅이 꺼지며 세상이 빙글빙글 돌았다. 맑게 갠 하늘에서 날벼락이 치고 뜻밖의 큰 구렁텅이에 빠지니 일어설 기운조차 없었다.

(2) 한지수韓知受 태어나다

어려움 속에서도 생로병사生老病死, 흥망성쇠興亡盛衰, 고진감래苦盡甘來의 세상 모든 것을 다스리는 신의 섭리攝理는 여전하여 환난患難 속에서도 임신한 맏딸 미영이 응봉동 처가에 와서 순산順産하여 내 생애 첫 달덩이 같은 손자를 안겨 주니 기쁘고 감사한 마음이 넘치고 하나님의 은총에 감격하지 않을  수 없었다. 2004년 9월 2일은 첫 외손자가 태어난 날이었다.

미영은 이때 이미 로마에서 국립음악원을 졸업하고 제네바의 스위스 국립극장 오페라 단원으로 한 서방과 같이 활동하고 있어서 그 당시에도 나와 함께 바그너Richard Wagner(1813 -1883)의 작품에 내재內在된 음악적 중의성musical ambiguity을 번역하고 있었다. 여러 날을 엎드려 바닥에서 글을 쓰다가 산기産氣가 있어 부랴부랴 예약한 차병원에 입원하여 전문의의 도움으로 아들을 낳았다.

미영 내외가 이미 지어 놓은 지수知受로 이름을 정하고 온 식구가 수시로 병원에 드나들며 싱글벙글 기뻐 어쩔 줄을 몰랐었다. 아내도 아픈 몸이지만 기쁨으로 지수를 맞이하여 운동과 몸조리에 더욱 열성적으로 임하고 나도 지수가 너무 이쁘고 귀여워 보기만 해도 마음이 넉넉하여 흐뭇하고 먹지를 않아도 배가 불러 밥 생각이 없었다.

미영은 서울신학대학교와 목원대학교 음악과 강사로 활동하며 한국에서의 정착을 모색했으나 주변의 모든 이들이 스위스의 국립극장 단원으로 남편과 함께 활동하는 것이 더할 나위 없이 소중하고 귀한 축복이라고 부러워하여 다시 스위스로 돌아가 그 후 더욱 공부하고 노력하여 지금은 이름이 난 작곡가, 지휘자, 성악가로서 후배들에게 음악의 스승maestro으로 알려져 있다.

(3) 투병기翩病記

해가 바뀌고 2005년이 되었다. 아내의 힘든 투병에 도움을 주기 위해 아산병원의 간호사를 지정하여 집으로 치료 약과 치료 기구를 가지고 와서 환자가 있는 안방에서 치료하며 필요에 따라 병원과 기도원을 수시로 다녔다.

1) 2005년 9월 22일 목요일 맑음

아침 일찍 눈을 뜬 윤 집사의 숨결이 고르다. 담담하게 침대에 누워 복부의 통증이 조금 줄어든 느낌이라는 아내의 말에 우리 두 사람은 서로 굳게 손을 잡고 부부는 일심동체一心同體이니 함께 끝까지 투병하여 반드시 건강을 되찾고 주님께 영광을 바친 후에 비로소 주님께로 나아가자고 언약을 했다. 9시에 죽과 과일(복숭아, 참외, 토마토) 주스juice를 마시고 잠이 들었다.

점심 식사 후 아산병원에 가서 안진희 선생의 진료를 받고 방사선과 윤 교수에게 가서 가슴에 시술되어있는 픽테일pigtail의 기능이 위쪽은 작용이 잘되나 아래쪽은 효과가 없다며 제거하고 돌아왔다. 점심 식사를 마치고 퇴촌의 김 장로님께 가는 도중 차가 밀려 뒷좌석에 누워 있는 환자의 고통이 걱정되어 차를 돌려 돌아오지 않을 수 없었다. 밥을 끓여서 조금 먹고 누워 간식으로 흑염소의 사골四骨 곰탕을 조금 마시고 잠자리에 들었다. 엄마를 간호하려고 스위스에서 온 미영과 경연이 밤새도록 아내 곁에서 혈액 순환을 돕고 피로가 풀리게 안마按摩를 했다. 나는 거실에서 지수를 이불로 폭 싸고 방석에 눕혀 가슴에 안고 자장가를 불러 잠을 재우고 뜬눈으로 밤을 밝혔다.

2) 2005년 10월 21일 금요일 흐림〈비〈갬

눈을 뜨니 흐린 날씨에 마음이 적막하고 답답함을 호소하는 윤 집사의 신음 소리가 음산하게 내리는 빗소리에 섞이니, 온 집안의 분위기가 음침하고 처량하여 비참한 심정은 이루 다 말할 수 없었다. 윤 집사가 오늘따라 유난히 통증을 호소하니 진통제의 지속 시간이 짧아진 듯하여 걱정이 되었다. 아침 식사로 추어탕 국물, 미음米飮, 갈치와 고등어자반을 먹고 후식으로 사과와 배 주스를 한 모금 마셨다. 미영의 이모가 보내 준 찜질기를 침대 위에 놓고 등을 찜질하고 두 딸은 엄마를 양쪽에서 보듬어 팔과 다리를 손바닥이나 손가락으로 마사지massage하여 피부나 근육에 자극을 주어 신진대사를 도와주었다. 귀여운 지수는 내 몫으로 열심히 지수를 재우려고 내가 지은 즉흥적

작사와 작곡의 자장가를 불렀다.

지수야, 지수야, 우리 지수야.
우리 지수, 예쁜 지수,
콜 자자! 콜 자자!
멍멍이도 콜 자고,
산토끼도 콜 자고,
다람쥐도 콜 자고,
강아지도 콜 자고,
망아지도 콜 자고,
……
모두 모두 콜 자고,
우리 지수 콜 잔다.

그 사이 아산 병원 간호사가 와서 링거Ringer's solution와 젬자 Gemza 및 다른 항암 치료 약을 섞어 주사하고 돌아갔다. 저녁 식사를 위해 나는 아내와 함께 강남역 앞에 있는 유명 식당에 가서 추어탕으로 식사를 마치고 돌아왔다. 교회에서 이은순 전도사와 김경희 집사가 물김치와 맛있는 반찬을 가지고 심방하여 기도하고 위로금을 전한 다음에 돌아갔다. 언제나 감사하고 고맙게 생각하지만 늘 나의 부족함을 느껴 마음이 송구스럽다.

3) 2005년 11월 7일 월요일 맑음
아침 일찍 잠을 깬 아내는 구토증이 심하고 지속적 통증을 호소하여 온 식구가 안절부절못하고 딸들은 엄마 곁에서 눈물을 흘리며 안타까이 통곡을 했다.

군에 간 경민이 휴가를 얻어 엄마에게 달려와 울고 또 울었다. 점심으로 미음米飮 조금 먹고 눈을 떠 고통을 호소하니 온 식구가 괴롭고 나는 부랴부랴 옷을 갈아입고 아산병원에 갈 차비를 했다. 막 떠나려는 순간에 교회에서 채희근 목사님과 이은순 전도사님을 위시하여 홍성대 장로님, 이준자 집사, 박봉자, 홍성식 집사님들이 쾌유를 빌며 성금과 귀한 반찬을 가지고 심방을 와서 눈물로 기도하며 목사님의 간곡한 설교와 함께 하나님께 진정으로 윤 집사의 쾌유를 비는 예배를 드렸다.

손님들이 떠나고 나와 아내는 걱정이 되어 따뜻한 물수건으로 찜질한 후 아산병원에 항암 치료를 받으러 갔었다. 흉부의 엑스선 사진X-ray을 찍어 전문의 판독을 듣고 항암 주사를 맞은 다음, 집에 돌아왔다. 물에 빠진 사람이 짚 한 올이라도 잡으려는 심정으로 당시 몸에 이롭다는 알칼리alkali수 정수기를 장치하러 온 정수기 사장의 말을 듣고 일본에서 제작된 특효약이라는 니와나Niwana와 아가리쿠스Agaricus를 구매하여 환자가 복용하기 시작했다. 더욱이나 일본 요코하마Yokohama의 니와Niwa병원을 방문하여 치료받기 위해 일본에 갈 준비를 모두 마련했었다.

4) 2005년 12월 3일 토요일 맑음

하늘은 스스로 돕는 자를 돕고 세상만사는 미리 대비해야 하지만 노력하고 대비해도 때로는 필연必然의 부족이 생긴다는

진실을 실증적으로 깨닫게 되었다. 아침 일찍 환자의 상태가 위독하여 구급차로 급히 아산 병원에 갔다. 주치의와 간호사들의 열과 성을 다한 치료와 모든 식구의 간절한 기도가 있었으나 인명재천人命在天이니 하나님의 오묘한 섭리와 결정을 뉘라서 거역할 수 있으리오! 아들도 울고 딸들도 울고 나도 울고 모두가 울었다. 울고 또 울었다. 태어나면서 울더니 떠나면서는 남은 자들의 슬픈 울음을 듣지도 못하는구나!

5) 장례식은 아산 병원 영안실에서 채희근 목사님의 집전執典으로 삼일장을 치르고 시신을 운구하여 강원도 원주시 문막읍 만디길 62-58 충효공원 묘원에 안장하였다. 장지는 미리 준비되어 있었다. 아내의 묘 옆에 내가 묻힐 묘터도 준비되어 있다. 장례식장에는 목사님 이외에 전 장로님들과 전도사님들 그리고 우리를 도와준 집사님들이 모두 오셔서 망자亡者의 고혼孤魂이 하나님 계신 곳에 나아갈 때, 외롭지 않도록 기도와 찬송으로 복을 빌어 주셨다.

하관下棺 직전 홍 장로님을 불러 채 목사님의 집전을 잠시 멈추게 하고 나는 내 아내 윤종현을 처음 만난 첫 데이트date에서 처음 부른 가곡 「산들바람」을 울면서 목청껏 소리 내어 불렀다. 나를 따라 우리 아이들이 울고 아이들 따라 눈물 흘리는 분들도 많았다. 장례식에는 많은 교인과 지인, 친구들 그리고 내가 가르치는 학생들이 찾아와 도움을 주었다. 감사하고 또 감사하며 언제나 잊지 못할 은혜다. 교회에서 오신 은혜로운 분들은 너무나 많지만 다 기억하지 못하는 우둔함이 죄송하기 한이 없다.

채희근 목사님, 송호섭, 원용석, 홍성대, 고석복, 문신용, 이천선, 이호준 장로님들, 이은순, 오보연 전도사님들, 문명규, 박석춘, 박종원, 손영규, 유한식, 이명기, 이찬곤, 정계환, 황운기, 박승용, 곽영애, 곽인순, 구정자, 김경애, 김동열, 김문자, 김문희, 김영희, 김송죽, 김순덕, 김애란, 박봉자, 박양희, 변영희, 손태옥, 안명애, 안종인, 유영림, 윤금희, 이숙자, 이순규, 장태란, 정현정, 지명숙, 천춘자, 최기순, 최미화, 최임순, 최정희, 최종은, 홍금숙, 홍순선, 홍순옥, 홍정애, 황효순 집사님들 모두 오셔서 감사한 마음 끝이 없다.

6 – 4

슬픔은 그리움으로 쌓이고

(1) 삶의 아이러니

아내를 여의고 문상객들 앞에서 슬프게 호곡하던 남편이 뒤뜰로 가서는 떠나간 아내에게 "자기, 멋쟁이!"라고 독백했다는 이야기를 듣고 나는 웃었습니다. 그러나 그 이야기를 지은 사람도 이야기를 듣고 웃었던 사람들도 모두 허공을 향해 서 있지만 한 점 생각 없는 허수아비들입니다. 다음과 같은 영국 속담이 있습니다.

If youth only knew : if age only could.

젊었을 때 깨달을 수 있고, 늙었을 때 실천 할 수만 있다면.

젊었을 때 우리는 세상에 대한 경험과 지혜가 부족하여 실수와 잘못으로 점철된 삶을 살다가, 세월이 흘러 시련과 고난을 받아들이고 지혜를 터득하여 참다운 삶을 살아 보려고 할 때쯤에는, 슬프게도 때는 늦어 사랑하는 사람은 떠나 버리고 사무치는 그리움은 천추의 한이 되어, 남은 자의 활력은 소진되고 정서는 고갈되어 버립니다. 이것이 삶의 아이러니irony이며 진실입니다. 일찍이 깨닫지 못하고 깨달았을 때는 너무 늦어 회한에 잠기게 됩니다. 친구들이여, 사랑하는 아내를 떠나보내고 아내에 대한 감사와 참회와 그리움으로 아픈 가슴을 안고, 외로이 살아가는 사람으로부터 작은 깨달음을 얻게 되길 간절히 바랍니다.

(2) 그리운 아내에게
① 감사하오

모두가 가난하고 어려웠던 우리들의 어린 시절에 나는 교육자 집안의 장자로 태어나 비교적 평탄하게 성장하였습니다. 학교생활은 알맞게 모범적이고 다른 사람들보다 반걸음 앞선 것에 만족하면서 적당하게 게으르고 적당하게 노력하는 젊은 시절을 보냈습니다. 인생을 개척하는 승리자들은 하나같이 지구력이 뛰어난 노력가들임을 이제야 깨닫습니다. 그러나 지금의 나를 나답게 자리매김해 준 것은 당신과의 결혼이었습니다. 이

것이 내 인생의 가장 큰 성공입니다.

경북 고령 땅 파평 윤씨 문중의 한 가정에 태어난 당신은 그
때 거기서 이미 평생 나 같은 범부의 아내가 되도록 하나님께
서 예정해 놓으셨는지도 모르겠습니다. 어차피 범부의 아내가
될 바에야 그처럼 곱고 착하게 자라지 않아도 되었을 것을! 언
제나 온화하고 자상했던 당신은 경솔로 흐르는 내 언행을 바로
잡아 주었습니다. 우리가 처음 만나기로 약속한 그곳으로 미소
를 머금고 걸어오는 당신을 보고 나는 가슴을 두근거리며 바이
런George Byron(1788–1824)의 시를 생각했습니다.

She Walks in Beauty

She walks in beauty, like the night
Of cloudless climes and starry skies,
And all that's best of dark and bright
Meet in her aspect and her eyes;
Thus mellowed to that tender light
Which heaven to gaudy day denies.

그녀는 아름답게 걷는다오

그녀는 아름답게 걷는다오, 구름 한 점 없는 그곳
별빛 찬란한 하늘에 드리운 밤처럼,
그리고 암흑과 광채의 정수가 모두

그녀의 모습과 눈동자에 모여;

화려한 대낮에도 천국조차 거절하는

다정한 빛으로 그처럼 녹아든다오.

    그날 밤 야외를 산책하며 우리가 처음으로 함께 부른 「산들바람」을 당신의 하관식에서 나는 장지에 온 문상객들을 앞에 두고 울며 노래했습니다. 결혼 후 만나게 된 모든 사람에게서 나에 대한 호감을 발견하고 나는 착각에 빠져 자만했습니다. 그러나 그것은 당신으로 인한 것이었습니다. 우리가 만난 이래로 당신은 당신이 알고 있는 모든 사람에게 남편을 비방하거나 폄훼貶毀한 적이 단 한 번도 없었습니다.

    어머님의 노환과 형제자매들의 성화뿐만 아니라 IMF 때 우리 가정에 닥친 지속적인 불운과 역경 속에서도 하나님의 사랑을 믿으며 자애로운 현모양처의 미덕으로 내조의 정성을 다해 준 당신이 있었기에 당신이 떠난 지금도 나와 우리의 두 딸과 아들이 제 갈 길을 잘 가고 있습니다. 불혹의 나이에 아들을 얻으려고 당신과 내가 기울이던 노력 속에서 우리만이 간직하고 있는 비밀은 언제나 내 가슴에 오롯이 살아 있습니다.

    운동을 마치고 돌아온 내가 초인종을 미처 누르기도 전에 대문을 열어 주던 그 정성도 지금은 그리움으로만 남아 있습니다.

    당신이 떠난 후 여러 개의 저축 통장과 보험 통장을 발견하고, 고인이 되어서도 살아 있는 가족을 위하는 그 거룩한 모성애에 한없이 울었습니다.

    여보, 감사하오. 감사하고 또 감사하오.

제6장 슬픔은 강물처럼

② 용서하오

결혼은 남편과 아내가 사랑으로 결합하여 평생을 살아가는 인생의 가장 중요한 출발점입니다. 인간이라면 뉘라서 사랑의 실체를 명쾌하게 잡아 낼 수 있으리오. 많은 시인들이 사랑을 노래했지만 그 어떤 사랑의 시보다도 고귀하고 거룩한 사랑은 성경에 있습니다. 사도 바울이 고린도 교회에 보낸 첫 편지(고린도전서)에서 밝힌 하나님의 사랑보다 더 고귀한 사랑은 없습니다.

The First Epistle of Paul to The Corinthians(13:4-7)

4 Love is patient, love is kind, and is not jealous; love
   does not brag and is not arrogant,

5 does not act unbecomingly; it does not seek its own,
   is not provoked, does not take into account a wrong
   suffered,

6 does not rejoice in unrighteousness, but rejoices with
   the truth;

7 bears all things, believes all things, hopes all things,
   endures all things.

고린도전서 (13장 4-7절)

4 사랑은 오래 참고, 사랑은 온유하며, 투기하는 자가 되지
   아니하며; 사랑은 자랑하지 아니하며 교만하지 아니하며,

5 무례히 행치 아니하며; 자기의 유익을 구하지 아니하며, 성내지 아니하며, 부당한 해를 생각지 아니하며,

6 불의를 기뻐하지 아니하며, 진리와 함께 기뻐하고;

7 모든 것을 참으며, 모든 것을 믿으며, 모든 것을 바라며, 모든 것을 견디느니라.

나도 당신을 열렬히 사랑했습니다. 당신 눈에 미숙하고 어리석게 보였을지라도 그것은 나의 순수한 사랑이었습니다. 아! 그러나 나는 오래 참지 못하고 때로는 온유하지도 못했으며, 투기하지는 않았지만, 자부심과 교만으로 무례한 적이 많았습니다. 또 나의 유익을 위해서 화를 냈고 불의를 보면서도 때로는 침묵하기도 했으며 믿음이 약하여 모든 것을 다 참지도 않았습니다. 당신을 가슴 아프게 한 내 잘못을 용서해 주기 바랍니다.

나의 생일은 언제나 당신이 기억했는데 정작 나는 당신의 생일을 잊은 적이 한두 번이 아니며 당신이 그처럼 기념하고 싶어 하던 결혼기념일조차 잊어버린 적이 많았습니다. 영화 속의 주인공들처럼 화려한 이브닝드레스evening dress와 연미복swallow-tail으로 치장하고 무도회에서 춤춰 본 적도 없습니다.

죽어서도 산 자들의 삶을 걱정하는 당신에 비해 나는 당신이 살아 있을 때도 살림살이와 가계부에 대해 못마땅함을 드러낸 적이 한두 번이 아니었습니다.

그 무엇보다도 큰 잘못이 있습니다. 당신으로 인하여 내가 애통해 울기라도 할 때면 그 고통 중에서도 오히려 나를 위로했던 당신인데, 남편으로서의 무기력과 무능을 절감할 때마다

오히려 마음에도 없는 힐난을 죄 없는 당신에게 퍼부은 나의
행동이 유월 염천에 서리 되어 이 가슴을 찢어놓고 있습니다.
사랑하는 아내여, 용서하오. 진정 용서해 주오.

③ 사랑하오

님의 침묵

– 한용운

님은 갔습니다. 아아 사랑하는 나의 님은 갔습니다.
푸른 산 빛을 깨치고 단풍나무 숲을 향하여 난
작은 길을 걸어서 차마 떨치고 갔습니다.
(중략)
아아, 님은 갔지마는 나는 님을 보내지 아니하였습
니다.
제 곡조를 못 이기는 사랑의 노래는 님의 침묵을 휩
싸고 돕니다.

My Love's Silence

– Han Yongwoon

My love has gone.

Ah, my dear that I love has gone.

Breaking the green mountain light and walking

Along the small path toward the maple grove,

She has gone, shaking me off.

(중략)

Ah, my love has gone, but I haven't sent her yet.

The song of love that can not beat its own melody

Hovers over my love's silence.

한용운의 시가 새롭게 느껴집니다. 내 님은 당신입니다. 사
랑하는 당신은 갔습니다. 아! 당신은 갔지만 나는 당신을 마음
속에서 보내지 아니하였습니다. 아름다운 영화 속의 주인공들
처럼 우리의 사랑이 화려하게 채색되지는 않았지만 순수하고
그윽하여 향기로운 사랑이었습니다.

삼풍백화점이 붕괴되었을 때 사랑하는 아내를 건물 잔해 속
에 묻은 한 젊은 판사가 어린 오누이를 남겨 두고 아내를 따라
유명을 달리하여 남은 사람들의 가슴을 울렸습니다. 그러나 나
는 당신을 여의고도 여기 남은 채 뒤를 따르지 못함을 노여워
마십시오.

그래도 내 사랑을 가볍게 보지 마십시오. 여보, 사랑하오. 진
정으로 사랑하오.

(3) 세계는 무대

셰익스피어William Shakespeare(1564-1616)는 이 세계가 무대
요, 모든 사람들은 단지 그 무대에 출연하는 배우들이라고 말
했습니다.

All the world's a stage

All the world's a stage,

And all the men and women merely players

They have their exits and their entrances;

And one man in his time plays many parts,

His acts being seven ages.

  − William Shakespeare(1564−1616) −

온 세계는 하나의 무대요

온 세계는 하나의 무대요,

그리고 모든 사람들은 단지 배우에 불과하여

등장하기도 하고 퇴장하기도 하지요;

그리고 때가 되면 한 사람이 여러 개의 역할을 연기해요,

그의 연기는 나이에 따라 일곱 단계가 되지요.

  − 윌리엄 세익스피어 −

슬픈 이야기 속에서 배우가 아무리 큰 슬픔을 안고 있더라도 관객과 세상에 약속한 연극 속에서 자기가 맡은 역을 반드시 연기해야 하는 것처럼, 우리도 각자의 슬픔을 딛고 세계의 무대에서 우리의 역할을 다해야 합니다.

연극은 계속되어야 합니다.

The show must go on.

이제 이 글을 마치며 나는 P. B. Shelley(1792–1822)의 「서풍의 노래Ode to the West Wind」 마지막 행을 생각합니다.

If Winter comes, can Spring be far behind?
겨울이 오면, 봄은 어이 멀리요.

　　　　　　　　　　　　　　　제6장 슬픔은 강물처럼

7장

가화만사성
(家和萬事成)

엄마야 누나야

- 김소월金素月 -

엄마야 누나야 강변 살자,
　뜰에는 반짝이는 금
모래 빛,
　뒷문 밖에는 갈잎의
노래
　엄마야 누나야 강변
살자.

Mamma and Sister!

- Kim Sowol -

Mamma and sister!

Let's live by the riverside.

In the yard are golden sands shining bright,

And outside the rear gate reeds singing together.

Mamma and sister!

Let's live by the riverside.

사랑하는 나의 김인식 할배

— 한지수(외손자, 제네바 샤반느(Chavanne) 고등학교 학생] —

내가 태어나자마자 아파서 병원에서 치료받은 후에 퇴원한 첫 날부터 나를 방석에 눕혀 편안하게 감싸 안고 잠들 때까지 노래를 불러 주셨다. 할배와 멀리 떨어져 살아야 해서 많은 시간을 함께 보냈다고 할 수는 없으나 할배와 함께한 모든 순간이 기억나고 좋았고 잊을 수 없는 귀중한 추억이다.

나에게 소중한 영화의 여러 장면처럼 짧다면 짧고 길다면 긴 17년의 삶에서 가장 많이 기억나는 순간들은 할배가 스위스에 오셔서 내가 유치원에 다닐 때 함께 유치원에 다니며 보낸 즐겁고 행복한 시간이다. 그때 할아버지는 매일 나를 귀하고 다정하게 돌보셨다. 아침마다 나는 할배와 손잡고 유치원에 갔다. 마치면 할배는 항상 기다렸다가 나와 함께 우리 동네를 이곳저곳 다녔고 재미있는 놀이와 맛있는 간식으로 우리는 시간 가는 줄을 몰랐다.

내가 사는 동네에서 할배랑 추억이 없는 곳을 찾는 것은 불가능하다. 함께 올라간 산부터 함께 걸어간 강 주변 길, 함께 들러 즐겁게 놀았던 학교 앞 공원, 함께 먹은 구멍가게 아이스크림,

함께 노래 부르며 놀던 내 방까지 한 곳 한 곳이 모두 다 소중하다. 사람들은 이런 것들을 사소한 추억이라고 하지만 나에겐 특별하고 소중한 기억들이다.

어렸을 때는 막연하게 당연하다고 느꼈던 순간들이 커서 돌아보니 엄청난 사랑 없이는 있을 수 없는 시간임을 나는 깨달았다.

할배는 내 인생의 스승이시기도 하다. 항상 내 마음속에 계시면서 나에게 큰 용기와 격려를 주신다. 특히 방학 때마다 고국을 방문한 후에 내가 제일 싫어하고 슬퍼하던 작별의 순간마다 다음 만날 때까지 내가 잘 견딜 수 있도록 나를 품에 안으시고 많은 교훈을 들려주셨다. 가끔은 헤어질 때 재미있는 예화를 들어 말씀하셔서 슬프다가도 웃음이 나곤 했다.

아기 때 스위스 교회의 한인들 앞에서 「울고 넘는 박달재」를 불렀더니 모두 웃으며 좋아하고 박수를 보내며 누구에게 배웠냐고 물어서 할배한테 배웠다고 했더니, 상품으로 라면 한 박스를 받은 추억도 있다.

나의 할배 김인식 할배는 노래도 잘하시고 멋쟁이이며 특히 영어를 엄청나게 잘하신다. 어디서나 나를 칭찬하시고 천사라고 알려, 할배 친구들은 모두 나를 천사라고 부른다. 할배가 나를 얼마나 사랑하는지는 표현이 불가능하지만, 내가 할배를 얼마나 사랑하는지도 역시 표현이 불가능하다.

좋은 아빠와 엄마를 두고 태어나서 할배의 큰 사랑을 받은 것에 대해 하나님께 깊은 감사를 드리면서 김인식 할배의 손자가 된 것을 정말 큰 행운으로 생각하며 이 글을 마친다.

할배 사랑해요!　　　　　　　　　　　　　　　－ 2022년 7월

아내가 떠나도 삶은 이어지고

(1) 나는 마음을 가다듬고 굳센 의지로 수십 년간 하고 있는 유산소 운동과 근육 운동을 일주일에 월수금 삼 일간 100분씩 철저하게 실천하고 있다. 성동구 응봉동에 살면서 안동사범 동기생 권임숙의 권유로 금천구의 금빛스포츠센터sports center에서 스포츠 댄스sports dance를 배우기 시작했다.

남겨진 삶의 흐름이 헛되지 않도록 건강에 유의하며 글쓰기에 정성을 다하여 세상을 떠날 때까지의 목표로 삼고 우선 이 회고록을 쓰고 있다.

아내는 갔어도 삶은 계속 흘러서 자식들이 성장하여 제 역할을 잘 하고 있는 모습에 저세상에서도 함빡 웃음 짓고 있는 아내의 얼굴이 그려진다.

(2) 미영은 서울신대와 목원대의 강사를 그만두고 지수와 함께 스위스로 돌아가서 한 서방과 함께 스위스 국립극장의 오페라opera에 출연하면서 제네바Geneva에 있는 국립 음악대학교 대학원에 진학하여 오페라코치 opera coach과의 석사 학위를 취득하고 이어  서 합창지휘과의 석사 과정을 마치고 석사 학위를 받아 전 분야의 대가가 되었다.

(3) 경연은 덕성여대 약학과를 장학생으로 졸업하고 약사자격증 국가고시에 합격하여 약사가 되었다. 교회에 열심히 나가 성실한 신도로서 사회생활과 종교 활동에 모범적 자세로 임하여 누구에게나 칭찬을 받는다. 경연은 두 개의 대학을 졸업했고 약사 자격시험도 준비했으므로 결혼이 늦었으나 다니고 있던 온누리 교회에서 짝을 만나 교제하다가 2010년 1월 10일 드디어 부父 배복식裵福植 목사와 모母 이현정李賢貞의 아들 신도信道 군과 서초동 빛의교회 천정훈 담임목사의 주례로 갈보리 교회에서 결혼식을 올렸다. 절친 혜용은 일찍 결혼했으나 아이가 없고 경연은 늦게 결혼했으나 아들 하민嘏民과 딸 하연嘏延을 두어 잘 자라고 있다. 지금은 여의도 백화점의 은혜약국을 경영하고 있는 약국장이다.

(4) 경민은 군에서 제대하여 응봉동 아파트에서 나와 생활하면서 경희대학교를 졸업하고 직장을 얻기 위한 취직시험을 준비하는 동안 나와 함께 동네 앞 한신아파트 단지의 체육관Fitness Center에서 운동을 시작했다. 건강하고 튼튼한 체격과 활발하고 적극적인 성품을 기르려고 노력하며 열심히 공부하여 남들은 하나조차도 힘들어 하는데 경민은 애경, 농심, 동양생명에 응시하여 모두 합격했으므로 온 집안에 기쁨이 넘쳐흘렀다. 동양생명을 최종 선택하여 지금은 강남지점장으로 성실하게 근무하고 있다.

7 - 2
선대先代

국사國士 김부식金富軾의 삼국사기三國史記에 기록된 역사에 따르면 우리 집안의 가계家系는 경주慶州 김金의 시조 경순왕敬順王 김부金溥로부터 시작하여 고려조高麗朝 충청도 관찰사觀察使 상촌공象村公 김자수金自粹로 이어지는 경주慶州 김金 상촌공象村公파에 속한다. 오랜 세월 국가의 다사다난多事多難했던 외세의 침략과 다사다단多事多端했던 국내의 정세 그리고 다사다망多事多忙한 개인의 삶이 뒤얽히고 끊어져 온전하게 기록하고 보존하기가 역사적으로 어려웠을 수 있으나 자자손손子子孫孫 이어지며 입으로 전해지는 성씨의 흐름은 변함이 없었을 것으로 믿는다.

(1) 친가親家

경주 김

```
            경순왕 김부
                |
            상촌 김자수
                |
        조부 김정태 = 조모 민복순
                |
  ┌──────┬──────┬──────┬──────┬──────┐
(聲) 성욱    성종   (父)성윤   성명    성응   (女)아지
                |             |              |
(植) 윤식                    해식     ┌────┬────┬────┐
   ┌───┬───┬───┐                    욱영  경애  두영  영애
  영자 학식 정자 원식
       ┌───┬───┬───┬───┬───┐
      인식 현숙 명숙 혜숙 종식 준식
```

(2) 외가外家

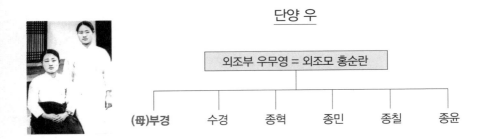

단양 우

외조부 우무영 = 외조모 홍순란

| (母)부경 | 수경 | 종혁 | 종민 | 종칠 | 종윤 |

(3) 본가本家

부 김성윤 = 모 우부경

| 인식 | 현숙 | 명숙 | 혜숙 | 종식 | 준식 |

(4) 처가妻家

파평 윤

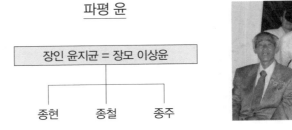

장인 윤지균 = 장모 이상윤

| 종현 | 종철 | 종주 |

(5) 삼촌

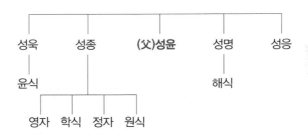

(6) 고모

(7) 이모

(8) 외삼촌

당대當代

(1) 본인

김인식 = 윤종현

미영美暎   경연璟延   경민經玟   보명譜名 : 용민龍玟

(2) 현숙

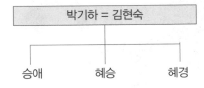

박기하 = 김현숙

승애   혜승   혜경

(3) 명숙

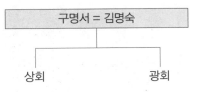

구명서 = 김명숙

상회   광회

(4) 혜숙

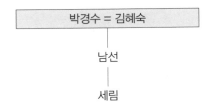

박경수 = 김혜숙

남선

세림

(5) 종식

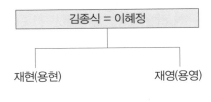

김종식 = 이혜정

재현(용현)   재영(용영)

275

(6) 준식

김준식 = 구경숙

용진

(7) 학식(사촌)

김학식

용대   용만

(8) 처제

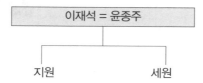

이재석 = 윤종주

지원   세원

후대後代

(1) 딸과 아들

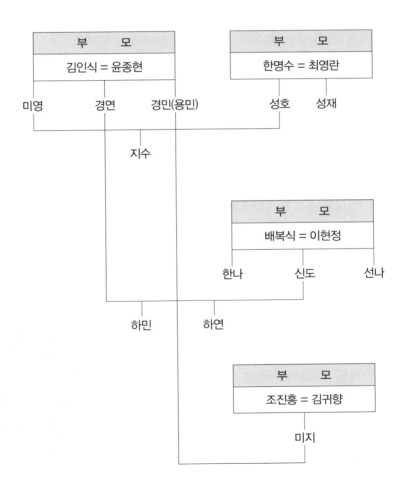

(2) 미영네

1) 김미영

· 삼덕유치원 졸업

· 잠실초등학교 졸업

· 정신여중고 졸업

· 연세대학교 작곡과 및 성악과 졸업

· 로마 산타체칠리아Santa Cecilia 국립음악원
  성악과 졸업

· 제네바 음악대학 오페라 코치opera coach과 석사

· 제네바 음악대학 합창지휘과 석사

· 이태리 만조니 극장Teatro Manzoni 오페라 코치 및 반주자

· 제네바 오페라 극장Grand Theatre de Geneva 반주자

· 이태리 젠자노Genzano시 국제 성악콩쿠르 지정 반주자

· 프랑스 부르고뉴Bourgogne 국제 성악콩쿠르concours 우승

　　**'2009년 5월 15일부터 17일까지 부르고뉴에서 진행
　　된 부르고뉴 국제 성악 콩쿠르의 우승에 대한 객석
　　Auditorium지誌의 평(200907호): 메조소프라노mezzo-
　　soprano 김미영은 고운 호흡과 음색으로 글루크의
　　「에우리디체는 어디로」를 불러 뛰어난**

　　**가창력과 음악성을 선보였다. 벨칸토
　　Belcanto부터 바로크Baroque, 컨템퍼러
　　리Contemporary까지 방대한 레퍼토리
　　repertory를 소화해 내는 그녀는 모두 53
　　명이 참가한 출연자 중에서 단연 뛰어난**

가창력으로 우승을 했으며 제네바 오페라 소속 가수
이다.'

· 이태리 벨리니Bellini, 라우리 볼피Lauri Valpi 국제 성악 콩
쿠르 우승
· 창작 성가 모음 CD「십자가를 바라 봄」발매
· 스위스 Association AVENTIS festival choir 상임지휘자
및 음악감독

★청출어람靑出於藍

'김미영은 한국과 스위스
Switzerland에서 서울대 음
대 출신 소프라노soprano 양
귀비를 만나 오랜 기간 함께
가르치고 배우는 사제 관계를 유지하며 예술 활동을
했었다. 양귀비는 뛰어난 가창력으로 독일Germany
켐니츠 오페라 극장 전속 주역 가수Prima donna로 활
동했으며 저명한 비평가와 언론사로부터 "진정한 오
페라의 보석"이라는 찬사를 받았고, 그 결과 이화여
자대학교 음대 성악과 전임 교수가 되어 김미영 반주
로 세종문화회관에서 독창회recital를 가져 찬사를 받
고 청출어람의 본을 보였다. 사사師事한 김미영 선생
님과 함께 영산 아트홀에서 이화여대 박신화 교수 지
휘, 오르간organ 오세은, 앙상블 안음의 반주로 2022
년 8월 1일 성악 발표회를 가지고 음악 및 성악계의
찬사를 받았다.'

★김미영 작곡

① 내 마음 한가운데 들어가 보니

② 변명

③ 바울의 고백

④ 주님의 보혈

⑤ 십자가를 바라봄

⑥ 회개

⑦ 생명

⑧ 호흡 있는 자마다

⑨ 축복의 노래

⑩ 주는 빛과 사랑

2) 한성호

· 명지중고등학교 졸업

· 연세대학교 음악대학 성악과 졸업

· 국립 합창 단원bass 및 제네바 국립극장 오
페라 단원

· 로마 산타 체칠리아Santa Cecilia 국립음악원 성악과 졸업

· 로마 국제 음악 아카데미 A.I.D.M. 성악과 졸업Diploma

· 이태리 CAGLI 국제 콩쿠르, ABRUZZO 성악 콩쿠르,
TORRE DEL GRECO 국제 콩쿠르, CITTA DI TERN 성
악 콩쿠르 입상

· 98 로마 음악 페스티벌Festival 오페라 마술피리 출연

· 로마 만조니 극장Teatro Manzoni 루치아 출연

· 캐나다Canada 감리교 총연합회 초청 성가곡 독창

· 한국, 이태리, 미국, 캐나다에서 오라토리오Oratorio 초청 독주Solist 활동
· 제네바Geneva 오페라 극장Grand Theatre de Geneva 출연
· 과묵, 성실하고 침착, 치밀하여 미영과 함께 뚜와리의 3층 양옥과 매랑Meyrin의 아파트를 사서 편리하고 여유 있는 생활을 하고 있으며 한성호 음악협회Han Seong-Ho Music Associasion를 경영하고 있다. 온유하고 부드러우나 강인한 의지와 실천력이 특출하고 모든 일을 솔선하고 남을 돕는 일에도 성실한 우리 사회의 지도적 성품을 갖췄다.

3) 한지수

· 서울의 성동구 응봉동에서 태어나 영아기를 보냄

· 제네바의 메랑Meyrin 유치원 졸업
· 제네바의 메랑 초등학교 졸업
· 제네바의 메랑 골레트Golette 중학교 졸업
· 제네바의 샤반느Chavanne 고등학교 재학 중
· 지수는 성격이 너무나 착하고 온유하여 누구에게나 거절하고 화내며 토라지는 법이 없다. 건강하고 튼튼하게 자라나 믿음직하고 컴퓨터computer를 통하여 전 세계의 친구들과 교우하며 불어는 한국어처럼 유창하고 영어와 이태리어도 배우고 있다. 여름철이면 7월 한 달간 한 서방, 미영, 지수는 할머니와 외할아버지 집에 나누어 기거하며 친척과 친구들을 만나 회포를 풀고 치과, 안과, 이비인후과 등 필요한 진찰과 치료를 받고 떠난다. 지수는 프랑스

France의 엔Ain주 뚜와리Thoiry에 있는 양옥에 아빠랑 엄마랑 같이 살며 토요일과 일요일을 보내고 주중에는 제네바 Geneva주의 메랑Meyrin에 있는 작은 아파트apartment에서 학교에 다닌다. 한 서방과 미영은 함께 활동하여 뚜와리에 300평 3층 양옥을, 메랑Meyrin에 조그만 아파트apartment를 장만하여 넉넉하게 살고 있으며 한국에 있는 친인척과 친지, 친구, 모교 교수의 방문을 자주 받는다. 나와 경연네, 경민네 모두 덕택에 여유 있는 유럽 여행을 할 수 있어 큰 행복이지만 지수와 한 서방은 그래도 고국에 대한 그리움이 가슴에 서려 있어 떠날 때는 언제나 목이 마르고 타들어 가 한이 남는다.

(3) 경연네

1) 김경연

· 잠실초등학교 졸업
· 정신여자중학교 학생회장
· 정신여중고 졸업
· 성균관대학교 화학과 졸업
· 숙명여자대학교 대학원 음악치료학과 수료
· 덕성여자대학교 약학과 4년 전면 국비 장학생 졸업
· 약사 시험 합격
· 여의도 백화점 은혜약국 경영 약국장
· 단 한 번도 부모 및 주변의 누구에게도 걱

제7장 가화만사성(家和萬事成)

정을 끼치거나 마음을 상하게 하는 일이 전혀 없어 평생을
모범의 상징symbol으로 살아 온 표본이다.

2) 배신도

· 아버지 배복식裵福植 목사님
· 마산 교방초등학교 졸업
· 마산 동중학교 졸업
· 마산 제일고등학교 졸업
· 마산대학교 공연예술학과 졸업
· 홍익대학교 대학원 공연예술학과 졸업, 공연예술학 석사
· 서초구 방배동 디 포인트Development Point 공연예술 학원
  운영 학원장
· 근면하고 성실하며 부탁을 받고 약속을 하면 철저하게 책
  임을 지고 도와주는 한결같은 성품을 지니고 있으며 자제
  력自制力과 인내심忍耐心이 강하고 생활의 모범이 되는 인
  품이다.

3) 배하민과 배하연

· 유아원과 유치원 교육
· 상곡上谷초등학교 6학년 배하민,
  4학년 배하연
· 배하민은 운동 신경이 발달하여 줄넘기와
  달리기를 잘하고 반장 또는 부반장으로 앞
  장서서 이끌어 가는 지도력이 있다. 나를
  알고 있는 부인들과 주변 사람들은 하민을 보고 미남이라
  고 칭찬이 자자하다.

· 배하연은 명랑하고 예쁘며 쾌활한 성격이다. 하연 역시 오
빠와 같이 지도력이 있고 공부를 잘하는 모범생으로 귀염
둥이다. 나를 닮았다고들 하여 나는 하연이 한없이 사랑스
럽다. 같은 또래에 비해 문장력이 좋아 편지도 잘 쓰고 그
내용도 좋지만, 글씨체도 수려해 명필이다.

(4) 경민네

1) 김경민(용민)

· 잠실 유치원 졸업
· 잠신 초등학교 졸업
· 세륜중학교 졸업
· 중동고등학교 졸업
· 경희대학교 국제경제학과 졸업
· 수도방위사령부 제대
· 애경 서울 본사 근무
· 농심 경기도 지사 근무

· 동양생명 서울 스마트 지점장
· 동양생명 대구 지점장
· 동양생명 의정부 지점장
· 동양생명 서울 강남 지점장
· 경민은 세심하면서도 불 같은 기질이 있으나 정의롭고 성
실하여 사회생활에서 인격적 칭송을 받지만, 경쟁 사회의
치사하고 치졸한 국면의 대인 관계 때문에 괴로울 때도 있
다. 안으로 괴로우나 밖으로 포용하며 이끌어 가는 외유

내강의 표본이며 홀로 남은 아버지를 지극히 잘 모셔 주변 모든 분의 칭송이 자자하다.

2) 조미지趙眉鋕

· 강릉 유치원

· 강릉 초등학교 졸업

· 강릉 여자중고등학교 졸업

· 한림대학교 문과대학 일어일문학과 졸업

· 국제귀금속 회사 서울지사 근무

· 키가 크고 아름다우며 성격이 온순 쾌활하여 남편과의 금슬이 좋아 다정하고 화목하다. 찡그리면 예쁜 얼굴도 보기가 싫고 웃는 얼굴은 미워도 예쁘게 보이는데 하물며 미지는 예쁜 얼굴에 자주 웃으니 얼마나 아름다운가! 다정하고 온순하며 정이 많아 특히 친정어머니와 시아버지를 잘 모시고 있다.

다른 세상

Travelling

— Kim Inshik —

We can enjoy ourselves by travelling. Travelling has a pleasant sensation. We travel throughout our country or into foreign lands in search of a new sensation.

Some people are fond of going on a journey on foot, some prefer travelling by bus or rail and others have a fancy for travelling overseas by air or sea.

William Hazlitt(1778–1830) in his essay said, "One of the pleasantest things in the World is going a journey, but I like to go by myself. I can enjoy society in a room; but out of doors, nature is company enough for me. I am then never less alone than when alone."

A walking tour is merely a way of seeing the sights of the country. To make a frank confession of my notion, this kind of travelling, furthermore without a travelling companion is far from my wish. My favorite journey must have good company.

The world is wide. There are a lot of various sights

worth seeing in the world. Whatever is doing at all is worth doing well. Travelling well is, however, so far as I'm concerned, making a journey with intimate and beloved companions by easy and short stages.

Travelling gives us the excitement of departure. To see such exotic sights as we have never seen is a big pleasure and pleasure leads to pleasure on consecutive days while we are travelling.

Francis Bacon(1561– 1626) pointed out that travel is a part of education in the younger sort; in the elder, a part of experience. His point of view is that if young

ones travel in a foreign country without the language of the country, they will go hooded and look abroad little. In this angle of vision I absolutely agree with him whether we are young or not.

I've been teaching English for nearly half a century, therefore I think I feel much more comfortable and confident when I travel in the country where English is spoken. My English is acquired at school by my own efforts throughout many years, and so it's rather grammatically correct but may idiomatically be a little unnatural and orally less smooth.

Be that as it may, I am proud of myself when I interpret to the company and at the same time feel the weight of myself.

The spirit of travelling is liberty to see the beautiful sights and native people of foreign countries.

The excitement in leaving ourselves behind, to say nothing of others, in travelling gives us liberty and peace instead of enmity and jealousy. I've never seen such travellers as are unkind and rude to native people of the country which they visit.

Samuel Taylor Coleridge(1772–1834) once gave us his anxiety in his poem that the beautiful is vanished, and returns not. In addition to his warning, I wish to say that if youth is once vanished, it never returns. Therefore we had better travel while we are even a little younger.

Travelling makes our life as lovely and enchanted as crystal—clear dewy flowers in the early morning in spring and the bright sunshine streaming into the study in the afternoon in summer. Oh, could I ever forget the sweet and tasty smell of Mammy's hands on my exciting school excursion days?

Days pass and time flies. I don't intend to spend the rest of my life by travelling from place to place. An endless journey is a chain of solitude and agony. The end of a journey brings us to our sweet home.

When we depart, we are excited and when we arrive, we feel comfortable. At last we ruminate the whole course of pleasant travelling and its panoramic scenes will be lingering for a long time. The departure gives us excitement and pleasure, and the arrival gives us relief and comfort. So has the way of the world always been.

No matter how splendid and exotic the Colombian Salsa Festival or the Brazilian Samba Festival may be, but for home—coming from travelling, it would be only a boring feast of eyes.

Home—coming is returning to our nest where my love and family are getting along. I will love them with all my heart and obey my heart soulfully. God bless my soul! I sincerely thank God for allowing me to come back home in safety from travelling.

여행

우리는 여행을 하며 즐길 수 있다. 여행은 감동이 있다. 우리는 새로운 감동을 찾아 전국을 여행하거나 외국에 여행한다.

어떤 이들은 도보 여행을 좋아하고 또 어떤 이들은 버스나 기차 여행을 선호하며 또 다른 이들은 비행기나 배로 해외여행을 하고 싶어 한다.

윌리엄 해즈리트(1778-1830)는 그의 수필에서 말했다.

"세상에서 가장 즐거운 일 중 하나는 여행이다. 그러나 나는 나 혼자 여행하기를 좋아한다. 나는 방 안에서라면 남과 어울리기를 즐길 수 있지만, 실외에서는 자연이 내게 충분한 동행이 된다. 그럼 나는 혼자 있을 때보다 외로움이 더 적은 적이 없다."

도보 여행은 전원 풍경을 관광하는 단순한 방법에 불과하다. 내 생각을 솔직하게 고백하면 이런 종류의 여행은, 더욱이 여행 동무가 없다면, 나의 바람과는 거리가 멀다. 내가 좋아하는 여행은 좋은 동행이 있어야 한다.

세상은 넓다. 세상에는 볼 만한 구경거리가 여러 가지로 많다. 기왕 해야 할 일은 잘해야 할 가치가 있다. 그러나 여행을 잘하는 것은, 나에 관한 한, 친밀하고 사랑하는 동행들과 함께 편하고 천천히 여행하는 것이다.

여행은 우리에게 출발의 흥분을 준다. 우리가 한 번도 보지 못한 이국적 명승지를 관광하는 것은 큰 즐거움이며 우리가 여행하는 동안 계속되는 여러 날에 걸쳐 즐거움은 즐거움으로 이어진다.

프란시스 베이컨(1561-1626)은 지적하기를 여행은 젊은이들에게는 교육의 일부요 나이 든 이들에게는 경험의 일부라고 했다. 그의 견해는 만약 젊은이들이 그 나라의 언어를 모르면서 외국을 여행한다면 그들은 두건으로 눈을 가리고 다녀 외국에서 많은 것을 보지 못한다는 것이다. 이런 시각에 대하여 나는 우리가 젊든 아니든 전적으로 베이컨에게 동의한다.

나는 거의 반세기 동안 영어를 가르치고 있으므로 영어가 사용되는 나라에 여행할 때가 훨씬 더 편안하고 자신이 있다고 생각한다. 나의 영어는 여러 해에 걸친 스스로의 노력으로 학교에서 터득한 것이므로 문법적으로는 정확한 편이지만 관용적으로는 조금 부자연스럽고 발음이 부드럽지 못한 점이 있을지도 모르겠다.

그렇더라도 나는 동행하는 여행자들에게 통역할 때 나 자신이 자랑스럽고 나 자신의 중요성을 느낀다.

여행의 정신은 외국의 아름다운 광경과 국민을 만나보는 자유다. 여행할 때 다른 사람들은 말할 것도 없고 우리 자신조차 잊어버리고 떠나는 감흥은 우리에게 반목과 질시 대신에 자유와 평화를 준다. 나는 방문하는 나라의 국민들에게 불친절하거나 무례한 여행객을 본 적이 없다.

사뮤엘 테일러 콜리쥐(1772-1834)는 그가 쓴 시에서 아름다움이 사라지면 돌아오지 않는다는 그의 걱정을 한때 피력한 적이 있다. 그의 경고에 더하여 나는 만약 젊음이 한 번 사라지면 결코 돌아오지 않는다는 것을 말하고 싶다. 그러므로 우리가 조금이라도 더 젊을 때 여행을 떠나는 것이 좋다.

여행은 봄날 이른 아침 수정처럼 맑은 이슬을 머금은 꽃과 여름철 오후 서재로 밀려드는 밝은 햇빛같이 우리의 삶을 아름답고 황홀하게 만든다. 오, 내가 흥분하여 떠나는 소풍날 엄마 손에서 나는 달콤하고 맛나는 향기를 잊을 수 있을까?

하루하루가 지나가고 시간은 날아간다. 나는 여기저기 여행하면서 나의 남은 인생을 보낼 작정은 아니다. 끝없는 여행은 고독과 고뇌의 사슬이다. 여행이 끝나면 우리는 우리의 즐거운 집으로 돌아온다.

떠날 때 우리는 흥분하고 돌아오면 우리는 안심한다. 마침내 우리는 즐거운 여행의 전 과정을 돌이켜 보고 영화 같은 장면들이 오랫동안 눈에 밟힌다. 출발은 우리에게 흥분과 기쁨을 주고 도착은 우리에게 위안과 편안함을 준다. 세상사 언제나 그렇게 흘러왔다.

콜럼비아의 살사 축제나 브라질의 삼바 축제가 아무리 화려하고 이국적이라 해도 여행에서 돌아오지 않으면 그것은 단지 따분한 눈요기에 지나지 않는다.

귀향은 사랑하는 사람과 가족이 살아가는 삶의 둥지로 돌아오는 것이다. 나는 온 정성을 다하여 그들을 사랑하고 영혼을 바쳐 내 마음의 정성에 따를 것이다. 하나님, 저의 영혼을 축복하소서! 나는 진정으로 하나님께 여행으로부터 무사히 집에 돌아오게 해 주신 은혜에 대하여 언제나 깊은 감사를 드린다.

　　　　　　　　　　　제8장 다른 세상

우리 할배

– 배하민(서울 상곡초등학교 6학년) –

내가 태어나서 지금까지 쭉 사랑을 듬뿍 주신 할배

나에게 꼭꼭 씹으라는 사소한 것까지 걱정해 주시는 할배

기쁜 일 있으면 나보다 더 기뻐해 주시는 할배

우리의 최고 미남 할배

가족들이 모여 고기 먹을 땐 맛있는 쌈장으로 고기의 풍미를

더해 주시는 할배

항상 우리에게 뭐든지 해 주고 싶으신 할배

외국이나 국내 어디든 같이 가시면 여행이 즐거워지는 할배

우리의 세계 최고의 영어 선생님 할배

나이 드셔도 항상 팔팔하신 할배

나는 이런 우리 할배가 너무 좋다

할배 사랑해요♥♥

– 2022년 8월

가끔 우리 할아버지는……

– 배하연(서울 상곡초등학교 4학년) –

가끔 우리 할아버지는 의사 같기도 하다.

우리의 건강을 지켜 주시기 때문이다.

가끔 우리 할아버지는 경찰 같기도 하다.

우리의 안전을 지켜 주시기 때문이다.

가끔 우리 할아버지는 난로이기도 하다.

왜냐하면…… 나를 따뜻하게 해 주시기 때문이다.

– 2022년 5월

사랑하는 할배께

내가 어릴 적에는 너무나도 즐거웠다. 왜냐하면 우리 할배께서 나를 너무나도 아껴 주시고 보살펴 주셨기 때문이다.

나의 할배는 나를 보살펴 주실 뿐만 아니라 많은 것들을 해

제8장 다른 세상

주셨다.

　너무 기쁘고 행복한 추억들이 있다.

　나는 할배를 미남 할배라 부른다. 또한 할배는 잘하시는 것이 너무나도 많으시다.

　차근차근 말하자면 할배의 직업은 영어 교수님이시다. 그래서 영어를 엄청 잘하신다. 나도 가끔 할배에게 영어를 배운다. 그리고 노래도 잘 부르신다. 그래서인지 이모도 노래를 잘 불러서 성악가가 됐다. 옛날뿐만 아니라 지금도 나를 아껴 주신다. 항상 맛있는 것을 사 주시고 예쁜 선물들도 사 주셨다.

　나는 우리 김인식 할배가 우리 할배인 것이 너무나도 좋다. 내 추억 중에는 정말 할배와 함께한 기억이 많다.

　그중에서도 함께 스위스의 이모네 집으로 여행 갈 때가 재미있었다. 할배와 함께 다른 나라 문화를 즐기는 것이 재미있었기 때문이다.

　또 내가 어렸을 때 학예회를 와 주셨는데 그때도 행복했다. 나는 내 할배가 너무 자랑스럽고 앞으로도 계속 할배와 함께 있고 싶다.

　사랑해요! 할배♥

- 2022년 8월

금수강산錦繡江山

(1) 서울

비단에 수놓은 듯 아름다운 삼천리 금수강산을 다니며 보고 느낀 감탄感歎을 쓰려면 언제나 표현이 부족하여 다음 날 다시 보면 그 치졸稚拙함이 두드러지니 쓰기가 두려워 머뭇거린다.

대학에서 영어영문학을 공부하여 바이런Byron, 셸리Shelley, 키츠Keats의 시를 배우고 셰익스피어Shakespeare의 희곡, 헤밍웨이Hemingway의 소설을 공부했으며 램Lamb의 수필, 심지어 엘리어트Elliot의 황무지The Waste Land를 읽었으나 표현의 아름다움과 은유metaphor, 직유simile의 비유比喩는 어디로 가고 기껏 쓴 글은 서툴러서 남는 것은 부끄러움과 안타까움뿐이니 살리에리Salieri의 한은 그칠 곳이 없구나.

그래도 가야 할 길은 하나뿐이니 테니슨Tennyson의 백조의 노래Swan song처럼 이 세상을 떠날 때 이별의 슬픔이 남지 않도록 장수longevity하며 만년에 꽃을 피운 동서양의 선인들 본을 받아 보자! 다만 서투른 무당 처럼 장구만 나무라거나, 큰 일에 익숙하지 못한 숙수熟手 처럼 피나무 안반만 나무라 지는 말자!

대구에서 살 때는 전 가족 이 서울의 명승名勝과 고적古 蹟을 찾아 관광을 했으나 서울에 이사를 오니 차라리 마음의 여유와 안도 때문에 눈요기보다는 입요기를 위해 맛집 순례巡禮가 많았지만 보아야 할 곳은 보았다.

조선朝鮮의 정궁正宮인 경복궁景福宮과 중앙청中央廳을 시작으로 우리의 국왕이 외국의 사신을 맞아 잔치를 베풀던 경회루慶會樓를 비롯하여 중앙청 서편 사직공원社稷公園으로부터 인왕산仁旺山에 올라 정상까지는 아니지만 맑은 공기와 시원한 바람으로 하루의 피로를 씻었다.

서울 시청 앞 광장에 인접한 덕수궁德壽宮을 찾아 대한문大漢門에 이르면 그 옛날 아내와 함께 거닐던 덕수궁 돌담길이 아

련한 추억 속에 잠겨 있다. 안으로 들어가서 고종高宗이 문무백관의 조례를 받던 중화전中和殿과 그 아래 백관의 위계를 표시한 품석品石을 지나 우리나라 최초의 서양식 건물인 석조전石造殿에서

국립박물관의 수장품收藏品을 감상했다.

　대구에 있을 때는 방학을 맞으면 온 식구가 서울로 올라와 고궁을 자주 찾았다. 미영과 경연이 어려서 유치원에 다니지도 않았을 때에 당시 동물원과 식물원이 설치되어 행락 인파가 모여들어 벚꽃놀이를 즐기던 창경원昌慶苑을 찾았다. 활짝 핀 벚꽃나무 아래에서 사진을 찍으려니 어린 경연이 아장아장 걸어와서 카메라의 렌즈를 유심히 들여다보는 모습이 촬영되어 경연도 벌써 지천명知天命의 나이를 바라보는데 하민과 하연이 자기들보다 무척 더 어린 엄마를 보고 한편으로 웃으면서도 다른 한편으로 어리둥절하여 어줍은 표정을 지으며 멋쩍고 쑥스러워했다.

　창덕궁昌德宮의 돈화문敦化門을 들어서서 인정전仁政殿과 대조전大造殿을 보고 국상을 당한 왕비들의 거처居處였던 낙선재樂善齋를 돌아들면 비원祕苑에 다다른다. 기묘하고 울창한 수목과 연못 그리고 정자가 어우러진 비원의 비경祕境을 보지 않고는 고궁古宮을 보았다고 말할 수 없다.

(2) 대구大邱

　대구는 영남嶺南의 정치, 교육, 문화의 중심으로 낙동강洛東江과 금호강琴湖江 유역流域의 대구분지大邱盆地에 들어선 사과와 능금의 고장이며 특히 전국 여러 지방의 특산 약재가 집산 거래되는 대구 약령藥令은 역사 깊은 시장이다.

　아내는 대구에서 효성여자대학을 마치고 나도 경북대학교를

졸업했으므로 서울에서 만난
아내의 대구 출신 친구들과
그들의 남편과 어울려 아름
다운 고적과 사찰을 찾아 널
리 이곳저곳을 다니면서 즐

겁게 시간을 보냈다. 도종숙, 박수현, 황진욱, 차정희, 최귀희,
박순애, 박주희와 함께 대구의 팔공산八公山과 동화사桐華寺, 파
계사把溪寺의 물 맑은 가을의 화려한 단풍을 즐겼다.

(3) 경주慶州

우리나라 관광의 중심지는
신라新羅 천년의 옛 도읍지都
邑地 경주慶州로서 그 인근 사
찰寺刹의 역사적 가치와 아름
다운 예술적 자태姿態를 보고
느끼지 않으면 한국을 보았
다고 할 수가 없을 것이다.

신라의 법흥왕法興王이 창건한 석조 건물과
그 후 김대성金大城이 새로 더 지은 신라의 대가
람大伽藍 불국사佛國寺는 문화 유적의 보배로서
다보탑多寶塔과 석가탑釋迦塔을 안고 있다. 동해
에 아침 해가 뜰 때 석굴 내부에 있는 본존상本

尊像에 비치는 광선의 신비로움으로 세계적 고대 유물인 석굴암
石窟庵을 보아야 하고 동양에서 가장 오랜 천문 관측의 첨성대瞻

星臺와 풍류를 즐기던 포석정鮑石亭이 관광의 대상이다.

(4) 부산釜山

부산의 청산학원에서 일하는 동안 우리 네 식구는 부산의 큰 양옥에서 생활하고 있었으므로 부산의 송도松島와 해운대海雲臺 해수욕장에서 즐거운 시간을 보내고 산자수명山紫水明한 동래東萊의 온천을 즐기며 금강공원金剛公園과 범어사梵魚寺를 찾아 석가여래釋迦如來를 안치한 대웅전大雄殿과 석가탑釋迦塔을 보았다.

우리나라 최대의 수산물 집산지集散地인 부산에 오면 누구나 자갈치 시장을 찾아 싱싱한 생선회를 마음껏 즐기고 광복동光復洞을 찾아 미화당 백화점의 구름다리를 타고 용두산공원龍頭山公園에 오르면 항내港內에 정박한 수많은 배들이 손에 잡힐 듯 내려다보인다.

(5) 진해鎭海와 진주晉州 그리고 한려수도閑麗水道

봄이면 벚꽃에 묻혀 꽃비가 내리고 꽃바람이 불어 벚꽃이 휘날리는 우리나라 해군의 요람搖籃인 진해는 해군사관학교와 충무공忠武公의 동상이 우뚝 선 군항軍港이다. 진해를 거쳐 부산에서 여수에 이르는 해안선을 따라 풍광명미風光明媚한 해상공원을 이루고 있는 크고 작은 섬들이 그림처럼 떠 있는 한려수도閑麗水道를 지나며 충무忠武에서 내려 충무운하와 충무교를 지나며 야경을 즐겼다.

최근에 나는 나의 여친女親과 함께 수주樹州의 '아, 강낭콩꽃
보다도 더 푸른 그 물결 위에 양귀비꽃보다도 더 붉은 그 마음'
이 흘러가는 진주晉州의 남강南江을 찾아 촉석루矗石樓에 올라서
의기義妓 논개論介의 뜨거운 정열과 애국심을 새삼 마음속으로
느껴보는 관광을 했었다.

(6) 제주도濟州島

돌 많고石多 바람 많으며風多 여자가 많아女多
삼다도三多島인 제주도는 화산으로 형성된 온화
한 기후의 낙원이라고 할 수 있다.

제주 공항에 내려 숙소를 정하고 안내원의 인
도에 따라 제주도의 고高, 양梁, 부夫의 삼성三姓
시조를 기리는 삼성사三姓祠와 삼성혈三姓穴을 보
고, 하늘을 향해 우뚝 솟은 성산일출봉城山日出峯
은 해 뜨는 광경을 볼 때 장엄하고 황홀하여 큰 감동으로 다가
와 가슴 뭉클한 꿈을 그리기도 했었으나 다시 왔을 때는 청춘
의 감동과 열정은 식어 있었다.

남해안의 최남단 항구도시 서귀포西歸浦는 밀감 생산으로 유
명하고 우뚝 솟은 한라산과 푸른 바다가 대조되어 그림 같은
풍경을 만든다. 서귀포에서는 옛날 중국의 진시황제秦始皇帝가
원하는 불로초不老草를 얻으려고 그의 사자 서불徐市이 먼 동방
의 나라에 왔다가 바다로 직접 떨어지는 폭포를 보고 그 앞을
지나면서 웅장하고 화려한 아름다움에 감탄하여 서불과차徐市
過此란 글씨를 남기고 지나갔다는 그 유명한 정방폭포正房瀑布

를 눈에 담지 않고는 제주도 여행을 말해서는 안 될 것이다.

(7) 강원도江原道

소양강昭陽江이 북한강北漢江에 합류하는 물
맑은 호수湖水의 고장 춘천시春川市는 서울에서
가까운 곳이라 여러 번 다니며 이름 난 춘천의
막국수와 닭갈비를 맛보게 된다.

춘천의 남쪽에 위치한 원주原州는 문막읍文
幕邑 궁촌리宮村里에 있는 충효공원묘원忠孝公園墓園에 회원번호
20445번 아내의 묘(6-09-020-21)와 그 옆에 내 묏자리도 마련
을 해 두어 관심이 큰 고장이다. 문막은 지도상地圖上 우리나라
의 중심에 있는 곳으로, 강원도의 곡창 지대를 이루어 문막 쌀
이 유명하며 이곳을 들리면 언제나 사후死後의 내 집이 우리나
라 중심에 있다는 생각으로 유치幼稚한 포만감飽滿感이 드니 어
리둥절하다.

일생에서 가장 많이 찾은 곳은 역시 설악산雪嶽山 국립공원이
다. 여기는 학창시절에도 왔었고 아내의 친구들과도 왔었으며
단국대학교 박사회원들과도 왔고 우리 가족끼리도 왔었다. 권
금성權金城을 비롯하여 비선대飛仙臺와 비룡폭포飛龍瀑布를 다녀
온 기억이 있다.

최근에는 아들의 처가妻家가 있는 강릉江陵에서 식구들끼리
맛집을 찾아 즐기며 산장山莊을 빌려 머물면서 경포대鏡浦臺와
오죽헌烏竹軒을 다녔다.

금년에도 스위스에서 지수네가 7월에 오면 하민네, 경민 내

외 그리고 나 모두 열 명의 식구가 다시 강릉에 가서 경민의 장모와 함께 맛집을 다니며 즐기고 풍광명미風光明媚한 곳을 찾아 즐거운 여행을 할 것이다.

(8) 청주淸州, 충주忠州와 보은報恩의 속리산俗離山

충주忠州와 청주淸州는 그 발음pronunciation이 우리에게는 뚜렷이 구별되지만 서양인西洋人들은 모음의 구별이 어려워 한국전쟁The Korean War 중 미군 조종사들의 오폭誤爆 원인이 되었다는 일화가 있어 내게는 언제나 흥미로운 도시였다. 청주는 고속 도로에서 청주시로 들어가는 진입로進入路가 길가에 늘어선 가로수의 가지로 마치 터널tunnel처럼 아치arch형을 만들어 나와 아내는 보은報恩에 갈 때마다 이곳을 지나며 그 아름다움에 감탄을 했다.

충주는 어머니의 묘소가 있는 대지공원묘원을 갈 때마다 지나다니고, 청주는 보은에 있는 땅을 처분하려고 갈 때마다 지나녀 잘 알고 있다. 충주는 임진왜란壬辰倭亂 때 신립將軍 장군申砬이 장렬壯烈하게 전사戰死한 전적지戰迹地 탄금대彈琴臺가 있어 더욱 유명하고 주변에 수안보온천水安保溫泉이 있어서 아내와 나는 어머님과 아이들을 데리고 여러 번 찾아온 일이 있었다.

상주尙州와 보은報恩의 접경에 있으나 보은의 속리산으로 불리는 속리산국립공원에는 법주사法住寺가 있어서 경내에 있는 국보 쌍사자석등雙獅子石燈, 사천왕석등四天王石燈, 마애여래상磨崖如來像을 보고 울창한 수목과 아름다운 경관을 즐기고 나서 입구에 자리 잡은 여러 맛집을 찾아 여행의 즐거움을 만끽했다.

나는 보은 땅에 얽힌 기묘한 이야기를 아니할 수 없다. 올림 픽아파트를 소개하여 매매가 성사되게 도와준 중개인을 만나 보은의 땅을 사게 되었다. 당시에는 아파트의 가격이 예상 밖 으로 상승하여 마음이 들떠서 일 저지를까 겁이 나던 순간이라 조심하면서도, 신중하지 못하게 땅에 대한 가치를 판별할 수 있는 안목이 전혀 없이 매입하였다. 사고 나니 하자瑕疵투성이 라 빨리 팔겠다는 생각이 들었으나 15년이란 긴 세월이 지난 후에야 우연히 매매가 이루어졌다. 아내와 나는 지리산 관광 을 겸해 보은 땅을 처분하려고 여러 번 드나들었으나 성공하지 못하고 아내는 떠났다. 어느 날 우연히 기획 부동산 업자의 전 화를 받았더니 좋은 땅을 매수하라는 권유가 있었다. 나는 농 담 반 진담 반으로 보은 땅을 팔아 주면 소개하는 땅을 구입하 겠다고 말했더니 노력하겠다는 답이 왔었다. 며칠이 지난 어느 날 내 땅을 사겠다는 사람이 나타나 매매가 성립되었다. 그 땅 에는 무덤이 있어서, 그 무덤의 후손에게 아무리 권유하고 보 상을 약속해도 무덤의 이전을 막무가내莫無可奈 듣지 않던 얄밉 상스러운 무덤의 후손이 전화기에 불이 나도록 다급하게 연락 했으나 무응답으로 그 고소한 맛을 한참이나 맛보면서 세상사 에는 다 때가 있어서 시의時宜에 적절한 순응順應이 절실함을 느꼈으며, 참으로 신기한 것이 그 땅을 산 후에 아내의 발병이 있었는데 아내 사후에 그 땅이 기적적으로 처분되어 아내의 음 덕陰德을 두고두고 감사하게 생각하며 살고 있다. 내 생애에 가 장 신기하고 신비로우며 통쾌한 기적이었다.

단양팔경丹陽八景으로 알려진 도담삼봉島潭三峰과 송림과 계곡 속에서 신비로운 하선암下仙岩, 중선암中仙岩, 상선암上仙岩을 보았으나 뚜렷한 기억은 없다.

(9) 공주公州 그리고 부여扶餘

대전과 공주 사이의 유성온천儒城溫泉은 유황 온천으로 이름이 나서 여러 번 친구들과 또 식구들과 다녀 보았다.

아내와 나는 결혼 후 가장 행복했던 젊은 시절 둘만 오붓하게 공주 여행을 했다. 아내와의 추억으로는 가장 아름답고 정겹던 여정旅程의 행복한 순간이었다. 우리가 공주를 찾은 날은 휴일이 아니라서 사람들이 없었다. 공주 산성에 올라 따뜻한 햇볕 아래 두 사람이 산성의 바위에 기대어 창창한 앞날을 아름답게 그리며 정다운 약속과 다짐을 하고 손가락을 걸어 맹세한 그때가 어저께처럼 생생한데 아내가 떠난 지 어느덧 강산이 두 번이나 변할 세월이 흘렀으니 인생무상人生無常의 덧없음이여!

부여扶餘는 백마강白馬江과 낙화암落花巖이 있어서 관광의 명소인데 부소산扶蘇山 끝자락의 절벽에 백제百濟의 마지막 의자왕의 꽃 같은 삼천궁녀가 계백階伯 장군의 황산벌 싸움 실패로 절개를 지키기 위해 고귀한 목숨을 낙화처럼 절벽 아래로 던지니, 그 절벽의 바위를 오늘까지 우리는 낙화암이라고 부르며 절개를 지킨 궁녀들의 명복을 빈다.

백마강에 띄운 관광용 배를 타고 낙화암을 바라보며 가요歌

謠「꿈꾸는 백마강」을 불렀던 기억도 새롭고 산기슭의 고란사皐蘭寺에도 올라가 보았다.

(10) 전주全州와 광주光州

후백제後百濟의 견훤甄萱이 도읍을 정했던 전주全州는 조용한 전원도시다. 가까운 송광사松廣寺는 찾는 사람들의 발길이 잦은 사찰이다.

춘향春香의 전설로 유명한 남원南原에는 광한루廣寒樓와 오작교烏鵲橋가 있고 광한루 경내에 춘향의 사당인 춘향각春香閣이 있다.

빛골 광주光州는 일제日帝에 항거한 학생들의 독립운동으로 이름난 도시다. 무등산無等山은 수박으로 이름 높고 어귀에는 증심사證心寺가 있으며, 정상에는 천왕봉, 지왕봉, 인왕봉 삼봉三峰이 있어 절경을 이룬다.

목포木浦는 항구港口다. 뒤에는 유달산鍮達山이 있고 앞에는 삼학도三鶴島가 있어, 노랫말에 나오는 이별의 항구 도시로 한국인의 가슴에 아련하게 새겨진 낭만의 상징symbol이다.

명승고적을 찾아서 보고 느낀 아름다운 강산의 참모습을 그려 보았다. 북쪽 반은 휴전선으로 가로막혀 가지를 못하고 다녀 본 곳의 아름다움도 필력筆力과 필치筆致의 부족으로 뜻을 온전하게 이루지는 못했다. 기억이 생생하지 못하여 안타까운 점이 한둘이 아니나 그런대로 한세상 지내며 마음에 그리는 옛 추억으로 고이 간직하고 싶다.

8 - 2

제네바Geneva, 밀라노Milano
그리고 파리Paris

(1) 제네바Geneva

1) 세월은 약이 되어 아내를 여 읜 외로움도, 아내를 향한 그리움 도 눈에서 멀어지니 마음속에서도 잦아들고 오로지 남은 자의 본능으 로 삶은 지속된다. 어디 사랑할 사 람이 한 사람뿐이랴! 이 세상 무엇 보다 사랑스러운 내 귀여운 외손자

(한지수)와 맏딸(김미영) 그리고 사위(한성호)의 초청을 받아 지난 4월 제네바로 떠났다. 그들 내외는 국제적인 성악가들과 더불 어 제네바의 스위스국립극장Grand Theatre에서, 부부가 함께 활 동하고 있어 흐뭇한 마음으로 초청에 응했다. 장시간의 비행기 여행이라 지루함에 대한 두려움과 식구를 만나는 큰 기쁨을 안 고 비행기에 오르니 모처럼의 자유와 해방감으로 가슴 설렌다.

The soul of a journey is liberty, perfect liberty to think, feel, do just as one pleases. We go a journey chiefly to be free of all impediments and of all inconveniences, to leave ourselves behind, much more to get rid of others.

– William Hazlitt 『On Going a Journey』 –

여행의 진수는 자유다. 자기 마음대로 생각하고 느끼고 행동할 수 있는 완전한 자유다. 우리가 여행하는 주된 목적은 모든 장애와 불편으로부터 자유롭게 되고, 또한 자신의 모든 문제를 잊어버리고, 더욱이 다른 사람들로부터 벗어나기 위함이다.

— 윌리엄 해즐릿『여행론』—

마음의 평온과 자유 속에서 즐기는 여행은 삶의 각박한 현실을 잠시라도 잊고 숨 돌릴 여유를 찾아 명상의 시간을 가질 수 있는 행운의 열쇠다. 지금까지 살아온 주변 환경에서 벗어나 새로운 세상의 새로운 사람들과 그들의 삶의 모습을 바라보며 우리가 살아온 발자취와 비교하여 우리의 생활 관습과 문화를 되새겨 보는 것도 여행이 가져다주는 축복이 아닐 수 없다.

인간은 일반적으로 외국의 관습이나 사고방식 그리고 행동 양식 등에 대하여 본능적인 반감을 갖기 쉽다. 따라서 외국 여행에서 삶의 모습에 대한 객관적이면서도 교훈적인 비교 성찰을 하기 위해서는 외국의 낯선 것들에 대한 당혹감이나 혐오감을 감추어야 하며, 그들의 언어를 충분히 이해하고 있어야 한다.

외국 여행이라도 같은 문화권에 속하는 이웃 나라 여행이 있고, 동양과 서양이라는 보다 큰 이질적 문화권으로 들어가는 여행이 있다. 나는 영어만으로 불어, 이태리어 및 독어 문화권으로 여행하며 내가 보고 느낀 바를 쓰려고 하니 객관적 관찰력과 문화적인 소양이 부족함을 시인하지 않을 수 없다. 다만

　　　　　　　　　　제8장 다른 세상

동양 문화와 서양 문화의 차이에 대한 통속적 견해를 배재한 펄 벅Pearl S. Buck의 말에서 위안을 찾아본다.

It has long been a fashion to say that the East is "spiritual" and the West is "material." But like many things that are carelessly said, it is not true. The East is neither more nor less spiritual than the West, and the West is neither more nor less materialistic than the East.

— Pearl S. Buck 『East and West』 —

동양은 "정신적"이고 서양은 "물질적"이란 말은 오랫동안 하나의 유행처럼 되었다. 그러나 함부로 던지는 많은 다른 말처럼 이 말도 진실은 아니다. 동양이 서양보다 정신적인 면에서 더 우수하거나 더 열등한 것이 아닌 것처럼 서양도 동양보다 물질적인 면에서 더 우수하거나 더 열등한 것은 아니다.

— 펄 벅 『동양과 서양』 —

2) 우리가 일반적으로 "스위스"라고 부르는 알프스the Alps산맥 중앙부의 내륙국인 이 나라의 이름은 Switzerland 또는 Switz이고 Swiss는 스위스 사람 또는 스위스 국민을 뜻하는 명사 또는 형용사이다. 스위스의 국토는 작지만 알프스the Alps산맥이 자랑하는 융프라우Jungfrau, 몬테로사Monte Rosa,

마테호른Matterhorn과 같은 은백색 만년설이 뒤덮인 장엄한 산정이 높이 솟아 있어, 그 정기를 이어 받은 국민성은 자유를 사랑하고 폭정에 항거하는 기백이 강하다. 오스트리아Austria의 폭군 게슬러Gessler에게 저항하여 투쟁한 저 유명한 윌리엄 텔William Tell의 전설은 스위스인들이 폭정에 저항하는 자유민임을 잘 보여 준다. 동시에 스위스 국민은 역사를 통하여 그들이 평화를 애호하는 국민임을 세계에 보여 주었다.

스위스는 1815년 빈Wien 회의에서 영세 중립국의 지위를 확보하고 1차 및 2차 세계 대전에서도 이 지위는 유지되었다. 스위스가 영세 중립 국가라고 하여 군과 군비를 갖추지 않은 것은 아니다. 오히려 군비에 힘을 기울여 외국의 무력간섭을 단호히 배제한다는 자세다. 의무 병역 제도를 택하여 국민은 누구나 20세부터 60세까지 군사 훈련과 소집에 응해야만 한다. 따라서 군복, 병기. 탄약을 지급하여 개인이 자기 집에 상비함으로써 유비무환의 대비 태세를 취하고 있다. 따라서 북쪽에 심히 괴이한 독재 체제의 적을 두고 있는 우리로서는 타산지석으로 삼아야 한다.

문화와 교육도 우수하여 계몽사상가 루소J.J. Rousseau와 교육자 페스탈로치J.H. Pestalozzi를 배출한 나라이며 노벨상the Novel Prize 수상자가 다수이고, 산업에서는 세계 최고의 명품 시계와 세계 최대의 금융 산업이 발달한 나라다. 스위스의 수도는 베른Bern이지만 내가 방문한 도시는 제네바였다. 스위스 서남단의 레만호Lake Leman 변에 발달한 정치와 경제의 중심지이며 국제기구가 집결된 외교의 중심 도시가 바로 제네바Geneva다. 스위스는 독일어권Swiss German, 불어권Swiss French, 이탈리아어권Swiss Italian 그리고 토속어권Swiss Roman 으로 구분되는데 제네바는 프랑스어권에 속한다. 그래서인지 시가지의 모습이 파리를 닮았다. 국제도시이므로 다인종, 다민 족 사회로 구성되어 세계 어떤 곳보다 인종에 대한 편견이 적 은 것 같다. 거리에서 흑인 청소년과 백인 소녀가 다정하게 손 잡고 걸어가는 모습이나 백인 청년과 아랍계 소녀의 정감 어린 장난도 자연스럽다.

3) 내 사랑 한지수는 유아원에 입학하여 스위스 어린이들과 생활 했는데 모두 백인 어린이였고 흑 인 어린이가 두 명 그리고 동양계 는 지수뿐이었으나, 싸우거나 놀 림을 받은 일이 없어 참으로 스위 스의 유아원과 유아원 교사들에 대한 교육이 잘 되어 있음을 실감

할 수 있었다. 그러나 슬프게도 9월이 되자 지수가 초등학교 최저학년에 입학하였는데, 흑인 아이 녀석에게 중국인Chinese 이라고 놀림을 받아 울었다는 소식을 듣고 얼마나 마음이 아팠 는지 모른다. 지수 엄마는 지수에게 "I'm Korean."이라고 말 하고 절대로 울어서는 안 된다고 가르쳤다. 참으로 사람 사는 모습과 이치는 비슷하여 우리 사회에서도 타 인종, 타민족, 타 지방 사람에 대한 편견과 왕따가 있듯이 그 사회에서도 그런 편견은 어린이에게 본능적으로 이어져 다른 어린이를 괴롭게

하는 걸 보면 인간은 사악하게 태어나 교육과 환경에 의해 후천적으로 교화되어 성숙하는 것인지도 모르겠다.

4) 일요일에는 제네바의 한인 교회에 가서 예배를 드렸다. 만리타향에서 씩씩하게 자라는 청소년들을 보니 우리의 국운이 세계로 뻗어남을 새삼 느끼고, 언젠가 나라가 그들을 부르면 고국에 돌아와 이바지하기를 기원해 본다. 제네바에서 스포츠댄스Sports Dance를 가르치는 학원을 찾았는데 이름이 캅댄스KAP DANCE였다. 그곳에 등록하고 그곳 사람들과 어울려 스포츠 댄스를 배우던 중 하루는 비가 와서 한 젊은이가 나무 꼬챙이로 자기 신발 밑창에 묻은 흙을 떼어 내는 모습을 보고 나는 불현듯, 미국이나 유럽 사람들이 신을 신고 집 안으로 들어가는 불결한 관습에 대해 의견을 물어보았다. 그 젊은이는 즉석에서 나의 의견에 동의하고 자기들 관습을 바꾸어야 하며, 여유 있는 집안부터 서서히 집에 들어오면 신을 벗고 슬리퍼를 사용하는 새로운 문화가 시작되고 있다고 말했다. 나는 영화에서나 실제 생활에서 그들이 거리와 식당 심지어 화장실에서 신고 다니던 신발을 그대로 신고 집 안으로 들어가는 비문화적이고 비위생적인 관습을 매우 불결하게 생각한다. 그들은 오히려 우리가 신발을 현관에 벗어 놓아 발 냄새를 풍기는 것을 비판하였는데, 신발장에 뚜껑이 있다는 것을 알려 주었다.

나는 우리의 청소년들도 긴 바지를 입고 거리와 건물 바닥, 심지어 화장실 바닥까지 휩쓸고 다니다가 그 바지를 그대로 입고 집에 들어와 겨울철 방이 따뜻하도록 깔아 놓은 이불 위를 걸어 다니는 모습을 보고 기겁하여 하마터면 졸도할 뻔한 일이

제8장 다른 세상

한두 번이 아닌데, 이것도 용서할 수 없는 비위생적 행태라 아니할 수 없다.

5) 제네바의 교외에 메랑Meyrin이란 소도시가 있는데, 그곳의 유명한 매장인 메랑 시티Meyrin City 안에 있는 여러 개의 상가에서 다양한 물건을 팔고 있다. 그런데 점원들의 태도는 한결같이 무관심하여 노동 활동 자체에 대한 기피증 및 피로감 등이 엿보이고 오로지 개인적 수입을 올리는 일에만 매달리는 인상이 짙어 보인다. 우리나라에 비해 인터넷internet의 속도가 느리고 서비스service 및 프로그램program의 다양성이 부족하다.

메랑에서 제네바까지 버스가 여러 대 운행되는데 검표원이 없으니 표를 산 사람과 사지 않은 사람을 구별할 수 없다. 시청 공무원이 부정기적으로 승차하여 검표할 때 적발된 사람은 엄청난 벌금을 물게 된다. 어떤 사람은 매일 표를 사서 통근하는 것이나 무임승차하다가 적발되어 벌금을 지불하는 것이나 별 차이가 없으니 표 없이 승차하는 것이 유리하다고 말하기까지 한다. 검표원 없이도 모두 규칙을 잘 지키는 최고의 문화 수준인지, 적당히 위반자를 만들어 내는 게으르고 믿을 수 없는 제도인지 가늠하기 어렵다.

6) 메랑에서 매일 아침 일찍 조깅jogging하고 체육관에 가서 운동한다. 조깅 중 아침마다 도로변에서 애완견 배설물을 보게

되며 여기저기 사유 재산임을 명기한 간판을 세워 애완견의 접근을 막는 곳도 많다. 심지어 괴물처럼 큰 개를 나이 많은 할아버지와 할머니가 데리고 다니는 모습을 보면 등골이 오싹해진다. 너무 큰 개를 힘없는 노인들이 보호 장치도 없이 끌고 다니는데 행인을 보고 으르렁거리는 모습을 보면 너무나 위험하고 살상까지 일어난 일이 있다고도 하는데 이해하기 힘든 광경이다. 반드시 개의 입에 보호 장치를 하고 목에는 튼튼한 가죽끈으로 묶어 맨 후 안전하게 데리고 다녀야 할 것이다. 프랑스의 한 퇴물 여배우가 우리의 보양식을 비판하여 비난했다는 보도는 올림픽 개최 당시 있었던 일화인데 차라리 이 위험한 광경을 보고 안전한 대책을 마련하고 길가의 애완견 배설물 방치를 막는 일에 노력을 집중하는 것이 더 바람직하다는 생각이다.

7) 개에 대한 불쾌감만 없다면 메렝은 쾌적하고 살기 편하다. 다인종 사회로 자유롭고 타인에 대한 간섭 없이 평화로운 곳이다. 메랭 센터Meyrin Center 안에 있는 꿉 시티Coop City에는 물건도 다양하고 저렴하다. 여기서 특히 우리가 배워야 할 것은 어디를 가더라도 전국적으로 같은 물건은 동일한 가격이다. 이는 소비자들의 판매자들에 대한 믿음을 높여 상도덕이 확립되고 거래가 믿음 속에서 이루어져 소비자는 마음에 드는 디자인design과 제품의 성능을 고려하면 된다. 선진국 진입의 첫 관문으로 반드시 우리도 갖추어야 할 문화적 척도이다. 가게에 진열된 농수산물과 과일은 모두 싱싱하고 특히 운동 후 지수 엄마가 만들어 주는 오렌지주스는 그 맛과 품질이 일품이었다.

8) 융프라우Jungfrau, 아이거Eiger, 묀히Mönch 등의 거봉을

바라보며 스위스 중앙에 위치한 인터라켄Interlaken은 산과 호수의 자연미가 뛰어난 절묘의 관광지이다. 지수, 지수 아빠, 지수 엄마 그리고 나까지 네 사람이 자동차로 인터라켄에 가던 중, 그 도시 입구에서 순찰 중인 경찰관 두 사람이 우리 차를 세웠다. 우리는 무슨 일인가 궁금하여 차를 세운 이유를 물었다. 뒷좌석에 탄 나와 지수를 보더니, 벨트 사용 위반이라는 것이다. 피곤했던 지수가 잠을 자고 있었기에 뒷좌석에 지수가 누워있고 내가 그 옆에서 지수를 보고 있어서 누워 있는 지수는 벨트 착용이 어려운 상태였다. 우리는 영어, 이태리어, 불어로 열심히 설명했으나 소용없었다. 나는 검문검색하는 경찰들의 엄정한 자세는 찬성하지만 처해 있는 사정과 경우에 대한 일체 고려 없이 막무가내로 규칙만을 강조하는 그 편파적이고 융통성 없는 어리석음에는 신물이 난다. 스위스 경찰의 경색된 태도가 우리 경찰과 어찌 그리 닮아있던지 시의時宜에 적절適切한 융통성adaptability은 전혀 보이지 않았다.

(2) 밀라노Milano

1) 스위스에 온 첫 토요일과 일요일은 마침 오페라 극장이 휴관하여 지수네 식구들과 나는 이태리Italy에 가서 밀라노를 찾았다. 이태리는 지중해에 돌출한 장화 모양의 반도로 우리나라와 여러모로 흡사한 점이 많다고들 한다. 로마제국의 유적과 미술품이 산재해 있어서 전 세계로부

터 몰려드는 관광객의 수가 엄청나다. 강대한 로마 제국은 오랜 역사를 통해 서구 사회의 정신적, 문화적 모체가 되었고 정치적으로 위대한 인물들을 수없이 배출하였지만 반면에 탄압으로 악명 높은 황제들의 박해 속에서도 그리스도교는 포교에 힘써 콘스탄티누스Constantinus 1세 황제에 의해 국교로 승격되고 가톨릭교회의 교황이 탄생한다. 그 무엇보다도 오늘의 이태리를 빛나게 한 역사적 사건은 인간 해방과 자연 예찬으로부터 시작한 인문주의 운동으로 꽃피운 문예 부흥Renaissance이다. 우리는 단테Dante의 『신곡Divine Comedy』, 페트라르카 F.Petrarch의 『소네트Sonnet』, 보카치오G.Boccaccio의 『데카메론 Decameron』을 세계사 시간에 배워 알고 있다. 그 외에도 미술, 음악, 조각, 건축 분야마다 뛰어난 위인이 허다하다.

　2) 이태리의 수도는 로마Rome지만 이태리 번영의 중심으로 산업상의 수도라 할 수 있는 도시는 밀라노Milano이다. 이 도시의 상징은 완성까지 오백 년이 걸린 바로 두오모Duomo 사원이다. 사원 앞의 두오모 광장Piazza del Duomo은 밀라노의 중심지로서 이곳을 중심으로 방사상放射狀 도로가 사통팔달로 뻗어 있고 세계 최고 수준의 유행을 자랑하는 상가와 상품이 즐비하

게 늘어서 있다. 이 밀라노 시로 진입하는 길목에 어마어마하게 큰 선전탑이 서 있는데 여인들의 속옷을 파는 제품 회사의 선전을 위해 도시 진입로에 이렇게 큰 여인

의 완전 누드nude를 이용하고 있다니, 여체의 성적 매력을 제품 선전에 이용하는 광고는 청소년의 교육과 여성의 인권에 나쁜 영향을 끼칠 수도 있기에 적절한 규제가 필요하다고 본다.

춘화에 가까운 거대한 광고판은 그 나라, 그 도시의 문화적 풍토가 천박함을 부각시켜 외국 관광객 특히 동방의 예의 바른 관광객에게는 비난의 대상이 될 수도 있다.

3) 밀라노에서 묵은 호텔은 깨끗한 곳이었다. 여러분도 이미 경험한 바 있어 잘 알고 있겠지만 서구의 여러 나라나 미국과 일본도 욕실의 바닥이 거실 또는 응접실 바닥과 높이가 같거나 더 높다. 우리나라의 욕실처럼 욕실 바닥이 바깥쪽 바닥보다 낮은 곳은 거의 없다. 우리는 욕조에 물을 받아 작은 통으로 물을 마음 놓고 몸에 부을 수 있다. 그러나 서구의 욕실 바닥은 높아서 우리처럼 물을 사용하면 물이 넘쳐 응접실 또는 거실을 버리게 된다. 서양에서는 욕조에 커튼curtain을 치고 욕조 안에서 물을 사용하여 물이 외부로 흘러나가지 않게 해야 한다. 시원하게 물을 사용하지 못하는 결점이 있지만 물을 아끼고 물 부족이 생기지 않도록 우리도 반드시 심사숙고해야 할 사안인 것 같다.

(3) 파리Paris

1) 오랜 역사와 찬란한 문화의 전통을 자랑하는 세계적 관광국 프랑스는 벨기에, 룩셈부르크, 독일, 스위스, 이태리, 모나코, 스페인과 국경을 접하고 있다. 세계적 변혁에 앞장선 국가로서 프랑스는 혁명과 인권 선언의 싹이 튼 자유 민주 국가의

전형이다.

이 나라의 수도 파리는 센Seine강 양안에 아름답게 건설되어 있다. 스위스에서 파리로 들어가는 입구는 아름답고 청결하다. 파리에 진입하여 개선문을 지나 샹젤리제 거리 뒤쪽에 있는 한 호텔에 여장을 풀고 거리로 나왔다. 샹젤리제Champs-Elysées 거리의 야경은 참으로 찬란하고 아름다웠다. 그것은 인간의 문화적 진보가 이루어낸 감동과 아름다움의 극치다. 가로등  불빛 아래 우람하게 서 있는 개선문을 지켜보며 샹젤리제 거리의 야경에 묻혀서 길가의 카페에 들렀다.

2) 그러나 화려한 외양을 자랑하는 아름다운 건물도 그 구석진 곳에, 마무리하던 장인의 실수로 흠집이 생기듯 예술의 도시, 연인의 도시, 문화의 도시인 파리의 가장 화려한 샹젤리제 거리에 있는 한 식당의 화장실을 보고 나는 서구 사회의 낙조가 시작되고 있다는 느낌을 강하게 받았다. 손님들이 수십 명 붐비고 있는 식당의 화장실이란 것이 남성용 소변기는 보이지 않고 덮개가 너덜거리는 좌변기 하나만으로 남녀가 공동으로 사용하는 것을 보고 그 불결함과 동시에 종업원들의 비위생적인 서비스 자세에 아연실색하지 않을 수 없었다. 얼굴은 짙은 화장으로 치장하였으나 몸은 청결하지 못한 거리의 여인과도 같은 식당 화장실 실태를 보고, 파리에 대한 찬사가 환멸로 바

꾸고, 우리나라야말로 화장실 문화에 관한 한 세계적 문화국이며 수준 높은 선진국이 된 것 같아 흐뭇한 생각이 절로 들었다.

우리가 투숙한 호텔의 프런트 데스크front desk에는 배우 지망생 같은 인상의 깔끔한 아가씨가 앉아 있었는데, 가엾을 정도로 불친절하여 팁을 줄 필요가 없어 다행이라고 생각해도 기분은 한없이 불쾌했었다. 영어 실력도 형편없어 관광호텔 프런트 데스크에 앉히기에는 부적당하지만 그들의 생각이 거기에는 미치지 못하는 것일까?

한 도시의 아름다움은 무엇으로 알 수 있을까? 가로등이 명멸하는 야경 때문일까? 어딜 가나 깨끗하고 향기로운 화장실일까?

Now and then I have tested my seeing friends to discover what they see. Recently I asked a friend who had just returned from a long walk in the woods, what she had observed.

"Nothing in particular," she replied. How was it possible, I asked myself, to walk for an hour through the woods and see nothing worthy of note?

– Helen Keller 『Three Days To See』 –

나는 때때로 시각 장애가 없는 친구들이 무엇을 관찰했는지를 알아보기 위해 시험해 보았다. 최근에 나는 숲속에서 장시간 산책하고 막 돌아온 친구에게 무엇을 관찰했는지 물어보았다. 그녀는 "특별한 것은 없어."라고 대답했다. 한 시간 동

안 숲속을 산책하고서도 볼 만한 가치가 있는 것을 전혀 보지
못했다니 그럴 수 있을까 자문해 보았다.

ㅡ 헬렌 켈러『삼 일을 볼 수 있다면』ㅡ

나는 부끄럽다. 두 눈을 부릅뜨고 두리번거리며 끊임없이 구
경하고 생각하고 감탄하였으나 막상 무엇을 관찰했는지 쓰려
고 하니 특별한 것은 없었던 것 같아서 헬렌 켈러에게 한없이
부끄럽다. 보았으나 특별히 본 것은 없고 평생을 살았으나 쓰
려면 특별한 것이 없으니 이 어찌 부끄러운 삶이 아니겠는가!
다만 내가 살아온 길에 비록 많은 후회와 회한悔恨이 깔려 있기
는 하지만 특별히 남을 해치거나, 특별히 괴롭히거나, 특별히
속이거나, 특별히 화를 당하거나, 특별히 미워하거나, 특별히
저주한 적은 없었던 점을 궁색한 위안으로 삼아야 할까?

8 - 3
로마Rome, 폼페이Pompeii 그리고 나폴리Napoli

(1) 로마Rome
나와 아내는 수원의 영통 벽적골 9단지에서 살고 있을 때 경
연, 경민과 의논하여 아빠와 엄마가 없을 때라도 집을 깨끗하
게 관리하고 건강에 해가 없는 식사와 단정한 복장으로 의식주
衣食住 생활에 모범이 되도록 신신당부申申當付를 하고 미영과
성호가 공부하고 있는 로마로 여행을 떠났다.

두근거리는 가슴을 안고 로마의
레오나르도 다빈치Leonardo da'Vinci
국제공항에 내려 마중 나온 미영과
성호의 열렬한 환영을 받고 성호가
운전하는 자가용에 몸을 실어 미영
과 성호가 세 들어 사는 로마 교외
의 집을 향했다. 공항에서 시내로

달리는 길이 곧고 깨끗하며 큰길의 양쪽에 줄지어 심은 가로수
가 정연하게 늘어선 모습은 잘 정돈되어 미관이 좋았다. 로마
제국의 찬란했던 문명과 문화의 유산에 대한 기대와 흥분이 가
슴 벅찬 감격으로 밀려왔다.

로마는 하루 만에 이루어지지 않았다.

Rome was not built in a day.

대로마 제국의 장구한 역사와 그 위대한 문화의 업적을 간
명하게 나타내는 이 금언金言은 시오노 나나미Shiono Nanami가
평생의 노작勞作『로마인 이야기The
Story of Romans』를 시작하며 강조한
함축적含蓄的 의미의 로마 역사를
나타낸다.

　로마는 트로이Troy 전쟁에서 살
아남은 귀족의 후손이 이탈리아반
도로 흘러와 왕국을 이루어 전승

되는 동안 로마 특유의 신화myth와 결합되어 로마 제국 건설의 신화가 탄생했다. 군신軍神 마르스Mars가 당시의 누미토르Numitor 왕의 딸 실비아Silvia의 미모에 반하여 잠든 공주와 사랑을 나누고 그 결과로 쌍둥이 아들이 태어났으니 형은 로물루스Romulus, 동생은 레무스Remus였다. 두 형제는 협력하여 왕국을 건설하고 분할 통치를 하는 것으로 결정하였으나, 형제의 갈등으로 형은 동생을 처단하고 그 자리에 자기 이름을 딴 로마Roma를 기원전 753년(B.C.753)에 건설했다.

대로마 제국의 천년 역사가 남긴 찬란한 문화유적文化遺蹟을 탐방探訪하여 이태리 관광을 옹골차게 하겠다고 마음먹지만 역사 인식의 능력과 시간의 부족 때문에 주마간산走馬看山으로 끝날까 두려웠으나 마음은 한없이 두근거리고 기대 또한 천정부지天井不知로 높았다.

이태리 관광의 제일명소第一名所는 뭐니 뭐니 해도 콜로세움Colosseum이다. 고대 로마의 노천원형극장露天圓形劇場이며 투기장鬪技場으로 영화 「글래디에이터Gladiator」의 배경으로 나온 콜로세움은 역사상 뛰어나고 아름다운 건축의 극치極致를 이루

지만 인간성의 모순矛盾이 적나라赤裸裸하게 드러난 상징symbol이기도 하다. 건물의 외부는 신의 작품이지만 안에서 벌어지는 잔인한 경기는 악마의 짓으로 성악설性惡說의 증거proof가 될 것 같다.

제8장 다른 세상

나는 아내와 미영, 성호와
함께 콜로세움 앞에 서 있는
고대 로마 병사의 복장을 한
군인과 기념사진을 찍었다가
돈을 요구하는 옛 군인 복장
호리꾼에게서 덤터기를 쓰게
되었다. 그 옆에 있는 콘스탄
티누스 개선문Arco di Constantino의 우아한 모습은 그리스도교
Christianity를 공인公認한 황제를 기념하는 뜻으로 세운 문이다.

로마 광장Foro Romano은 옛 로마인들의 정치 중심지였으며
로마의 영웅 시저Julius Caesar가 암살당한 원로원이 있었던 곳
으로 모든 것이 사라진 폐허廢墟였고 인생무상人生無常의 덧없
는 흔적痕迹만 남아 있었다. 산타 안젤로 성Castello Sant' Angelo
은 로마를 흐르는 테베레Tevere 강가에 견고한 성벽으로 지어
진 감옥으로 비련悲戀의 여인 토스카Tosca가 테베레 강으로 몸
을 던진 오페라opera의 아리아aria 「별은 빛나건만」으로 유명하
여 토스카의 성이라고도 한다.

트레비의 분수Fontana di Trevi는 수많은 로마의 분수噴水 가
운데서 가장 유명하다. 500년의 전통이 있는 이 분수는 사랑의
샘愛泉이라고도 하는데, 세계에서 모여든 수많은 관광객이 분
수에 동전을 던져 로마에 다시 올 수 있다는 기대와 돌아와 사
랑을 이루겠다는 간절함을 남기고 떠나가는 분수다. 나도 아내
와 함께 동전을 던져 우리의 사랑이 더욱 깊어지기를 빌었다.

스페인 광장Piazza di Spagna은 외국의 관광객이 많이 붐비

는 명소로 이 광장에서 스페인 계단Spanish
stairs이라고 부르는 137단의 돌층계에는
언제나 관광객이 앉아서 이태리 관광의 망
중한忙中閑을 즐긴다. 우리도 네 사람이 맛
있는 점심 식사를 마치고 이 광장을 찾아
계단에서 그간의 즐거웠던 이야기를 나누
며 한가한 오후를 보내고 다시 관광길에
올랐다.

동굴 묘지Catacombe는 그리스도교도Christians에 대한 박해가
극심極甚했던 2세기 이후 기독교인들이 예배를 보며 비밀 집회
를 열었던 지하의 복잡한 동굴인데 우리는 그 입구에서 안을
들여다보았으나 들어가지는 않았다.

성 베드로 성당Basilica di San Pietro은 예수의 열두 제자 중에
서 가장 큰 영향을 끼치고 예수 사후死後에 초대 교황이 되었
던 베드로Pietro가 죽은 후에 그의 묘가 있는 자리에 르네상스
Renaissance로부터 오랜 세월의 건축 기간을 거쳐 완성된 오늘
의 대성당이다. 성당 앞쪽 우측에 베드로 상이 서 있는데 그의
엄지발가락은 구원을 갈구하는 수많은 관광객이 입 맞추는 의

식으로 마멸되어 반짝인다. 대
성당 앞의 광장piazza은 신도와
관광객이 모여 바티칸Vatican
궁전의 교황이 기도하고 설교
할 때를 기다렸다가 감사하며
은혜를 구한다.

바티칸 궁전the Vatican Palace은 로마 가톨릭 교황이 기거하는 곳으로 바티칸 시국市國, Cita del Vaticano의 수도이며 통치의 중심지로서 미켈란젤로Michelangelo가 디자인했다는 적red, 청blue, 황yellow의 삼색 제복uniform을 입고 궁전을 지키는 스위스 위병이 유명하다.

이태리에 오면 문예 부흥Renaissance의 대가들, 문학의 단테Dante, 페트라르카Petrarca, 보카치오Boccaccio와 그림의 레오나르도 다빈치Leonardo da Vinci, 미켈란젤로Michelangelo, 라파엘로Raffaello를 똑똑히 보고 느끼려 했으나 보아도 어려운데 스치고 지나가니 안타까우나 도리가 없구나!

(2) 폼페이Pompeii

이태리에 오면 누구나 고대 로마의 도시 폼페이의 폐허廢墟와 유적遺跡을 보고 간다. 영화「폼페이 최후의 날The Last Day of Pompeii」을 연상하며 모든 관광객은 처참한 멸망의 도시를 감개무량感慨無量하여 보고는 저마다의 느낌과 생각을 가다듬어 살아 있는 역사의 교훈을 마음에 깊이 새긴다. 폐허의 동쪽에 있는 오늘의 폼페이 시를 보며 베수비오Vesuvio 화산의 폭발이 다시 일어난다면 같은 운명에 처하게 될지도 모르는데 옛사람들처럼 여전히 희희낙락喜喜樂樂하며 살아가니 인간의 망각忘却과 무심無心은 가이없구나!

우리는 폼페이의 가로街路가 마차의 통행 때문에 그 폭만큼

두 줄로 파인 자국을 보았고 목욕탕과 목욕 중인 사람의 화석과 두 남녀가 포옹한 모습의 화석뿐만 아니라 광장Foro, 소극장, 주택의 모습도 발굴되어 옛사람들의 삶의 흔적을 2000년이란 긴 세월이 지난 후에 다시 보니 감회가 새롭다.

(3) 나폴리Napoli

나폴리 만灣에 위치한 세계적인 미항美港 나폴리는 베수비오 화산이 바라보이는 국제적 관광지이다. 로마 제국의 황제들이 자주 찾아와서 즐겼다고 하며 다양한 민족이 어울려 독특한 문화를 이루고 있다고 한다. 시가지 중앙을 관통하는 로마 거리 Via Roma, 나폴리 민요로 유명한 산타 루치아Santa Lucia 산책로, 그리고 무수한 맛집과 아름다운 경치로 나와 아내는 감동하였고 식당에서 받은 환대와 성호와 미영이 우리를 위해 주문한 맛있는 이태리 음식은 관광 중에 맛보는 신선한 감동이며 진수성찬이었다.

타이베이臺北, 하와이Hawaii 그리고 카프리Capri

(1) 타이베이臺北

경민이 세륜초등학교에서 오륜중학교로 진
학하고, 그해 여름 방학을 맞아 아내와 나는
경민을 데리고 가까운 타이베이로 여행을 하
기로 했다. 그때까지 경민은 비행기나 배는
말할 나위도 없고 기차 여행의 경험조차 없었
다. 우리는 경민의 안목을 높이고 외국의 문
물을 가까운 곳에서 점점 먼 곳으로 섭렵涉獵
하여 인생 후반의 삶을 풍부하고 값지게 만들

어 나가자는 원대한 계획의 첫걸음으로 여기부터 시작하자고
제법 그럴듯한 계획을 세웠다. 여행사에 가서 3박 4일의 타이
베이 단체 여행을 신청하고 제반 서류와 비용을 마무리했다.

나와 아내 그리고 경민, 셋은 공항에서 다른 일행과 만나 탑
승 수속을 마치고 비행기에 탑승, 불과 2시간 만에 타이베이
국제공항에 안착했다. 다음 날 일행은 여행 현지 안내원guide
의 인솔로 타이베이 관광을 시작했다. 우선 대만은 국민당 정
부가 본토에서 공산당 정부에 쫓겨 대만으로 넘어온 후 타이베
이臺北를 수도로 정하고 자유중국自由中國 정부를 유지하여 반
세기를 지나는 동안 중국 문화의 특색을 살리려고 힘을 쏟았겠
지만, 그전 시기에 대만을 지배한 일본풍이 많이 남아 있었다.

우리 일행은 버스를 타고 중산북로中山北路를 따라 좌우를 살펴보고 중국이 낳은 위대한 사상가 공자孔子를 모시는 사당인 공자묘孔子廟에 들렀다가 동물원을 방문했다. 다시 버스로 번화가에 있는 중화상장中華商場에 가서 안내원의 안내에 따라 선물 가게에 들러 필요한 사람들은 선물을 샀으나 어쩐지 빈번한 선물 가게 방문에 부자연스러운 억지가 엿보여 씁쓸한 울적함이 쌓였다. 다음 날은 자유 관광 시간으로 단체가 움직이지 않아 우리 세 식구는 그렇게도 기다리던 기차를 타려고 택시로 타이베이 역에 가서 경민에게 최초의 기차여행 경험을 안겨 주었다. 이미 비행기 여행을 했으므로 기차 여행의 감흥은 크지 않았겠지만, 처음이란 행운은 맛보았으니 이번 여행은 뜻이 있었다.

다음 날 다시 일행이 버스를 타고 인근의 선주민족先住民族으로 알려진 원주민 고사족高砂族의 거주지 우라이烏來에 가서 타이알 족의 생활상을 보았고 관광객을 맞이하는 소녀들과 기념사진을 여러 장 촬영하고 그들의 독특한 음식을 맛볼 수 있었다.

(2) 하와이Hawaii

내가 단국대학교에서 강의하고 있을 때 하와이 대학교에서 아시아-태평양 교환 센터The Center for Asia-Pacific Exchange

가 주최한 미국학 포럼 American Studies Forum 에 참가하려고 호놀룰루 Honolulu를 방문했다. 하와이 국제공항인 알로하 Aloha 공항에 도착하여 여장을 풀고, 다음 날 하와이 대학에 갔었다. 주

로 우리나라와 일본의 교수와 학생들이 많이 참여했다.

주제는 미국의 문화와 문명 전반에 걸쳐 좋은 점과 나쁜 점을 참가자들의 본국과 비교하여 신랄辛辣하게 분석 비판하는 토론討論이었다.

나는 평소 글이나 영화에서 본 미국인Americans과 서양인 Europeans의 주거 생활에서 매우 못마땅한 점을 지적하고 예리하고 강하게 비판하여 미국과 일본 교수를 포함하여 많은 참가자의 지지를 받았다. 이미 앞에 나온 지면에서 지적한 바와 같이 그들은 밖에서 신고 다닌 신발을 집 안에 그대로 신고 들어와 침대에서 신발을 벗고 아내를 어루만지니 그 역겨움을 참기가 힘들다.

이곳은 하늘sky이 맑고 모래sand가 보드랍고 파도타기surfing가 즐거운 3S 의 고장이다. 여기는 유명한 와이키키 Waikiki 해변이 있어서 많은 사람이 피

서를 오고 해수욕을 즐기는 명소인데 내가 갔을 그때의 그날은 비가 내리고 있었고 모래사장은 와이키키 역사상 가장 모래의 양이 적고 청결하지 못해 실망이 컸었다.

하와이 대학교는 크고 잔디가 고르며 도서관에는 장서가 많고 식당에서 나오는 여러 가지 음식도 깨끗하고 맛이 좋았으나 역시 잔디밭에는 질러가려는 발자국이 모서리마다 나 있고 화장실에는 지저분하고 해괴망측駭怪罔測한 낙서가 질펀하여 실망이 컸지만, 어느 나라인들 그런 현상이 없으랴.

(3) 카프리Capri

이 섬은 로마의 아우구스투스 Augustus 황제와 폭군 티베리우스 Tiberius의 별장이 있을 만큼 조망이 좋고 아름답다. 이곳에는 물이 파랗게 빛나고 바위가 하얗게 보이는 푸른 동굴Grotta Azzurra이 있어 찾는 사람들을 놀라게 하고 해안의 암석 벼랑은 낙화암을 떠올려 동서의 자연이 한결같음을 보여준다. 심미안의 부족으로 내 눈에는 그저 아름다운 섬으로 비칠 뿐이지만 성호와 미영이 카프리의 식당에서 우리에게 대접한 풍성한 이태리 음식이 나와 아내의 카프리 관광을 더없이 만족하게 만들어 주었다.

메랑Meyrin, 뚜와리Thoiry
그리고 바르셀로나Barcelona

(1) 메랑Meyrin

메랑은 스위스Switzerland의 제네바
Geneva 시 외곽에 있는 제네바 주州의 작
은 지역이다. 미영과 성호가 이태리 유학
을 마치고 제네바의 스위스 국립극장 오
페라 가수opera singer로 두 사람이 모두
오디션audition에 합격하여 정기적으로
공연하며 메랑에서 아파트 생활을 시작
했다. 제네바 시는 스위스 제네바 주州의
주도州都로서 중심에 있는 몽블랑 거리Ruc du Mont-Blanc는 레
만Leman 호湖까지 이어지고 있다. 그뿐만 아니라, 주변에 마테
호른Mathehorn 산, 융프라우Jungfrau 산, 몽블랑Mont-Blanc 산
이 있는 절경의 땅이다.

제네바 시 남부의 느우브 광장Place Neuve 주변에는 종교 개
혁 기념비Monument de la Reformation, 제네바대학교Université
de Genéve, 그랑극장Grand Theatre, 빅토리아 홀Victoria Hall이
있으며 이름난 선각자先覺者 칼뱅Calvin, 볼테르Voltaire가 활동
했고, 사상가思想家 장 자크 루소Jean Jacques Rousseau가 태어
난 이곳은 오늘날 국제기구가 많아 세계적으로 여러 인종, 민
족, 국가를 대표하는 국제 신사가 활동한다.

미영과 성호 내외가 먼 타국에서 사랑하는 아들 지수를 키우며 노력하여 메랑에 작은 아파트를 구입하여 지수가 학교에 다니기 편리하게 만들어 주었고, 제네바 바로 곁에 있는 프랑스France의 엔Ain 주州 뚜와리Thoiry에 3층 양옥을 사서, 휴일이면 온 식구가 편리하고 행복한 생활을 하는 것이 너무나 대견하고 자랑스러워서 생각하면 절로 흐뭇한 웃음이 솟는다.

나는 지수가 메랑의 유치원에 다닐 때부터 지수네를 방문하여 한 달 이상을 머물며, 체류 기간 내내 성호와 미영이 공연을 위해 극장에 있는 동안 나와 지수는 함께 생활했다. 지수는 내가 보고 겪으며 관찰한 바로는 지고지순至高至純의 천사天使다. 언제나 화내지 않고 조용히 자기가 할 일을 스스로 하며 필요하면 남을 돕고 주위에서 자기가 하는 일을 바라보며 호기심을 보이면 다정하게 양보하고 함께 웃으며, 섭섭한 마음이 있어도 조용하게 달래어 가라앉게 하고 부탁을 받으면 항상 하던 일을 중단하거나 마무리 짓고 난 후에 찾아와 도와주는 인품을 타고났다.

하민과 하연도 착하고 바르며 고운 심성을 가지고 태어난 귀염둥이지만 남매로 자라며 가끔은 다투는 일이 있었지만, 지수는 홀로 자라며 엄마와 아빠가 극장에 가면 이 사람 저 사람 부탁하여 지수를 맡겼으니 어린 지수가 눈치를 보며 참고 견디어 엄마와 아빠가 돌아와 찾을 때까지 아쉬움과 서러움이 오죽했을까?

　　　　　　　　　　　　　　　제8장 다른 세상

내가 귀국하는 날이면 제네바 공항에서는 많은 사람이 할아버지와 손자의 요란한 이별 장면을 보고 놀라 눈이 등잔처럼 휘둥그레진다. 떠나는 할아버지를 보고 울며불며 몸부림치던 그 어린 지수가 이제는 고등학생으로 어엿한 대장부가 되어 제네바에서 서울까지 혼자 여행을 할 수 있으니 참으로 대견하여 나의 기쁜 마음 한이 없고 하나님께 감사하고 감사하다. 지금 지수는 행복하다. 친가의 할머니(최영란)와 삼촌(한성재) 내외, 외가의 할아버지, 외삼촌 내외, 이모 내외와 하민, 하연의 사랑을 담뿍 받으니 이보다 더한 행복은 없을 것이다.

(2) 뚜와리(Thoiry)

미영과 성호가 장만한 뚜와리의 300평 3층 양옥은 서울에 있다면 규모가 커서 매수가 어려웠을 것이다. 뚜와리 지방은 스위스의 제네바와 인접한 프랑스의 엔Ain 주에 속한 농촌 지역으로 두 내외 열심히 일하고 노력하여 알뜰살뜰 살면서 아끼고 모아 차고와 주차장이 있는 집을 마련했으니 기쁘고, 살림에 여유가 있어 생활이 넉넉하니 부모 된 마음으로 하늘은 높고 푸르며 땅은 넓고 평온하여 먹지 않아도 배가 부르다.

뚜와리에 미영과 성호가 집을 장만하자 나는 다시 방문했다. 에어 프랑스Air France로 드골De Gaulle 공항에 도착한 후에 한 시간 지나 제네바 행 비행기로 옮겨 타고 제네바 공항에 도착

하여 지수네 식구의 마중을 받았다. 뚜와리의 집에서 창문을 열면 저 멀리 몽블랑 산Mt. Mont-Blanc이 보인다. 일 층에 있는 손님 접대용 방에 여장을 풀고 가지고 간 선물 보따리를 헤쳐 지수와 함께 지하 차고 안에 있는 작은 방(지수의 보물 창고)에 차곡차곡 쌓아 정리했다. 이 방에는 술(양주, 포도주, 맥주, 소주), 과자, 빵, 음료수, 물, 고기, 생선, 건어물, 밀가루, 양식, 채소 등 없는 것이 없었다.

주말이 되자 우리는 제네바에 있는 한국인 교회에 갔었다. 당시의 유경호 목사님께서는 예배를 시작하기 전에 특별히 지수의 할아버지인 나를 한국에서 온 전前 교수로 소개하여 회중 앞에서 인사말을 하도록 기회를 주셨다. 나는 먼 타국에서 동포끼리 뭉쳐 하나님께 예배를 드리며 단결하여 살아가는 모습을 보고 느낀 감회와 조국의 부름이 있으면 언제나 달려와 봉사할 수 있는 젊은이들에게 드리는 부탁의 말씀 그리고 미영, 성호, 지수에게 베풀어 준 사랑에 깊은 감사를 드리며 인사를 마쳤다. 예배 후에 아래층의 교회 식당으로 내려가 유 목사님과 여러 신도의 인사를 받으며 우리는 맛있는 점심을 먹었다.

나는 늘 어린 지수가 홀로 자라며 부모가 극장에서 공연하는 시간에 맡겨진 분들에게 감사를 드리지 않을 수 없다. 특히 잊을 수 없는 분으로 교회의 임청자 권사님을 손꼽는다. 임 권사님은 여러 해에 걸친 기간에 어린 지수에게 식사와 잠자리를 마련하여 미영과 성호가 지수를 찾아 돌아갈 때까지 돌보아 주신 분으로 나는 언제나 감사를 드린다. 그뿐만 아니라 내가 제네바에 오면 언제나 집으로 초대하여 맛있는 음식을 마련, 우리를 행복하게 만들어 준 고마운 분이시다.

처음 제네바에 갔을 때 교회에서 만난 분들은 잠시 만나 기억이 어렴풋하지만 나를 보고 배우처럼 복장이 화려하다고 칭찬해 준 분이 계셨고 당시 한인회장을 하신 임두수 집사님이 운영하는 식당에 우리를 초대했었다. 이상훈 집사와 부인 박마리 씨와 아들 동희 군이 생각나고 미영과 함께 극장에서 활동하고 있는 소프라노 바르두히Varduhi와 그녀의 딸 안나 Anna가 있었다. 안나가 지수를 돌보아 준 은혜에 감사하는 마음 깊다.

미영과 성호가 제네바에 가기 전 로마교회의 홍기석 목사님의 배려와 주선으로 재在로마 한인 음악도로 구성된 합창단이 한국 공연을 왔을 때의 여러 단원이 있었고 김승태 군은 한성호와 가까운 사이여서 기억이 난다.

강연준 목사님이 당회장으로 계셨을 때의 제네바 교회는 아는 분이 적어 섭섭했으나 테너tenor 이상훈 씨와 아들 동희를 만났고 바리톤baritone 조배근 씨와 부인 차수미 씨도 만났다. 식당을 경영했던 유연희 집사님의 초대를 받고 제네바에 있는 자택을 방문하여 융숭한 대접을 받았으며 그 당시 지수와 절친했던 다솔과 봄누리도 만났다. 나는 지수를 사랑하고 보살펴 준 모든 이들에게 감사하며 언제나 만나면 감사함을 표하고 싶다. 강 목사님의 딸 혜수는 지수와 친하다고 하여 고맙게 생각했다.

1980년은 내 나이 산수傘壽에 접어들어 아들, 딸, 사위 모두가 합심하여 나를 다시 제네바로 초대하여 산수 잔치를 미영네 집에서 열었다. 이때는 경연네 식구 모두와 함께 비행기에 올라 제네바에 왔다. 기내에서 하민과 하연은 즐거워 키득거리며 앞에 있는 컴퓨터를 사용하여 시간 가는 줄을 모르고 즐거워했으나 나는 우리 좌석이 기내 중앙 제일 앞에 있는 특석이었지만 세월의 속박에서 벗어나지 못하고 불편한 몸이 되어 화장실을 자주 들락거리며 힘들어했었다. 화장실 앞에서 문에 쓰인 '사용 중Occupied'과 '비어 있음vacant'을 판별하려고 눈살을 찌푸려 보고 있는데, 하민이 와서 기내 좌석에 앉아 앞에 있는 표시등을 보고 빨간 불이면 사용 중이고 파란 불이면 비어 있다는 뜻이라고 가르쳐 주어 나를 이처럼 굼뜨게 만든 세월의 야속한 비애가 느껴졌다.

주일이 되어 우리 모두가 제네바 한인 교회에 갔다. 모든 분과 인사하고 지하 식당에서 즐거운 식사도 했다. 예외 없이 임 권사님은 우리를 초대하여 특유의 맛있는 진수성찬으로 감동을 주었다. 미영의 일 년 선배 김정린 집사가 와서 인사를 했었다. 박영진 목사의 아들 도연은 지수와 절친한 형이었는데 지금은 한국에 들어와 지수가 한때 안타까워했었다. 이제 지수가 홀로 먼저 귀국하여 넉넉한 시간을 가지고 절친의 친구를 만나 보고 또 그동안 컴퓨터에서 사귄 온라인on-line 친구들과도 만나는 바쁜 일과를 보낼 것이니 대견하다. 미영, 성호, 지수가

오면 우리 모두 함께 여
행을 하고 맛집을 찾아
즐기며 여러 가지 재미있
는 경험을 통해 회포懷抱
를 풀 것이니 기대가 크
다. 미영은 한국에 와서
여러 친구를 만날 것이

다. 외교관으로 제네바에서 활동하고 귀국한 김효진 집사 내외
분과 해마다 만나는 배인주와 이기범이 있고 특히 이화여대 교
수가 된 양귀비와는 8월에 합동 연주회가 있으니 금년(2022년)
여름은 더욱 바쁘고 화려하게 흘러가겠다.

(3) 바르셀로나(Barcelona)

이제 먼 곳과 다른 곳의 이상하고 아름다운 모습에 대한 이
야기를 우리 가족 모두가 함께 즐긴 바르셀로나 여행으로 마치
려 한다. 우리 일행은 모두 8명으로 경민 내외만 제외하고 함
께 다녔다. 뚜와리에서 만반의 여행 준비를 하고 성호와 미영
이 각각 자기 차를 운전하여 모두 나누어 타고 제네바 공항으
로 와서 주차하고 바르셀로나 행 비행기에 몸을 실었다. 바르
셀로나는 지중해the Mediterranean Sea에 면한 스페인 최대의 항
구로 오랜 역사를 가진 상공商工 도시이지만 오늘날은 무엇보
다도 스페인의 천재 안토니 가우디Antoni Gaudi(1852–1926)의
명성으로 세계적 관광 도시가 되었다.

가우디는 1884년 건축 역사상 유례類例를 찾기 힘든 독특하

고 화려하며 장엄하고 아름다운 성 가족교회란 뜻의 사그라다 파밀리아La Sagrada Familia 교회를 설계하고 착수하여 필생의 작품으로 혼신의 힘을 쏟았으나 생전에 미완으로 남아 아직도 완성을 위해 건설 중이라고 한다.

나는 내부에 들어가 하나님께 영광을 돌리는 예배의 장소로는 경제적 손실이 크고 효율성이 떨어진다는 생각에 흠칫했으나 가우디의 천재성과 예술성으로 인한 경제적 이득과 효율성을 생각하니 범부와 천재의 괴리乖離가 너무나 커서 아득함을 느꼈다. 나도 이해하고 감상하기 아득한데 하물며 내 어린 귀염둥이들에게 있어서랴.

바르셀로나 관광을 마치고 성호가 미리 약속하여 주문을 마친 맛집에 가서 모두들 허리띠를 풀고 스페인식 진수성찬에 포도주를 곁들이니 세상이 우리들의 것으로 보여 마냥 행복했었다.

아늑하고 편리한 호텔에서 그날 밤을 푹 쉬고 아침 일찍 출발하여 제네바에 도착했다. 며칠을 더 미영네 집에서 보내고 백화점에서 필요한 물건과 선물을 마련한 다음 경연네와 나는 다시 귀국길에 올랐다.

제8장 다른 세상

은퇴(隱退)와
환희(歡喜)

Love's Secret

— William Blake(1757–1827) —

Never seek to tell thy love,
Love that never told can be;
For the gentle wind does move
Silently, invisibly.

I told my love, I told my love,
I told her all my heart;
Trembling, cold, in ghastly fears,
Ah! she did depart!

Soon as she was gone from me,
A traveler came by,
Silently, invisibly;
He took her with a sigh.

사랑의 비결

- 윌리엄 블레이크 -

그대의 사랑을 말하려 애쓰지 마오,
결코 말해서 안 되는 사랑을;
본디 다정한 바람이란 지나간다오,
소리 없이, 보이지 않게.

나는 사랑을 고백했소, 고백했소,
내 모든 마음을 그녀에게 털어놓았소;
침착하게, 파랗게 질리도록 두려움에 떨며,
아! 그녀는 떠나가 버렸소!

그녀가 나를 떠나자 곧,
한 나그네 지나다가,
소리 없이, 보이지 않게;
한숨 쉬며 그녀를 이해했다오.

시아버님께 올리는 글

- 조미지(사랑하는 며느리) -

아버님을 처음 뵙고 저는 놀랐습니다. 제가 알고 있던 연세에 비하여 너무나 젊고 활기찬 아버님의 모습이 감동을 주었기 때문입니다.

아버님의 뛰어난 패션fashion 감각과 건강미 넘치는 동안이 곧고 바른 체격과 어우러져 결혼하고 4년이 지난 지금까지 저의 마음을 기쁘게 합니다.

아버님은 젊게 사신다고 생각합니다. 여러 가지 의미가 있겠지만 헤어스타일hairstyle, 옷차림, 생활 태도 등의 외양뿐만 아니라 내면의 사상과 감성까지 젊은 기운이 넘쳐 신기한 느낌과 대단하시다는 생각을 줍니다.

2018년 결혼 후 많은 시간이 지나지는 않았지만, 가족이 많이 생겨서 마음이 든든하고 행복감이 솟아납니다. 저는 외동딸로 태어났기 때문에 외로울 때가 가끔 있었지만, 지금은 자상하신 아버님과 친언니들처럼 잘 챙겨주는 형님들이 계셔서 언제나 마음이 넉넉하고 편안하며 지수, 하민, 하연과 함께 즐거운 명절을 보내고 있어서 행복합니다.

유럽Europe으로 여행할 때 제네바Geneva의 큰형님 댁에서 지내며 함께 즐거운 시간을 보내고, 설과 추석에 친정 어머님이 오셔서 맛있는 음식을 장만하여 즐기면서 시댁 식구들과 즐거운 윷놀이로 화목을 다지며, 여름에 다 같이 강릉으로 여행하여 잊지 못할 추억이 차곡차곡 쌓여만 갑니다. 감사하고 행복하며 기쁘고 즐겁습니다.

아버님 지금처럼 젊고 건강하게 오랫동안 사시면서 행복하고 즐거운 삶으로 가족들과 추억을 쌓아가기를 하나님께 기도하겠습니다.

－2022년 10월

제비가 아무나 되나

어버이 날 낳으시고 곱게 길러 어린이가 되니 학교에 입학하고 자라나 중학교, 고등학교 그리고 대학교를 차례대로 졸업한 후에, 나라의 부름을 받아 군에 입대하여 국가와 민족에 충성하고 부모님께 효도하며 제대하여 일자리를 구하고 때가 되어 짝을 찾아 인연을 맺더니 아들, 딸 낳아 기르며 알뜰살뜰 살다가 어느 겨를에 고장 없는 세월 따라 님은 가고 홀로 남아 검은 머리에 하얀 무서리가 내리니 그제야 비로소 삶은 이어지나 잠시 쉴 틈이 찾아온다. 무얼 할까? 갑자기 닥친 자유와 해방에 넋 놓고 있다가 주체 못 해 한동안 아득했다.

이 회고록을 결심하고 쓰기 시작했을 때의 내 마음은 건강하게 오래 살면서 좋은 작품으로 알찬 보람을 찾겠다는 순진무구純眞無垢의 순수함이었다. 그러나 은퇴 직후에는 재미있으며 운동의 효과도 있는 것을 궁리하던 차에 동기생 권임숙을 만나

스포츠 댄스sports dance를 하기로 의논했다. 두 사람은 궁리 끝에 금천구 시흥동의 금빛공원 지하실에 마련된 스포츠 댄스 교실에 다니기로 정하고 현장 시범 수업을 참관했다.

담당 강사를 만나 진행 과정을 검토하고 등록을 마쳤으나 소개한 친구는 가정 사정으로 제주도로 이사했다. 나는 그때

부터 금천구 금빛공원 스포츠 센터에서 스포츠 댄스를 배우기 시작하여 김하늘, 장미경, 김미선, 권익숙 선생님의 지도를 받으며 열심히 노력했었다. 권익숙 선생님은 배울 때마다 성의를 다하여 지도했었다.

성인成人들이 배우고 즐기는 춤dance에는 트로트trot, 블루스blues, 지르박jitterbug과 같은 사교춤social dance과 스포츠댄스sport dance인 차차차cha-cha-cha, 탱고tango, 왈츠waltz, 룸바rumba, 자이브jive가 있다. 남녀 성인 수강생들은 매시간 강사의 지도에 따라 기본자세와 동작을 연습하고 두 줄로 서서 구령에 맞춰 상대partner를 바꾸어changing 발과 몸동작을 배운다.

사교춤을 잘 추는 사람을 세속적世俗的으로 비하卑下하여 제비라고 하는데, 이는 건전한 정신과 신사적 예법manners의 부족으로 사회적 인식이 곱지 않기에 붙여진 호칭이다. 우리는 일본 영화「우리 춤출까요?Shall we dance?」를 알고 있다. 춤에도 기본자세와 근본정신이 있으니 잘 이해하고 지켜서 건전한 자세와 태도로 즐기면 삶의 활력소가 되고 스트레스stress 해소解消에도 큰 도움이 될 수 있다.

나는 열심히 배우고 열심히 연습하여 2년이란 세월이 흐른 어느 날 굳은 결심과 큰 각오로 현장 검증을 하기로 작정했다. 영등포의 유명 카바레cabaret에 자신만만自身滿滿하고 보무당당步武堂堂하게 입장했다. 종업원의 안내를 받고 빈자리에 앉았다. 깨끗한 복장, 멋있는 자세와 신사적 태도로 한껏 분위기에 맞게 행동하며 웨이터waiter가 나에게 어울리는 멋진 파트너partner를 내 좌석에 부킹booking 해 주기를 기대하며 기다렸는데 키가 크고 세련된 여인이 나타 났다. 서로 공손하게 자기소개를 마치고 맥주 한 잔을 마신 후 플로어floor로 나아갔다. 노래에 맞춰 춤추기 시작했다. 불안한 마음과 떨리는 손길로 파트너를 잡고  holding 스텝steps을 밟아 나아가다 긴장과 흥분으로 그만 삐끗, 파트너의 발등을 밟고 말았다. 다시 시작하려고 손을 잡으려니 그녀는 공손하게 인사하며 화장실에 다녀오겠다고 말했다. 처음에 나는 그 말의 뜻을 이해하지 못했다. 아무리 기다려도 함흥차사咸興差使인지라 내 자리에 돌아와서 종업원을 불러 사정을 알리고 새로운 부킹을 기다렸다. 또다시 마음에 드는 여인이 나타나 공손하게 자기소개를 했다. 잠시 후 나는 역시 그녀와 함께 무도장武道場에 나섰다. 음악에 맞춰 손을 잡고 스텝steps을 밟았다. 그런대로 곡에 맞춰 흘러가는 듯 했으나 여인은 중도에서 손을 놓더니 공손하게 인사하며 화장실을 되뇌더니 사라지고 나타나지 않았다. 아차차, 깜빡 잊을 뻔했구나! 두 번이나 당하고도! 나의 현장 실력이 부족함을 깨닫고 경솔함에 부끄러움을 느꼈다.

나는 무릇 한 분야의 전문가 또는 대가가 함부로 되는 것이 아니며 자기가 원하는 것을 정하고 전력을 경주해도 뜻을 이루기가 쉽지 않음을 다시 체험하고 깨달아 남은 인생의 보람을 창작에서 찾기로 새삼 결심했다. 강남제비가 아무나 되나!

나와 함께 짝을 이루어 춤을 배우며 인간사 서로 돕고 지내

는 많은 친구가 있다. 선생님들은 소개했거니와 함께 배운 친구와 선후배들도 많다. 유명준 회장은 이 순간까지도 연락하며 내무국장 출신의 유동신과 박은숙 부부, 서인표, 이경배 사장, 조인순, 정순복 여사를 위시하여 나의 사교춤 상대partner로 활동한 엄용순 여사는 반복하여 파트너로 지냈으며 개인 사업에 도움을 주기도 했다. 차남숙과 손창재 여사도 가까운 일행으로 차 여사는 만나면 대접을 하려고 성의를 보이는 사이였다. 한때 짝이

었던 송은주 유아원 원장은 곱고 참된 친구 장영순을 소개하여 뜻밖의 감격으로 내 인생의 정서적 풍요와 삶의 만족을 안겨 주었다. 그 외에도 김양례, 강경희, 신순희, 김길희, 최원경 여사 그리고 영어를 공부한 신지영과 홍수정 여사, 노래 교실의 강희주 선생님, 영어반의 신명자, 김미옥, 이윤정, 공원이미용 김주년 사장도 고마운 인연이 있다.

9 - 2
문화교실文化教室과
성인영어반成人英語班

응봉동의 대림아파트 1동 102호는 은퇴 후, 오랜 기간 나의 보금자리였다. 가락동부교회에서 아내와 가까운 김애옥 집사

의 추천으로 아내와 나는 수원 영통 벽적골의 주공아파트에서
응봉동으로 이사하려고 미국의 부시Bush 대통령이 이라크Iraq
에 선전포고the proclamation of war를 한 날 아파트 매매 계약을
체결했다. 전날 부동산업자의 중개로 계약이 이루어지려는 순
간 매도인의 욕심 때문에 갑자기 가격을 500만 원 올려서 계약
이 결렬되었다. 다음 날 중개인의 다급한 연락을 받고 갔더니
매도인이 계약을 원한다기에 나는 옳다꾸나, 땡이로구나 때는
이때다 싶어 어제와는 반대로 내가 500만 원을 내려서 전쟁 발
발勃發에 놀란 매도인과 매매 계약을 성사시켰다. 나는 집주인
의 욕심이 손해로 이어지는 이런 결과가 잔꾀에 제가 넘어가는
어리석음의 표본임을 깨닫고 뒤집힌 속이 트이고 후련했다.

대림아파트에 이사하고 아내와 함께 투병하다가 아내는 떠
나고 나는 남아 영원한 이별을 했으나 침묵silence 속에서 이루
어지는 하나님의 섭리Providence는 오묘하고abstruse 심오하여
profound 아내 생전生前에 한지수가 태어나고 사후에 경연이 신

도와 결혼하더니 곧 하민과 하연이 차례
로 태어나 지금까지 귀엽고 튼튼하게 잘
자라고 있으니 지수는 벌써 금년 9월이
면 스위스의 고3이 되고 하민과 하연은
벌써 초등학교 6학년과 4학년이다.

응봉동의 축복은 계속되었다. 아들은 나이가 불혹不惑에 가
까운데 여자가 있음에도 결혼의 뜻을 밝히지 않아서 내게는 큰
걱정이었다. 홀로 된 아버지를 위하는 정성으로 아버지를 모
시지 않으면 어떤 여인과도 결혼하지 않겠다고 입버릇처럼 말

제9장 은퇴(隱退)와 환희(歡喜)

했다. 나는 누누이 타이르고 설득했다. 첫째는 나 자신이 부자연스럽고 부자유스러워 갓 시집온 며느리와 함께 살 수가 없고 둘째로 신혼의 행복을 꿈꾸는 그 어떤 신부가 홀로 된 시아버지와 한집에서 살기를 기꺼이 받아들이고 결혼에 응하겠는지를 반문했다.

어느 날 중랑천 산책로를 따라 운동을 하다가 복시複視 현상을 느끼고 나는 아산병원에 입원했다. 다음 날 경민이 미지와 함께 문병을 와서 미지의 선을 보고 나는 흡족했다. 모든 면이 만족스러워 칭찬하면서 내심 드디어 경민이 결혼하리라는 생각이 들었다. 아니나 다를까 경민이 내게 미지와의 결혼을 부탁했다.

두 딸과 아들 하나의 배필이 모두 정해지니 한시름 놓이고 안심이 되었다. 경민과 의논하여 결혼일을 정하고 응봉동 아파트(45평)를 처분하여 노원구의 작은 아파트(25평)로 각각 이사하여 따로 살기로 결정했다.

2018년 7월 14일 서울 가락동의 웨딩타워Wedding Tower에서 경민과 부 한양 조씨 조진흥 씨와 모 김귀향 씨의 무남독녀

미지眉鋕 양의 성대한 결혼식이 아버지인 나의 친구 전 노동부장관 김호진 박사의 주례와 경민의 친구 사회로 거행된 후에 경민과 나는

따로 살게 되었다. 경민은 노원의 상계 주공 아파트에서 신혼 살림을 시작하고 나는 중랑구 동일로 752길 103동 1301호(중화 한신아파트)에서 홀로 살고 있다. 게다가 귀여운 하민과 하연이 엄마 아빠와 이따금 들리니 더없이 기쁘고 흐뭇하다.

응봉동에서는 아파트 동대표를 하면서 대림아파트 리모델링 remodeling 조합의 최대희 조합장, 부녀회장 김경희 씨, 조합의 총무 정숙경 씨와는 의기투합하여 가깝게 지내고 있었다. 김경희 부녀회장이 성동구청 문화교실 활동의 일환으로 응봉 자치 센터에 성인영어반을 제안하여 개강의 결정이 났다.

나는 영어영문학 박사로 오랜 시간을 대학에서 연구하고 강의한 교수였기 때문에 성인영어반의 강사로서 믿음을 주어 개강한 이후 15년이 지났지만, 코로나COVID-19 창궐에 의한 사정 이외에는 단 한 번의 휴강도 없었으며 오랜 강의 경험은 철저한 시간 엄수로 이어지고 이러한 수업 자세와 태도는 수강생의 믿음을 얻었다.

성동구청 주최로 자치회관 교육 활동의 충실한 발전을 위하여 자치회관의 각 교실별 우수성을 다루는 경연 대회가 있었다.

먼저 응봉동 자치회관의 자치 활동별 경연이 응봉초등학교 교정에서 개최되었다. 우리 영어반에서는 '영어로 부르는 아리랑Arirang Sung In English'을 주제主題로 하고 영미국 민요 3곡을 선정하여 참가했었다. 첫 곡은 영국 민요 「Long Long Ago(오랜 옛날)」를 2부 합창Chorus으로 부르고 다음에 「Coming Through The Rhy(호밀밭을 지나며)」를 제창unison하고 「Life Is But A Dream(인생은 일장춘몽)」을 윤창troll하고 마지막으로

내가 영어로 번역한
「Arirang(아리랑)」을
제창unison과 2부 합
창으로 불렀다. 당연
히 영어반이 구청주최

결선에 나가게 되었다. 반응은 놀라지 않을 수 없었다. 뜨거운
환성과 박수 소리가 요란했다. 잘 알고 있는 노래를 다양한 창
법으로 멋과 맛이 넘치게 불렀으니 그럴 수밖에!

드디어 2011년 11월 21일 성동구청 대회당에서 각동 자치
회관별 대표 22개 반의 경연 대회가 열리고 우리는 연습한 노
래를 불렀다. 노래를 부르기 전 지정된 학생이 한 걸음 앞으로
나와 다음 우리가 부를 노래를 영어로 소개하고 제자리에 물러
서면 지휘자인 내가 손을 들어 지휘를 시작했다. 기억나는 사
람은 조현자 씨였다. 그녀가 앞으로 나와 노래를 소개할 순서
에 지휘자인 내가 깜빡하여 그만 소개 없이 노래를 시작하니
당황한 조현자 씨가 원망스러운 눈길을 보내어 두고두고 미안
하고 아찔하다. 만약 그때 서로의 호흡이 맞지 않아 어긋났더
라면 어이구, 생각만 해도!

결과는 우리가 최종 심사에서 대상grand prix을 받았다. 복봉

수 동장과 부녀회 및 관계있는 여러
분의 적극적 응원의 힘도 있었다.
당시의 성동구청장으로부터 감사장
과 감사의 인사를 받았고 그 후 참
가한 경연에서는 그간의 공을 인정

받아 정원오 구청장의 감사패를 수상했다.

영어반의 오랜 회장 김정자 씨는 개강한 이후 줄곧 수강하며 아들의 결혼식에는 김정자 반장을 위시하여 이인자, 정명애, 양국진, 변정주, 김경주, 김정옥, 남혜숙, 임의영, 박남국, 조현자, 전해수, 이상복, 이미현, 김인애, 우혜신 씨 등 여러분이 오셔서 도움을 주었고 그동안 열심히 나와서 공부한 학생 중에는 임경희, 박갑순, 태문실, 이상복, 이미현, 김인애, 배정희 씨의 이름이 생각난다.

코로나 바이러스감염증COVID-19의 유행 때문에 2년간 강의를 쉬다가 작년(2021년) 11월 다시 개강하여 정원 12명으로 김정자, 이인자, 정명애, 양국진, 김경주, 변정주, 조현자, 남혜숙, 임의영, 김정옥, 우혜신, 권정화 씨가 등록생이다. 특히 양국진 씨는 쇼핑을 도우려고 롯데 백화점에 와서 나와 장영순 선생님을 처음 본 순간, 첫마디가 "아, 예쁘네!"여서 그때의 기쁘고 흐뭇한 마음이 내 기억 속에 남아있다.

학생들은 설날, 스승의 날, 추석에는 꼭 잊지 않고 선생님께 감사의 뜻을 전하며 고마움을 표하니, 나 또한 고마움을 항상 느낀다.

노년에 이르면 건강이 최선의 행복이고 건강을 위해 최대의 노력을 쏟아야 함으로 나는 일주일 중 월, 수, 금 3일을 운동하는 날로 정하고, 일 년 열두 달 철저하게 1일 2시간씩 시행하고 있으며, 오복 중 하나인 치아 건강을 위해 별내에서 유앤아이 시카고U&I Chicago치과 원장님으로 계시는 이천복 박사에게 전적으로 의뢰하고 있다.

나는 이제 회고록을 마칠 시간이라고 느낀다. 회고록을 마치는 순간에 죽음을 맞는 것도 아닌데 허전하고 허무함은 무엇 때문일까? 돌이켜 보니 쏜살같이 달려온 세월 속에서 해 놓은 일도 뚜렷하지 않으며 남은 인생도 길지 않으니 당연하고 마땅한 일이라고 생각된다.

다만 내게 없는 것을 추구하여 가난하니 돈을 바라고, 힘이 없으니 권력을 탐하여 줄을 서서 기생寄生하려고 눈치 보고, 명성名聲에 혹하여 거짓으로 꾸미는 천박淺薄과 저속低俗의 입신양명立身揚名에 물들지 않았던 삶은 천만다행이라고 생각된다.

행복은 내게 없어서 남이 가진 것을 사거나 빼앗아 얻는 것이 아니다. 내가 마음속으로 자신을 위해 스스로 생각하는 것에 행복이 들어 있다. 아내와 산책을 하던 어느 날, 파지를 산더미처럼 쌓은 손수레를 힘겹게 끌고 가는 노파를 보고 마음이 아려 위로하는 마음으로 푼돈을 건넸더니, 그 나이가 되었음에도 그처럼 힘들고 무거운 수레를 끌고 갈 수 있는 그 노파의 건강이 너무나 부러워 투병 중인 아내는 한없이 울었다. 무심결에 저지른 사소한 행동 때문에 아내에게 민망하여 몸 둘 바를 모르고 나도 울었다.

나는 깨달았다. 그때 아내의 눈물이 주는 의미를! 나는 진심으로 기도했다.

"오, 주여! 우리의 주변에는 걸을 수만 있다면, 설 수만 있다면, 들을 수만 있다면, 볼 수만 있다면 하고 간절히 기도하는 많은 분이 기적을 바라고 있습니다. 그런데 놀랍게도 나는 이 모든 기적을 다 갖추고 살고 있습니다. 그러니 주여, 범사에 감사하고 매사에 사랑을 쏟아서 부자가 아니어도, 미인이 못 되어도, 재능이 없어도, 살아 있음에 감사하고 행복을 느낄 수 있도록 이끌어 주옵소서! 하나님의 부름이 있을 때까지, 나의 삶

그리고 나 자신을 사랑하고, 도와주시는 모든 분께 감사하면서 여생을 아름답게 가꾸어서 힘껏 도우며 너그럽게 살다가 떠나게 하옵소서! 아멘."

9 - 3

황혼黃昏의 축복祝福

세월 따라 강물처럼 슬픔이 흘러간 자리에는 새로운 축복의 기쁨이 흘러들었다.

아내와 사별死別한 슬픔이 그리움으로 쌓이고 추억에 목이 메어 잠 못 드는 밤이 괴롭던 때가 어느덧 아스라이 느껴지는 세월이 흘렀다. 삼단 같은 검은 머리에 하이얀 무서리가 내려 백발이 성성하고 잔주름이 늘어나는 때가 오니 친구들이 여러

가지 경로로 나이 들수록 자신을 깨끗하게 가꾸어야 한다는 충고를 보낸다. 나도 몸과 마음을 가다듬어 사람들에게 생생한 모습을 보여주고 싶다.

항상 행복하고 즐거운 인생이란 없는 것 같다. 누구나 만족을 얻고 행복하다고 느끼는 사이에 뜻밖으로 슬픔이 생기고 비탄에 빠진다. 예외는 없다. 나에게도 비통한 괴로움과 슬픈 이별이 있었다. 슬픔을 참고 괴로움을 잊으려고 평생平生토록 평상平常하던 영어 연구와 교육에 도움이 되려고 하며 내 글을 써서 남기고 싶은 마음 간절하다. 어린 시절에 현인들의 가르침에 순응하여 순수한 마음으로 아름다운 삶을 가슴에 품고 살아가려 했으나 성장함에 따라 그 빛이 바래어 뒤돌아보면 부족함이 너무나 많았다. 바쁘지 않으면서 순서를 양보하지도 않았고 상대의 작은 허물도 덮어 주지 못했다. 자기를 태워 빛을 발하는 촛불이 되려는 결심은 내 젊은 시절의 일관된 뜻이었으나 이별의 슬픔은 사람의 정서와 정신을 흐리게 하여 매사가 허망하고 범사에 무관심하여 건조한 시간이 건성으로 흘렀다. 하지만 삶의 오묘함은 가이없다. 바람결에 굴러가는 가랑잎을 보고도 처량한 신세를 한탄하고 외로워 밤을 새던 내게도 새로운 사랑의 여명黎明이 밝아 왔다.

내가 맞게 된 새로운 인연은 뜻밖의 장소에서 뜻밖의 기회에 뜻밖으로 이루어진 가슴 설레는 축복이며, 어느 누구도 꿈꾸지 못할 천국의 기적이었다.

1919년 3월 1일은 유관순 열사를 중심으로 우리 민족이 하나 되어 우렁찬 대한독립 만세와 더불어 우리의 독립을 세계만

방에 알린 날이지만 2014년 3월 1일은 장영순 그녀가 내게 축복을 알린 날이다. 아름다운 여인의 출현은 너무나 큰 감동이어서 형언할 수 없는 기쁨의 용광로가 되어 뜨거운 열정이 용솟음치게 했다. 그날 그 순간에 나는 새로운 청춘을 맞이했다. 제롬Jerome K. Jerome(1859~1927)의 『사랑에 대하여On Being In Love』가 문득 떠올라 기쁨에 넘친 행복의 날개를 펴 하늘 높이 날아오르며 열광했고 내 가슴은 고동치고 있었다.

> What noble deeds, were we not ripe for in the days when we loved? What noble lives could we not have lived for her sake? Our love was a religion we could have died for. It was no more human creature like ourselves that we adored. It was a queen that we paid homage to, a goddess that we worshipped. And how madly we did worship! And how sweet it was to worship! Ah, lad, cherish love's young dream while it lasts!

우리가 사랑에 빠져 있던 시기에는 그 어떤 고귀한 행동도 할 준비가 되어 있지 않았던가? 그녀를 위해서라면 아무리 고귀한 삶이라도 살아가지 않을 수 있었는가? 우리의 사랑은 목숨조차 바칠 수 있는 하나의 종교였다. 우리가 열렬히 사랑했던 사람은 우리 같은 평범한 인간이 아니었다. 우리가 충성을 바친 그녀는 우리의 여왕이며, 우리가 숭배하는 여신이었다. 그리고 얼마나 미친 듯 숭배했던가! 또한 숭배하는 것이 얼마

나 달콤했던가! 오, 청년이여, 사랑의 젊은 꿈이 계속되는 동안 그 사랑을 소중하게 간직하오.

　이처럼 절실하고 이처럼 달콤한 환희와 축복을 아름다운 여인의 사랑이 아니면 어디서 무엇으로 받을 수 있을까? 기적 miracle의 행운이 찾아왔으니 영원히 간직할 보배로다! 그녀는 사명감과 소명 의식을 가지고 있는 교사로 얼굴은 아름다운 꽃이요, 미소는 눈부신 햇빛이며 눈은 별빛처럼 반짝인다. 즐거울 때는 내 마음을 감싸 주어 종달새의 노래처럼 명랑하고 기뻐할 때는 연분홍 복사꽃이요. 슬퍼할 때는 고혹蠱惑적인 백합이다. 그녀와의 굳은 약속은 변함없는 마음의 초석礎石이며 고귀한 보석이다. 그녀의 등장으로 내 생활에도 변화가 생겨서 그녀의 여동생의 딸 김하늘 양에게 영어를 가르치기 시작했다. 이후 성신여대 법학과에 합격하고 이제 인격과 미모를 갖춘 지성인으로 다시 만나니 그 옛날 내가 경북대학교에 입학한 그때가 새롭다.

　신화myth에서는 신의 세계에도 사랑에 관한 한 질투와 다툼이 있는데 평범한 인간 세계에서 어이 사랑의 방황과 감정의 충돌이 없을 수가 있을까? 시인 바이런Byron도 사랑의 방황과 마음의 휴식을 노래했다.

We'll Go No More A-Roving

So, we'll go no more a-roving

So late into the night,

Though the heart be still as loving,

And the moon be still as bright.

For the sword outwears its sheath,

And the soul wears out the breast,

And the heart must pause to breathe,

And love itself have rest.

Though the night was made for loving,

And the day returns too soon,

Yet we'll go no more a-roving

By the light of the moon.

– George Gordon Byron (1788–1824) –

우리 더는 배회하지 맙시다.

그러니 우리 더는 배회하지 맙시다

이처럼 밤늦게까지,

마음은 여전히 사랑하고,

달은 여전히 밝지만.

칼을 쓰면 칼집이 닳고,

영혼은 가슴을 지치게 하며,

심장도 멈추어 한숨 돌리고,
사랑마저 쉬어야 하기에.

비록 밤이 사랑을 위해 마련되고,
낮은 너무나 빨리 돌아오지만,
그래도 우리 더는 배회하지 맙시다
달빛 따라서.
– 조지 고든 바이런 –

'사랑 때문에 헤매고 다니며 괴로워하지 말자'고 노래한 시인 바이런의 간절한 호소가 애틋하다. 깃털처럼 부드러운 사랑의 손길이 없다면 쓸쓸하고 건조한 이 세상을 어이 헤매고 다니며 그 고뇌를 잊을 수 있을까!

여친과 처음으로 교회에 갔을 때 나를 아는 모든 신도가 놀라고 반기고 믿으며 기도하여 따뜻하게 맞이해 주었고 박황우 목사님께도 장영순 선생님을 소개하여 축복을 받았고 베드로Petros 전도회 집사 님들과 장로님들의 뜻깊은 사랑의 후원 도 얻었다.

내 사랑의 솜씨가 아둔하여 때로는 엉 키고 때로는 설킨 일이 있지만, 그것이 한결 더 자연스럽다. 우리의 사랑이 황 혼 녘의 햇빛처럼 아름답게 스며들어 영 원한 행복 속에서 건강하게 살다가 생을

마감하는 날 감사한 마음으로 웃으며 함께 이승을 떠나간다면 신이 주신 가장 큰 은총이며, 타고난 운명이 누릴 수 있는 가장 좋은 인생의 종착역이 아니겠는가!

회고록을
마치며

On Death

– Walter Savage Landor(1775–1864) –

Death stands above me, whispering low

I know not what into my ear;

Of his strange language all I know

Is, there is not a word of fear.

죽음에 대하여

– 월터 새비지 랜더 –

죽음이 내 위로 높게 서 있네, 낮게 속삭이며

내가 알지 못하는 말을 내 귓속에;

죽음의 이상한 말 중에서 내가 아는 것이라곤 다만

두려워할 말은 한마디도 없다는 것뿐.

자기의 삶을 기록으로 남기는 정성
(자서전 출간에 즈음하여)

– 서우달(주식회사 피앤피 코리아 대표이사, 안사安師 9회 동창회장) –

　김 교수와는 중고등학교 동기 동창생이지만 그때는 지금처럼 친밀한 우정은 아니었다. 당시 친구의 부친은 초등학교 교장 선생님으로 재직하셔서 그 영향 때문인지 친구는 공부만 하는 학구파 모범생이었고 운동도 뛰어나 배구 선수로 학교를 대표하기도 했다. 외모 또한 깔끔하여 대도시 학생 같은 느낌을 주던 기억이 난다.

　졸업 후 중년이 되어 서울에서 동기 동창생 모임으로 다시 만났을 때는 대학에서 영어영문학을 전공하고 영문학 박사 학위를 취득한 교수님으로 나타나서 동문들의 찬사를 받았다.

　그때 중년의 나이에도 어릴 때 느낌 그대로 깔끔하고 반듯하다는 인상을 받았는데 80이 넘은 지금까지도 전혀 변함이 없어 친구의 평소 생활 태도가 부럽기도 하고 본을 받아 타산지석他山之石으로 삼고 싶다.

　자서전이란 한 사람의 일생을 회고하고 삶의 편린片鱗들을 정리하여 기록으로 남기는 힘든 일임에도 불구하고 그 용기에 찬사를 보내면서 출판을 고대한다.

　김 교수의 회고록이 좋은 쪽이든 나쁜 쪽이든 가감 없이 지나온 삶을 수용하여 남은 인생에 도움이 되고 후손들에게도 소중한 유산이 되리라 믿어 의심치 않는다.

　아무쪼록 자서전이 출간되어 많은 독자들에게 감동을 주고 생활의 지혜가 될 것을 믿으며 금인金仁 김인식金仁植 교수의 단정한 몸과 마음이 지금처럼 한결같이 건강하게 남은 생애를 보내어 이처럼 한평생 살아온 삶의 유종의 미를 거두기를 축원한다.

- 2022년 9월

　　　　　　　　　제10장 회고록을 마치며

회고록을 닫는 마음

모래알처럼 많은 사람이지만 각각의 인간은 하나의 작은 우주다. 덴마크Denmark의 철학자 키에르케고르Kierkegaard는 인식의 주체자로서의 자아自我인 나의 존재가  곧 우주의 중심이라는 그의 실존 철학의 명제命題를 갈파喝破했다. 인간의 자기중심적 삶의 자취를 더러는 역사歷史가 기록하고 더러는 스스로 담아 보관하나 대개는 해변의 발자국처럼 세월의 파도에 지워진다.

역사가 시작된 이래로 영웅호걸英雄豪傑과 지사志士, 현재賢才들의 삶이 기록되었다. 빛나는 족적足跡을 남긴 거룩한 역사도 있지만, 대의와 명분을 잃고 오욕汚辱의 기록을 남긴 부끄러운 삶도 허다하다. 영웅이라 하더라도 자신의 안위를 위해 투항한 이십만 대군을 생매장한 만행의 항우項羽 같은 인물도 있고 왜적과의 치열한 전투 중에도 나라와 민족의 앞날을 예상하고 자신의 생명을 바친 이순신李舜臣 장군도 있다. 자신의 안위와 영화를 위해 나라와 민족을 배반한 이완용 일당의 오욕에 넘친 역사는 얼마나 부끄러운 삶의 기록인가! 스스로 기록을 남기는 범부凡夫의 자서전도 한세상의 아름다운 영고성쇠榮枯盛衰를 보여 주는 알찬 기록이 될 수 있다는 생각이 틀린 것은 아닐 것이다.

오로지 잘살아 보자는 생각이 지나치게 세속적 영화榮華를 추구하여 돈의 노예가 되거나, 몸을 보호하는 옷을 지나치게 치장하여 옷을 보호하는 도구로 전락하거나, 살기 위해 마련한 집을 지나치게 꾸며 집 지키는 도구처럼 전도몽상顚倒夢想의 삶을 살았다면 덧없는 세월의 인생무상人生無常을 기록하여 남긴들 무엇 하랴.

대학 입학 후 처음 맞는 여름 방학에 아버님이 아들을 위해 새로 사무용 책상과 회전의자를 사랑방에 마련했다. 기쁜 마음으로 큰 영한사전과 한영사전 그리고 영영사전을 사서 영국 작가 디킨즈Charles Dickens(1812-1870)의 『두 도시의 이야기A Tale Of Two Cities』를 번역翻譯하기 시작했다. 안타깝고 애석하게도 번역의 끝을 보지 못하고 개학하여 가슴 한구석에 씁쓸한 후회後悔가 감돌아 까닭 모를 불안한 마음으로 지낸 기억이 아직도 남아 있다. 무더운 여름철 시원한 사랑방의 찬 방바닥에 머리를 굴리며 잠을 청하다가 문득 이러다간 내 인생의 성공이 멀어진다는 생각이 스며들어 장래에 대한 불안으로 괴로웠으나, 결국은 노력의 부족으로 부족한 삶이 되고 다시 태어나면 성공의 금자탑金字塔을 쌓을 것처럼 호들갑 떠는 어리석은 인간들의 일상적인 치졸稚拙과 푸념으로 오늘에 이르렀으니 누구를 원망怨望하고 탓할까?

지나고 보니 인생人生이란,

헛되고 헛되며 헛되고 헛되니 모든 것이 헛되도다.

(전도서1:2)

Vanity of vanities, vanity of vanities; all is vanity.

(Ecclesiastes 1:2)

그래도 나 자신을 다시 돌아볼 수 있게 하는 용서容恕와 위로慰勞의 '그래도島'에 다녀와서 지금까지의 실패를 거울 삼아 남은 인생 끊임없이 노력하고 남은 세월 알뜰하게 가다듬어 나만의 글을 쓰며 다시 한번 큰 바위 얼굴이 되고 싶다. 결과는 모른다. 그래도 결심을 하니 짓눌려 온 가슴에 시원한 바람이 일고 흐릿했던 눈에도 빛이 드니 애처롭던 내 인생에도 서광曙光이 비친다.

다만 회고를 마감하며 맹세하건대 다시 태어나 나의 꿈이 실현되어 그 영광이 아무리 거룩하고 그 영화가 아무리 화려華麗해도 살아온 일생에서 만난 나의 부모 형제와 사랑하는 아내, 아들과 딸 며느리와 사위들, 귀여운 내 손자 손녀들과 새로운 축복을 안겨 준 그녀와 정다운 친구들, 또 나를 이끌어 준 은혜로운 분들과의 모든 인연이 없다면 결코 내가 바라는 아름다운 인생이 아니다. 그렇다면 그런 인연 속에서 「이처럼 한세상A Life In This Way」을 살았으니 그러므로 그만큼 행복幸福하고 보람차며 아름다운 삶이 아니던가!

A Lament

– Percy Bysshe Shelley(1792–1822) –

O world! O life! O time!

On whose last steps I climb,

 Trembling at that where I had stood before;

When will return the glory of your prime?

 No more – Oh, never more!

Out of the day and night

A joy has taken flight;

 Fresh spring, and summer, and winter hoar,

Move my faint heart with grief, but with delight

 No more – Oh, never more!

비가(悲歌)

– 퍼시 비셰 셸리 –

오, 세상아! 오, 인생아! 오, 시간아!

네 마지막 계단을 나는 오른다,

 이전에 내가 섰던 곳에 몸을 떨면서;

그대 전성기의 영광이 언제 돌아올까?
　　아, 더는 없네, 다시는 없네!

낮에도 밤에도
즐거움은 날아가 버리고;
　　새봄과 여름 그리고 겨울의 흰서리가,
연약한 내 마음을 슬프게 하네, 그러나 기쁘게는
　　아, 더는 안 하네! 다시는 안 하네!

회고(回顧)를 통해
삶의 진실을 쫓는 생(生)의 탐구록

– 권선복(도서출판 행복에너지 대표이사) –

인간은 생물학적으로는 영장류의 한 종류지만 다른 동물들과는 차별화된 문명사회를 이룩하고 지구 생태계의 정점으로서 군림하고 있습니다. 그렇다면 인간이 가진 어떠한 능력이 다른 동물들과 차별화된 사회를 이룩할 수 있게 만들어 준 것일까요? 몇 가지 후보가 있겠습니다만 가장 큰 능력은 '기록'하는 능력이라고 생각합니다. 인간은 기록을 통해서 자신의 지식과 지혜를 시공간을 넘어 다음 세대에 전달하고 공유할 수 있는 능력을 갖고 있습니다. 이는 계속하여 축적되고 보완되는 특성이 있기에, 기록은 인류를 발전시키는 힘 그 자체라고 봐도 무리가 아닐 것입니다.

『이처럼 한세상』은 평생을 스승이자 학자로서, 진리를 탐구하고 지식을 전달하는 삶을 살아온 김인식 교수의 생애를 담아낸 회고록입니다. 한 사람의 인생은 그 자체만으로 한 권의 책과 같다는 말이 있듯이, 이 책은 김인식 교수의 인생 전체를 담아낸 회고록임과 동시에 인생의 다양한 변곡점에서 보여 준 선택과 고뇌, 기쁨과 슬픔, 만족과 후회를 솔직하게 담아내었으며, 인생 속 만남과 이별로 얽힌 다양한 사람들이 등장하는 대서사시라고 봐도 무방할 것입니다.

　회고록이자 한 사람의 인생을 담은 이 책의 가장 독특한 점이라고 한다면 '진솔한 삶의 솔직한 고백'이라는 점일 것입니다. 자서전이라는 매체는 기본적으로 어느 정도는 자신의 삶을 미화하고, 원하는 방향으로 덧칠하고자 하는 욕망을 반영하기 쉽습니다. 하지만 김인식 교수는 자신의 삶을 미화하는 것을 철저하게 경계하며 자신의 부끄럽고 후회스러운 부분, 돌이키고 싶지만 돌이키지 못했던 행동을 명백하게 직시하면서 자신으로 인해 상처받은 이들에게 사죄를 구하는 것을 잊지 않습니다. 이는 김인식 교수가 『이처럼 한세상』의 서문에서 폴 로빈슨의 수필, '왜 쓰는가?'를 인용하여 밝히고 있는 이 책의 출판 목적인 '진실을 밝히고 지혜를 남겨 후세에게 삶의 방향성을 일깨워 주는 것'과도 그 궤를 같이한다고 할 수 있을 것입니다.

　솔직하고도 강직한 학자의 마음으로 자신의 삶을 회고하는 김인식 교수의 책 출간을 진심으로 축하드리며, 이 책을 읽는 모든 독자들이 삶의 의미와 그 기록에 대해 다시금 되돌아보는 순간을 가지기를 희망합니다.

　특별히 젊은이들이 삶을 개척하며 앞으로 나아갈 때와 삶을 마감하며 기록을 남길 때 이 책이 훌륭한 길라잡이가 될 것으로 굳게 믿으며, 모든 분의 마음속에 행복 에너지가 충만하기를 진심으로 기원합니다.

'행복에너지'의 해피 대한민국 프로젝트!

<모교 책 보내기 운동> <군부대 책 보내기 운동>

한 권의 책은 한 사람의 인생을 바꾸는 힘을 가지고 있습니다. 한 사람의 인생이 바뀌면 한 나라의 국운이 바뀝니다. 그럼에도 불구하고 많은 학교의 도서관이 가난하며 나라를 지키는 군인들은 사회와 단절되어 자기계발을 하기 어렵습니다. 저희 행복에너지에서는 베스트셀러와 각종 기관에서 우수도서로 선정된 도서를 중심으로 <모교 책 보내기 운동>과 <군부대 책 보내기 운동>을 펼치고 있습니다. 책을 제공해 주시면 수요기관에서 감사장과 함께 기부금 영수증을 받을 수 있어 좋은 일에 따르는 적절한 세액 공제의 혜택도 뒤따르게 됩니다. 대한민국의 미래, 젊은이들에게 좋은 책을 보내주십시오. 독자 여러분의 자랑스러운 모교와 군부대에 보내진 한 권의 책은 더 크게 성장할 대한민국의 발판이 될 것입니다.

행복을 부르는 주문

- 권선복

이 땅에 내가 태어난 것도
당신을 만나게 된 것도
참으로 귀한 인연입니다

우리의 삶 모든 것은
마법보다 신기합니다
주문을 외워보세요

나는 행복하다고
정말로 행복하다고
스스로에게 마법을 걸어보세요

정말로 행복해질것입니다
아름다운 우리 인생에
행복에너지 전파하는 삶 만들어나가요

더 밝은 내일

'행복에너지'의 해피 대한민국 프로젝트!
〈모교 책 보내기 운동〉

대한민국의 뿌리, 대한민국의 미래 **청소년·청년**들에게 **책**을 보내주세요.

　많은 학교의 도서관이 가난해지고 있습니다. 그만큼 많은 학생들의 마음 또한 가난해지고 있습니다. 학교 도서관에는 색이 바래고 찢어진 책들이 나뒹굽니다. 더럽고 먼지만 앉은 책을 과연 누가 읽고 싶어 할까요?

　게임과 스마트폰에 중독된 초·중고생들. 입시의 문턱 앞에서 문제집에만 매달리는 고등학생들. 험난한 취업 준비에 책 읽을 시간조차 없는 대학생들. 아무런 꿈도 없이 정해진 길을 따라서만 가는 젊은이들이 과연 대한민국을 이끌 수 있을까요?

　한 권의 책은 한 사람의 인생을 바꾸는 힘을 가지고 있습니다. 한 사람의 인생이 바뀌면 한 나라의 국운이 바뀝니다. **저희 행복에너지에서는 베스트셀러와 각종 기관에서 우수도서로 선정된 도서를 중심으로 〈모교 책 보내기 운동〉을 펼치고 있습니다.** 대한민국의 미래, 젊은이들에게 좋은 책을 보내주십시오. 독자 여러분의 자랑스러운 모교에 보내진 한 권의 책은 더 크게 성장할 대한민국의 발판이 될 것입니다.

　도서출판 행복에너지를 성원해주시는 독자 여러분의 많은 관심과 참여 부탁드리겠습니다.

도서
출판 **행복에너지** 임직원 일동
문의전화　0505-613-6133